난 잡히지
않겠다

아름다운 청소년 **5**

난 잡히지 않겠다

초판 1쇄 인쇄 2012년 2월 1일 | 초판 2쇄 발행 2013년 3월 25일

지은이 구드룬 파우제방 | **옮긴이** 무타보어 | **펴낸이** 방일권 | **펴낸곳** 별숲

출판등록 2010년 6월 17일 제398-251002010000017호

주소 경기도 구리시 교문1동 757-5호 1층 상가 중간

전화 031-563-7980 | **팩스** 031-562-7980 | **전자우편** everlys@naver.com

ISBN 978-89-965755-6-6   44850
ISBN 978-89-965755-0-4   (세트)

- 이 책 내용의 전부 또는 일부를 사용하려면 반드시 저작권자와 별숲 양측의 서면 동의를 받아야 합니다.
- 책값은 뒤표지에 표시되어 있습니다.
- 잘못된 책은 바꾸어 드립니다.

Die Not der Familie Caldera
by Gudrun Pausewang

이 책의 한국어판 저작권은 베스툰 코리아 출판 에이전시를 통해 저작권사와의 독점 계약으로 별숲 출판사에 있습니다.
저작권법에 의해 한국 내에서 보호를 받는 저작물이므로 무단 전재와 무단 복제를 금합니다.

이 도서의 국립중앙도서관 출판시도서목록(CIP)은 e-CIP홈페이지(http://www.nl.go.kr/ecip)와
국가자료공동목록시스템(http://www.nl.go.kr/kolisnet)에서 이용하실 수 있습니다.(CIP제어번호 : CIP2012000295)

난 잡히지 않겠다

구드룬 파우제방 장편소설
무타보어 옮김

별숲

| 차례 |

세상은 부자들과 가난한 사람들로 나뉘어 있다.
부자들이 타는 차가 있고, 가난한 사람들이 타는 차가 있다.
부자들이 사는 동네가 있고, 가난한 사람들이 사는 동네가 있다.
부자들은 법을 어기면 보석금을 내고 풀려날 수 있지만
가난한 사람들은 감옥에 가야만 한다.

남아메리카의 어느 항구도시에서 5년 동안 산 적이 있다. 그 도시
는 덥고 더러웠다. 하지만 하루가 다르게 발전하고 있었다. 그곳 한
가운데에는 시장 골목과 상점들이 가득 늘어선 시내가 자리 잡고 있
었다. 시내는 아침이건 오후건 차들과 개, 당나귀 수레와 노점상, 구
두닦이와 거지들로 북적댔다. 그리고 여러 개의 크고 작은 구역들이
시내를 빙 둘러싼 채 맞닿아 있었다. 그곳 대부분에는 가난한 사람들
이 살고 있었다.

나는 가난한 사람들과는 거의 접촉할 일이 없었다. 부잣집 아이들
이 다니는 학교에서 여교사로 근무하던 나 또한 부자들만 사는 동네
에서 살고 있었기 때문이다.

나는 가난한 사람들이 사는 구역에는 거의 한 번도 찾아가 본 적이
없다. 단지 항구로 갈 때나 남쪽으로 뻗어 있는 큰길을 지날 때 그곳
을 잠시 스쳐 지나갈 뿐이었다. 하지만 그럴 때조차 나는 언제나 차
안에 앉아 있었다. 물론 내 차 안에.

내가 그 도시에 도착한 지 얼마 지나지 않았을 때다. 한번은 호기
심이 일어 허름한 움막들이 늘어선 그곳을 걸어서 둘러본 적이 있었

다. 그곳에 살고 있던 사람들은 나를 뚫어지게 쳐다봤다. 어린아이들이 내 뒤를 따라오며 구걸했다. 구걸하는 아이들의 수는 점점 늘어났고, 그때마다 나는 아이들에게 더 많은 동전을 쥐여 주었다. 어느새 한 무리의 아이들이 나를 에워싼 채 뒤쫓아 오고 있었다. 팔다리가 불편한 사람들과 노인들도 내 뒤를 절뚝거리며 따라왔다. 갑자기 섬뜩한 느낌이 들었다. 나는 돌아섰고, 왔던 길을 되짚어 자동차를 세워 둔 곳에 이르기까지 무진 애를 써야만 했다. 일단 차에 올라타자, 왠지 안전하다는 느낌이 들었다. 사람들은 닫힌 차창 밖에서 나를 보며 울부짖었다. 하지만 그들이 뭐라고 소리치는지 나는 알아들을 수 없었다.

내가 살던 동네에서는 그와 같은 일은 결코 일어난 적이 없었다. 가난한 사람들은 그저 쓰레기통을 뒤져 아직 쓸 만한 물건을 찾아내거나 구걸하기 위해 그곳을 찾아올 뿐이었다.

하지만 지난 2년 사이에, 조용하던 우리 동네조차 상황은 점점 나빠지고 있었다. 가난한 사람들이 이제는 도둑질까지 하러 찾아왔기 때문이다. 그들은 밤이면 집 담장을 뛰어넘어 눈에 띄는 것들을 마구 집어 갔다. 심지어는 벌건 대낮에도 열려 있는 창문이나 발코니, 테라스를 넘어 집 안으로 침입하는 일이 종종 벌어지곤 했다.

내가 그 도시를 떠나기 바로 전 어느 날이었다. 두 아이가 우리 집을 찾아와 문 앞에 서 있었다. 오누이였다. 나중에 알게 되었지만, 검은 머리 오빠의 이름은 호셀리토였다. 갸름한 갈색 얼굴의 호셀리토는 아주 진지해 보였다. 그 아이는 허름한 바지와 너덜너덜한 셔츠를 입고 있었고, 맨발이었다. 그러고는 자기와 마찬가지로 지저분하고 다 떨어진 옷을 입은 여동생의 손을 꼭 붙잡고 있었다.

한창 낮잠을 자다 깨는 바람에 기분이 상했던 나는 언짢은 표정으로 문을 열었다. 그러자 호셀리토가 말했다.

"돈이나 먹을 것을 좀 주세요. 저는 장남이에요. 우리 가족을 책임져야 하는데, 아직은 어디에서도 일자리를 구할 수 없어요. 이제 겨우 열한 살이거든요. 그래서 이렇게 구걸하러 다닐 수밖에 없어요."

"그럼 돌봐야 하는 가족이 얼마나 되는데?"

내가 묻자, 호셀리토는 옆에 있는 어린 여동생 말고도 세 명의 친동생과 가족처럼 지내는 남동생 한 명이 더 있다고 대답했다.

"하지만 동생들도 다른 동네에서 구걸을 하고 있어요. 우리 엄마는 태어난 지 이제 겨우 삼 개월 된 막내 동생을 데리고 생선 시장 근처의 산후안 성당 앞 계단에 서서 구걸하고 있고요. 또 우리 가족과 함께 살고 있는 할아버지 한 분이 계세요. 하지만 할아버지는 이제 걷지도 못해서 우리 가족이 돌봐야 해요."

"그럼 그분은 너희 친척이시니?"

"아니요, 하지만 우리 가족이나 마찬가지예요."

내가 조심스레 물었다.

"그렇다면 너희 식구들은 하루 종일 서로 만나지도 못하는 거니?"

호셀리토가 고개를 끄덕이며 대답했다.

"우리는 저녁이 되어서야 모두 집으로 돌아가요. 그리고 우리가 동냥해 온 것들을 모두 모아 엄마에게 드리지요."

"그럼 그렇게 해서 모은 것들로 너희 가족 모두가 먹고살 수 있어?"

"아니에요, 겨우 배고픔만 달래는 정도예요."

나는 호셀리토에게 학교에 다니는지도 물어보았다. 그러자 호셀리토가 되물었다.

"우리 식구가 어떻게 학비를 벌 수 있겠어요?"

나와 호셀리토가 이야기를 나누는 동안, 어린 여동생은 현관 옆 그늘에 쪼그리고 앉아 있었다. 여동생의 두 눈이 자꾸만 감기려고 했다. 그걸 본 호셀리토가 여동생을 일으켜 세우며 말했다.

"루이사! 잠들면 안 돼! 아직도 여섯 골목을 더 돌아다녀야 한단 말이야."

그런 그들의 모습을 보자 마음이 아팠다. 나는 오누이를 부엌으로 데리고 들어가 수프를 한 접시씩 건네주었다. 오누이는 무척이나 배가 고팠는지 허겁지겁 수프를 떠먹었다.

루이사가 신기하다는 듯 말했다.

"여기 정말 시원하다."

내가 다시 물었다.

"그런데 너희 아버지는? 아버지께서는 가족을 보살피지 않으시니?"

"우리 아버지요?"

호셀리토가 되물었다. 그러고는 슬픈 얼굴로 나를 올려다보며 말을 이었다.

"그럴 수만 있다면 진작에 그러셨을 거예요. 하지만 우리 아버지는 이제 더 이상 그럴 수가 없어요."

내가 놀라서 물었다.

"왜 아버지가 더 이상 너희를 돌볼 수 없는 건데?"

호셀리토가 갑자기 입을 닫더니, 접시 위로 고개를 숙였다. 그러고는 계속해서 숟가락질을 해 수프를 떠먹으며 못마땅한 목소리로 물었다.

"아줌마는 도대체 뭐가 알고 싶으신 거예요?"

나는 이제 전후 사정이 다 알고 싶었다. 그리고 그렇게 해서 나는 호셀리토 가족의 이야기를 모두 듣게 되었다. 그 이야기는 호셀리토와 그의 형제들에게서 시작된 것이 아니었다. 그 이야기는 산골 마을을 떠나 도시에서 살고 싶어 했던 어느 젊은이, 라몬 칼데라와 더불어 시작되었다.

다시는 돌아오지 못할 거다!

　　호셀리토의 아버지 라몬 칼데라는 인디오였다. 그는 어느 산골 마을에서 태어났다. 라몬의 아버지, 그러니까 호셀리토의 할아버지는 개울 아래까지 이어진 산비탈 전체를 소유하고 있었다. 라몬은 열두 형제 중 일곱 번째 아들이었지만, 그중에 다섯은 이미 죽고 말았다. 라몬은 염소와 양 치는 법을 배우며 자랐고, 덫을 놓거나 움막 짓는 법을 익혔다. 열아홉 살이 되자, 라몬은 이미 아주 튼튼하고 멋진 움막을 짓는 솜씨 좋은 젊은이로 소문 나 있었다.

　　주변에 살던 산골 마을 사람들은 새 움막을 지을 때면 모두가 라몬에게 도움을 청하러 찾아오곤 했다. 라몬은 크고 작은 나뭇가지들을 한데 모아 능숙하게 엮어 벽을 만들고는, 그 위에 진흙을 덧발랐다. 벽에 바르는 진흙은 너무 건조하거나 너무 축축해서도 안 되었다. 그리고 그런 진흙은 몇몇 특별한 장소에서만 구할 수 있었다. 엮어 놓은 벽에 바른 진흙이 마르는 동안, 라몬은 돌처럼 튼튼한 담장을 세웠다. 라몬이 세운 벽은 아주 반듯반듯했고, 그렇게 똑바로 각이 잡힌 벽 모서리들은 멋진 자태를 뽐냈다.

하지만 라몬의 자랑거리는 뭐니 뭐니 해도 그가 엮어 만든 지붕이었다. 라몬은 어떤 갈대가 지붕을 만들 때 가장 적당한지 잘 알고 있었다. 또 라몬은 그 갈대들을 어떻게 엮어서 서까래 위에 얹어야 하는지도 잘 알고 있었다. 그래서 그가 만든 지붕에서는 비 한 방울도 새지 않았다. 라몬에게 움막 짓는 것을 부탁한 사람들은 수고비 대신 손으로 직접 짠 바지나 어깨에 메는 자루, 또는 양 한 마리나 커다란 치즈 몇 조각을 건네주었다.

라몬의 아버지는 엄하지만 생각이 있는 사람이었다. 라몬이 마늘과 땀과 가죽 냄새를 풍기며 집에 돌아올 때면, 멀리서도 그 냄새를 맡을 수 있었던 아버지는 그런 아들을 자랑스러워하며 말하곤 했다.

"저 아이는 뭔가 할 수 있을 게야. 아니, 이미 제 몫을 할 줄 아는 아이가 되었지! 산골 마을 사람들 모두가 저 아이를 알고 있거든. 저 아이는 움막을 지어 주고, 그 대가로 한 뙈기 땅을 받을 수도 있을 게야. 이미 가축 몇 마리를 갖고 있고, 얼마 지나지 않아 분명 더 많은 것들을 얻게 될 게야."

하지만 라몬은 아버지와는 전혀 다른 생각을 품고 있었다. 라몬은 산골 마을 사람들이 자신을 솜씨 좋고 유능한 젊은이로 생각해 존중

한다는 사실을 알고 있었다. 또 그는 자신이 산골 마을에 사는 다른 대부분의 인디언들보다 더 영리하다는 것도 잘 알고 있었다. 하지만 라몬은 읽고 쓰는 법을 간절히 배우고 싶어 했다. 왜냐하면 이따금 산골 마을을 찾아왔던 아랫마을 사람들은 읽고 쓸 줄 알았기 때문이다. 하지만 산골 마을에는 학교가 없었다. 오직 한 분, 신부님만이 글을 읽을 줄 알았다. 신부님은 계곡 저편 산골 마을에 살고 있었고, 산골 마을에 살고 있는 사람들을 번갈아 방문하곤 했다. 그 밖에도 경찰관이 글을 읽고 쓸 줄 알았다. 하지만 그도 산 아랫마을에서 올라온 사람이었고, 자신을 다른 인디언들과 비교해 엄청 대단한 사람이라고 생각하고 있었다. 언젠가 한번은 라몬이 그 경찰관에게 읽고 쓰는 법을 가르쳐 달라고 부탁한 적이 있었다. 그러자 그는 비웃는 듯한 목소리로 대답했다.

"라몬, 그냥 지금처럼 그저 바보같이 지내거라. 너희 같은 사람들은 멍청하면 멍청할수록 다루기가 더 쉽거든."

그러던 어느 날 산하비에르에서 온 장사꾼이 선글라스, 귀고리, 목걸이, 주머니칼, 장난감을 비롯한 온갖 잡동사니들을 당나귀에 가득 싣고는 산골 마을을 찾아왔다. 라몬은 그에게서 주머니칼 하나를 샀다. 그러고 난 뒤 라몬은 장사꾼에게 몇 가지를 물어보았다. 하지만 그와 대화하는 것은 쉽지가 않았다. 왜냐하면 산골 마을 인디오들은 산 아랫마을 사람들과는 다른 사투리를 사용했기 때문이다.

그 장사꾼이 이야기 끝에 말했다.

“자네를 보니 정말 안타깝구먼. 그래, 자네 같은 젊은이라면 학교에 다녀야 해. 도시로 나가 살아야 한다고! 여기 산골 마을에만 머문다면, 자네는 점점 멍청해지고 자네 주변에 있는 사람들처럼 고약한 냄새를 풍기는 술주정뱅이가 되고 말 걸세.”

그 말은 맞는 말이었다. 그랬다! 이곳 산골 마을에는 산 아랫마을 사람들이 이야기하는 것들이라곤 아무것도 없었다. 구름 아래까지 치솟은 높은 집들도 없었고, 저절로 굴러가는 자동차도 없었으며, 읽고 쓰는 법을 가르치고 그 대가로 돈을 버는 것 말고는 다른 아무것도 할 필요가 없는 사람들도 없었다. 슬쩍 누르기만 하면 천장에 매달린 조명 장치에 불이 들어오게 하는 스위치도 없었고, 음악 소리나 사람들 목소리가 흘러나오는 상자도 없었다. 그리고 벽에 나타나 움직이는 그림들과 함께 길고 긴 이야기가 펼쳐지는 커다란 홀도 없었고, 그 밖에도 사람들의 숨을 멈추게 할 만큼 수없이 많은 신기한 것들도 없었다.

산골 마을 출신의 여자아이들 가운데 세 아이가 이미 산 아래 큰 도시에 내려가 살고 있었다. 한번은 모피 상인이 여자아이 한 명을 그곳으로 데려간 적이 있었다. 그리고 첫 휴가를 받아 집으로 돌아온 그 여자아이는 다른 두 여자아이를 데리고 산골 마을을 내려갔다. 그 세 여자아이들은 모두 하녀로 일했고, 가끔씩 집에 놀러 올 때면 믿기 어려운 이야기들을 들려주곤 했다. 그 여자아이들은 이제 더 이상 손으로 짠 치마는 입지 않았고, 맨발로 돌아다니지도 않았다. 굽 높은 구두를 신고 돌아다니다 움막 앞에 있는 진흙탕에 굽이 빠지기도 했다. 또한 입술을 새빨갛게 칠했고, 길게 땋았던 머리를 잘라 버렸다. 그들은 사진이라고 부르는 그림들을 만나는 사람마다 보여 주었다. 그리고 그 사진에는 그들의 모습이 담겨 있었다. 그 모습은 심지어 실제 모습보다 더 자세해 보였다. 그 여자아이들은 이제껏 단 한 번도 산골 마을 아래로는 내려가 본 적 없던 산골 마을의 다른 소녀들보다 자신들이 훨씬 대단하다고 생각했다. 하지만 그들도 아직 글을 읽거나 쓰지 못했고, 다시 도시로 내려가야 할 때가 되면 이상하게도 매번 소리 내어 울곤 했다.

라몬은 무엇이든 알고 싶어 했고, 그만큼 호기심도 많았다. 그는 새롭고 신기한 것들을 배우고 싶었고, 또 그런 생각을 어떻게든 실행에 옮기고 싶어 했다. 모든 새로운 것들과 모든 신기한 것들은 산 아랫마을에서 들려왔고, 대도시에서 전해져 왔다. 그러던 어느 날, 라몬은 마침내 도시로 내려가기 위해 가족들과 작별을 하게 되었다.

나이 든 아버지가 격한 목소리로 라몬에게 소리쳤다.

"산 아래 도시로 가게 되면, 너는 분명 타락하고 말 게다. 저 아래 도시는 공기가 너무 더워서 사람을 힘들게 만들지. 이 애비가 장담하건대, 얼마 지나지 않아 너는 다시 산으로 기어 올라오게 될 게다. 그러면 산골 마을 사람들이 모두 네 모습을 보며 비웃을 테지. 산 아래 도시 사람들까지도 들을 수 있을 만큼 큰 소리로 말이다!"

"아, 라몬이 정말로 다시 돌아올 수만 있다면 좋겠어요. 하지만 라몬은 도시에서 길을 잃고 말 거예요. 저 아이는 다시는 돌아오지 못할 거라고요. 여보! 난 그걸 분명히 느낄 수 있어요!"

등이 잔뜩 굽고, 발가락은 나무뿌리처럼 뒤엉켜 있으며, 결막염을 앓고 있던 라몬의 어머니가 우는 듯한 목소리로 한탄했다.

라몬은 어머니가 직접 짜 준 밝은 회색에 통이 큰 바지를 입고 길을 떠났다. 그는 산골 마을 사람들이 모두 그렇듯, 길게 늘어뜨린 머리카락을 목 언저리에서 한 가닥으로 땋은 채 맨발로 길을 떠났다. 라몬은 양털로 짠 두툼한 판초를 걸치고, 가죽 자루 하나를 메고 있었다. 그 자루 속에는 옥수수 빵과 치즈, 땅콩과 훈제 생선이 조금씩 담겨 있었다. 어린 막내 여동생이 산 아랫마을 쪽으로 길이 나 있는 산등성이가 나올 때까지 라몬을 따라왔다. 그리고 그곳에 서서는 라몬을 향해 한참 동안이나 손을 흔들어 주었다.

라몬은 잘생긴 젊은이였다. 그는 칠흑처럼 검으면서도 윤기 나는 긴 머리를 기르고 있었다. 약간 치켜 올라간 듯한 두 눈의 눈동자는 새카맸고, 눈썹은 짙었다. 그리고 코는 독수리 부리처럼 오뚝했다. 비록 키는 작았지만 강인한 젊은이였다. 그는 산 아래로 가는 멀고 험한 길을 거의 쉬지 않고 계속해서 내려갔다.

라몬은 길을 내려가다가 아는 사람들을 만났고, 그럴 때마다 사람들은 그에게 인사를 건넸다. 그러고는 라몬을 뚫어지게 쳐다봤다. 라몬의 얼굴은 기쁨으로 가득 빛나고 있었다. 그는 또 예전에 산골 마을 촌장을 지낸 테오도로 아저씨와도 마주쳤다. 테오도로 아저씨는 이제는 술을 팔고 있었다. 만약 아저씨가 그 많은 술을 직접 마셔 없애지만 않았더라면, 아저씨는 이미 오래전에 부자가 되었을 것이다.

테오도로 아저씨가 당나귀 등에 올라탄 채 라몬에게 물었다.

"그래, 잘 지냈냐? 너도 산하비에르 마을에 한번 가 보려는 게구나?"

라몬이 자신 있는 목소리로 대답했다.

"네! 하지만 좀 더 멀리 가 보려고요. 저는 도시까지 가서, 거기에서 살 거예요."

그러자 테오도로 아저씨가 단호한 목소리로 말했다.

"그렇다면 먼저 그놈의 바지부터 갈아입거라. 댕기 머리도 잘라 버리고! 그런 행색으로는 어디에도 갈 수 없을 게야. 또 그렇게 맨발로 다니다간 발바닥이 길에 달라붙고 말 거라고!"

테오도로 아저씨는 껄껄 소리 내어 웃으며, 한 손으로 코를 풀었다. 그리고는 당나귀를 탄 채 떠나가며 다시 한 번 소리쳤다.

"자, 그러면 모두 잘되기를 바란다! 부디 행복하게 살거라!"

떠나가는 테오도로 아저씨의 뒷모습을 바라보며 라몬은 생각에 잠겼다.

"아저씨가 취하셨나 보군. 무슨 말을 하시는 건지 도무지 모르겠어."

어느새 달은 하늘 높이 떠올라 있었다. 라몬은 이제 막 나지막한 언덕 위 자갈길을 걸어가고 있었다. 그는 툭 튀어나온 바위 밑으로 들어가 웅크리고 앉았다. 그러고는 판초로 몸을 감싼 채 행복한 기분으로 잠들었다.

다음 날 아침, 라몬은 잠에서 깨어났다. 이른 새벽인데도 공기가 산골 마을에서처럼 서늘하지 않다는 사실에 놀랐다. 계속해서 산을 내려가 폐 속으로 축축하게 젖어드는 희뿌연 안개 속에 들어가고 나서야 그는 자신이 서서히 저지대의 후덥지근한 열기 속으로 들어서고 있다는 사실을 깨달았다. 그는 자갈길을 벗어나 무성한 숲에 다다랐다. 숲을 빠져나오자 거대한 오렌지 농장과 커피 농장이 나타났고, 곧이어 목화밭이 지평선까지 펼쳐진 들판이 보였다.

갑자기 비가 쏟아졌다. 미적지근한 빗물에 라몬은 온몸이 쫄딱 젖고 말았다. 그렇지만 라몬은 비를 피해 잠시 나무 밑을 찾아들 생각조차 하지 않았다. 마침내 비가 그치고, 해가 다시 모습을 드러냈다. 그 순간 라몬은 산하비에르 마을의 지붕들이 옅은 안개 너머로 반짝이는 것을 보았다. 길에서는 뿌연 김이 올라오고 있었다. 들판에서도 김이 뿜어져 나오고 있었다. 라몬은 땀을 흘리기 시작했다. 그는 자기 몸에서도 김이 새어나오는 것 같다고 여겼다. 두통이 그를 괴롭혔다. 저녁나절이 되어서야 라몬은 작은 도시인 산하비에르에 도착했다. 하지만 라몬은 그 도시의 모습을 보면서도 그다지 놀라지는 않았다. 이미 많은 산골 마을 사람들이 산하비에르에 와 본 적이 있었기 때문이다.

산하비에르에는 사실 그다지 특별한 것이 없었다. 기와지붕이나 슬레이트 지붕으로 덮인 단층짜리 집들이 보였고, 야자나무가 늘어선 작은 광장이 있었으며, 소리가 라몬의 귓전에 울려 퍼지던 큰 종이 매달린 교회가 있었다. 집도 없이 길 위를 떠도는 한 무리의 개들이 있었고, 길가에 세워진 높은 나무 꼭대기에서 불꽃을 피우지 않으면서도 길 위를 환하게 내리비추는 전깃불이 있을 뿐이었다. 또한 집들 창문마다 불빛이 희미하게 새어 나왔고, 그 불빛은 웅덩이에 고인 빗물에 반사되어 빛나고 있었다. 라몬은 잠깐 사이에 아주 많은 사람들과 마주쳤다. 움막들이 산비탈 위와 개울을 따라 드문드문 떨어져 있던 산골 마을에서는 일주일 동안에 걸쳐 만날 수 있었던 사람들보다 훨씬 더 많은 사람들과 마주친 것이다. 하지만 그가 이제 그곳에서 마주친 사람들은 산 아랫마을에 살고 있는 사람들이었다. 그들은 하얀 피부에 짧은 머리를 하고 있었고, 콧수염을 기르고 있었다. 그들의 모습은 너 나 할 것 없이 끔찍하리만큼 이상해 보였다. 그리고 그들의 옷차림새도 신기하기만 했다. 여자들은 복사뼈까지 내려오는 길고 통 넓은 주름치마를 아무도 입고 있지 않았고, 모자도 쓰고 있지 않았다. 또한 남자들도 모두 맨발로 걸어 다니지 않았다. 그 대신 많은 남자들이 가슴 위 어깨 너머로 알록달록한 천을 두르고 있었다. 하지만 가장 흉측해 보였던 사람들은 샛노란 머리에 파란 눈을 가진 이들이었다.

라몬은 자신과 생김새가 똑같아 보이는 산골 출신 인디오도 몇 명 만났다. 하지만 아무도 그를 눈여겨보지 않았다. 그는 몇몇 가게에서 큰 소리로 흘러나오는 라디오 음악을 들었다. 그는 멈춰 서서 잠깐 동안 음악 소리에 귀를 기울였다. 이제껏 그는 그런 음악 소리를 한 번도 들어 본 적이 없었다. 하지만 라몬은 그 음악을 계속 듣고 있을 수 없었다. 그 소리가 너무나 시끄럽게 느껴졌기 때문이다.

그래, 자동차들! 자동차들이 있었다. 자동차들이야말로 산하비에르에서 본 것 중 가장 신기했다. 자동차들은 쏜살같이 지나다녔고, 그러면서 시끄러운 소리를 냈다. 하지만 그런 자동차를 밀어 주는 사람은 한 명도 보이지 않았다. 저 위 산골 마을로는 이런 자동차들이 올라온 적이 없었다. 산골 마을에는 커다란 길이 없었고, 단지 가축 떼나 짐승들 그리고 방랑자들이 지나다니는 좁은 오솔길만 나 있었기 때문이다.

바로 그날 저녁, 라몬은 색깔이 알록달록한 낡은 버스에 올라탔다. 그 버스는 강가에 자리한 대도시에 이르기까지 142킬로미터나 되는 울퉁불퉁한 시골길을 덜커덩대며 밤새도록 달렸다. 버스에는 딱딱한 나무 의자들만 설치되어 있었다. 게다가 자루며 짐을 둘러메고 대도시로 이사 가는 시골 사람들과, 채소나 과일이며 닭고기 같은 것들을 시장에 내다 팔러 도시를 찾아가는 사람들로 가득 차 있었다. 갑자기 라몬의 머리 위 그물 선반에서 두 발이 묶인 채 놓여 있던 닭들이 꼬꼬댁하고 울어 대기 시작했다. 그리고 계란이 가득 담긴 바구니를 든 뚱뚱한 아주머니가 라몬 옆으로 비집고 들어왔다. 그래서 라몬은 몸조차 마음 놓고 옴짝할 수 없었다. 라몬의 좌석 아래에는 망고,

호박, 멜론 같은 것들이 든 자루가 툭 불거져 나와 있었다. 그리고 앉을 자리를 찾지 못한 남자도 있었다. 결국 그 남자는 통로 한가운데에 서서 가야만 했다. 대나무를 팔러 도시로 나가던 길인 그 남자는 긴 대나무 다발을 비스듬히 들고 있었다. 천장이 낮은 버스 안에서는 대나무 다발을 똑바로 세워 들고 있을 수가 없었기 때문이다. 결국 그 남자는 대나무 다발 한쪽 끝을 라몬의 무릎 위에 기대어 놓았다. 그러곤 라몬에게 계속해서 미안하다며 사과했다. 어린아이들은 울어 댔고, 개들은 자루며 바구니에다 오줌을 싸 댔다.

버스는 이리저리 흔들렸다. 도로 곳곳에 파인 웅덩이를 지날 때마다 버스가 덜컹거려 승객들은 이리저리 휩쓸리곤 했다.

라몬은 당황스러웠다. 본래 태울 수 있는 정원보다 훨씬 많은 승객을 태운 버스 안의 혼잡함과 열기, 그리고 버스 안을 가득 채우고 있던 고약한 냄새 탓에 라몬은 차멀미가 나는 것을 느꼈다. 결국 라몬은 열려진 창문 밖으로 토하고 말았다. 그러고 난 뒤 그는 기진맥진해 잠이 들었다. 라몬은 버스가 가는 곳마다 멈춰 서서는 승객들을 내리고 태우는 것을 알지 못했다. 버스가 강가에 이르러, 배에 올라타기 위해 길게 늘어선 자동차 줄에 합류해 두 시간 가까이나 기다렸다는 사실도 알지 못했다. 또 배에 올라탄 버스가 강을 가로질러 거대한 도시의 소음 속으로 들어서고 있다는 것조차도 전혀 알아차리지 못했다.

대도시에 도착한 인디오 청년

　어느 더운 날 아침, 라몬 칼데라는 대도시에 도착했다. 버스가 중앙 광장에 도착하고 나서야 라몬은 깊은 잠에서 깨어났다. 누가 먼저라고 할 것 없이 승객들은 서둘러 버스에서 내리고 있었다. 그러다 메고 있던 가방이나 자루 등으로 라몬의 몸을 툭툭 치곤 했다. 깜짝 놀라 잠에서 깬 라몬은 당황한 채 비틀대며 인도로 내려섰다. 그렇게 잠이 덜 깨 멍한 상태에서 라몬은 어디론가 급히 가고 있는 사람들 사이로 휩쓸려 들어갔다.

　라몬은 길 한가운데에 멈춰 서서 놀란 눈으로 주위를 둘러보았다. 산처럼 높다란 건물들에는 가지각색의 간판들이 걸려 있었다. 광장에는 먼지 덮인 나무들이 늘어서 있었고, 그 위로는 전깃줄들이 마구 뒤엉킨 채 늘어져 있었다. 길 위로는 온갖 종류의 차들이 오가며 귀

청이 터질 듯한 소음을 쏟아 내고 있었다. 라몬 옆에서는 리어카에 실린 소리 상자가 음악 소리를 내고 있었고, 뒤편에는 아이스크림 수레가 서 있었다. 앞에는 거대한 기사상이 서 있었고, 발밑에 뜨겁게 달아오른 아스팔트가 깔려 있었다.

햇볕에 시커멓게 탄 복권 장수 두 명이 라몬을 붙잡았다. 그들은 라몬의 코앞에 복권을 들이대고는 복권을 사라고 강요했다. 하지만 라몬은 그들이 하는 말을 이해하지 못했다. 라몬은 복권이 뭐 하는 것인지도 몰랐고, 그들이 자기에게 뭘 원하는지도 알지 못했다. 라몬은 서둘러 사람들의 무리 속으로 도망쳐 들어갔다.

한 무리의 관광객들이 라몬을 매혹적인 눈으로 바라보다가, 이내 라몬 옆으로 다가와 사진을 찍어 댔다. 금발 머리 여인이 라몬의 손에 동전 몇 푼을 쥐어 주고는 뭐라고 중얼거렸다. 하지만 라몬은 그 여인이 하는 말을 알아들을 수가 없었다. 아이스크림 장수가 끌고 가던 수레로 라몬을 길 한쪽으로 밀쳤다. 라몬 옆을 지나쳐 가던 아이들은 킥킥거리며 웃어 댔다.

사내아이 하나가 말했다.

"저 아저씨한테서 엄청 지독한 냄새가 나!"

다른 여자아이가 물었다.

"엄마, 저 사람은 남자야, 여자야?"

라몬처럼 쭉 찢어진 눈에 붉은색 피부를 가진 한 남자가 멈춰 서서 라몬에게 말을 걸었다.

“자네, 이제 막 산골에서 내려왔나 보군. 그런 차림새로는 여기에서 살 수 없어. 그저 다른 사람들의 우스갯거리가 될 뿐이지. 그러니 당장 자네의 길게 땋은 머리부터 잘라 버리고, 바지를 입고 신발을 신도록 하게나. 안 그러면 일자리도 절대 못 구할 거야.”

라몬은 그 남자에게 뭐라고 대꾸할 틈조차 없었다. 그는 이미 사람들의 무리 속으로 사라진 뒤였기 때문이다. 라몬은 자기 발을 내려다보았다. 아무것도 신지 않은 두 발에는 진흙이 잔뜩 달라붙어 있었고, 발바닥은 무척이나 후끈거렸다. 라몬은 서둘러 건물 앞에 드리워진 그늘 속으로 들어갔다. 그렇게 해서 달아오른 발바닥을 간신히 식힐 수 있었다. 하지만 이제 어디서 바지와 신발을 구해야 할지 라몬은 막막하기만 했다. 그의 주머니에는 차비를 내고 남은 돈 조금과 지나가던 여행객이 주고 간 동전 몇 푼이 들어 있을 뿐이었다. 하지만 그 돈은 뭔가 먹을 것을 사는 데 써야 했다. 약간의 먹을 것을 담아 왔던 자루는 산을 내려오는 동안에 이미 바닥을 드러냈기 때문이다.

도시는 정말로 뜨거웠다! 입고 있던 판초 아래로 땀방울이 마구 흘러내렸다. 라몬의 몸에서는 가죽 냄새와 제대로 가공되지 않은 양털 냄새, 그리고 땀 냄새가 진동했다. 라몬은 갑자기 처량한 생각이 들었다. 라몬은 길가에 쭈그리고 앉아 화끈거리는 발바닥 밑에 빈 자루를 밀어 넣었다.

어떻게 하면 이 대도시에서 살아남을 수 있을까? 어떻게 하면 자신이 오두막 짓기에 뛰어난 기술을 가지고 있다는 사실을 사람들에게 알릴 수 있을까?

개들이 그의 곁으로 다가와 킁킁대며 냄새를 맡았고, 당나귀가 끄는 수레는 하마터면 그의 발가락을 밟고 지나갈 뻔했다. 갑자기 거지가 다가와 라몬에게 소리를 질러 댔다.

"여기서 동냥질을 하려고? 어림도 없지! 여긴 내 자리야! 그러니 당장 꺼지라고!"

라몬은 기운 없는 목소리로 대꾸했다.

"저는 구걸하는 사람이 아니에요."

그때 누군가가 라몬 뒤에서 큰 소리로 불렀다.

"이보게! 이리로 와 보게!"

그 사람은 이발사였다. 이발사는 가게 문 밖으로 머리를 빼꼼히 내밀고 있었다. 라몬은 영문을 몰라 주위를 둘러보았다. 라몬은 이제껏 한 번도 이발소를 본 적이 없었다.

이발사가 다시 한 번 손짓을 하며 말했다.

"나한테 자네의 그 긴 머리카락을 팔게! 머리카락을 판 돈으로 신발 정도는 사 신을 수 있을 거야. 자네의 두 발이 뜨거운 아스팔트 위에 찰싹 달라붙기 전에 말이야!"

이발사는 라몬을 어두컴컴한 이발소 안으로 데리고 들어가 의자 위에 앉혔다. 그러고는 라몬의 머리띠를 풀어 길게 땋은 머리카락을 싹둑 잘라 내고, 머리를 짧게 다듬어 주었다. 그런 다음 이발사는 지폐 한 장을 라몬의 손에 쥐여 주며 말했다.

“바로 옆에 가면 신발 가게가 있어. 이 돈이라면 거기에서 천으로 만든 신발 한 켤레 정도는 살 수 있을 거야. 물론 제대로 된 신발을 사기에는 부족하겠지만. 어쨌거나 이제 그만 내 가게에서 나가 주게! 자네가 조금만 더 있다가는 가게 안이 온통 고약한 냄새로 가득 차고 말겠어!”

신발 가게에 와 있던 손님이 라몬을 보자 소리쳤다.

“세상에! 저 바지 좀 봐! 직접 손으로 짠 거야! 값이 제법 나가겠는 걸! 자네, 이제 막 산에서 내려오는 길인가?”

라몬이 수줍어하며 대답했다.

“네, 그렇습니다.”

“내가 알고 지내는 사람이 있는데, 그 친구는 지금 자네가 입고 있는 바지와 같은 옷만 보면 아주 정신을 못 차리지. 그 친구는 그런 것들을 즐겨 모으거든. 캐나다인 기술자인데, 아마도 그 친구라면 자네의 물건을 사고, 그 대가로 뭔가를 줄 거야. 내가 자네에게 그 친구의 주소를 적어 주겠네. 물론 글은 읽을 수 있겠지?”

라몬은 말없이 고개를 저었다.

그러자 남자가 말했다.

“이런! 그 생각은 미처 못했군! 그럼 나와 함께 가세. 내가 자넬 그 친구 집까지 데려다 주겠네.”

남자는 라몬의 팔을 잡고는 밖으로 데리고 나와 자신의 배달 차 뒷문으로 라몬을 태웠다. 그러고는 시내에서 빠져나와 으리으리한 저택들이 모여 있는 갈라테아 구역으로 차를 몰았다.

라몬은 자신에게 무슨 일이 일어나고 있는 것인지 도무지 이해할 수 없었다. 그만큼 모든 일들이 순식간에 진행되었다. 라몬은 머리를 두 손으로 감싸 쥐었다. 하지만 손끝에 와 닿는 것은 예전의 길게 땋은 머리가 아니라 짧게 깎은 머리였다. 그래서인지 그 느낌은 이상하기만 했다.

차 안은 캄캄해서 라몬은 거의 아무것도 볼 수 없었다. 하지만 그의 눈앞에는 이발소에서 봤던 커다란 거울과 끝없이 길게 늘어서 있던 새 신발들이 여전히 아른거리고 있었다. 차가 커브를 돌 때마다 라몬의 몸도 덩달아 한쪽으로 쏠리곤 했다. 라몬은 차 안에 앉아 떠나온 산골 마을을 그리워했다. 그 순간 갑자기 차가 브레이크를 밟으며 멈춰 섰다. 라몬은 차 안의 가운데 칸막이에 콩! 부딪히고 말았다.

남자가 차에서 내리더니, 어느 저택의 초인종을 눌렀다. 그러자 하녀가 나와 문을 열어 주었다.

하녀가 말했다.

"필리페 씨, 안녕하세요? 에르네스토 씨는 아직 공장에 계세요. 하지만 곧 돌아오실 겁니다. 잠시 기다리시겠어요?"

필리페라 불린 남자가 대답했다.

"기다릴 시간은 없고, 산골에서 내려온 젊은이 한 사람을 에르네스토 씨에게 소개해 주게. 내 안부 인사도 함께 전해 주고 말이야. 아마 에르네스토 씨라면 저기 차 안에 타고 있는 젊은이가 입고 있는 옷들을 마음에 들어 할 거야. 항상 그런 물건을 찾곤 했거든."

남자는 배달 차의 문을 열고 라몬을 내리게 했다. 라몬은 밝은 햇살을 보자 눈이 부셨다. 짧게 깎은 머리에 와 닿는 바람이 시원하게 느껴졌다. 남자는 라몬에게 쪽문으로 들어가 기다리라고 말하고는 차를 타고 그곳을 떠났다. 라몬은 해가 뜨겁게 내리쬐는 대문 앞 계단 위에 쪼그리고 앉았다. 서늘한 저 위 산골 마을에서는 휴식을 취할 때면 모두가 햇볕이 잘 드는 장소를 찾곤 했다.

하녀가 부엌 창문을 통해 라몬에게 소리쳤다.

"그늘로 가 앉으세요! 그러다가 더위 먹겠어요."

라몬은 순순히 그늘 속으로 자리를 옮겼다.

잠시 후에 하녀가 물었다.

"이 도시엔 무슨 일로 오셨나요?"

라몬이 대답했다.

"산골에서 벗어나, 넓은 세상 어디론가 떠나고 싶었어요."

"그나저나 발부터 씻으실래요? 저기 정원에 물을 주는 고무호스를 꽂는 수도꼭지가 보이죠?"

라몬은 수도꼭지가 무엇인지, 정원에 물을 주는 고무호스가 무엇인지 알지 못했다. 잠시 후, 하녀가 집 밖으로 나와 라몬에게 일일이 설명해 주었다. 하지만 하녀는 라몬을 결코 비웃지 않았다. 오히려 그가 아무것도 모르는 걸 당연하다고 여겼다. 채 2년도 되기 전, 그녀가 도시에 처음 왔을 때, 자신도 도시에 있는 그 모든 신기한 것들을 전혀 이해할 수 없었기 때문이다.

라몬은 종아리와 발바닥에 묻은 진흙을 물로 씻어 내고 있었다. 그때 하녀가 라몬에게 다가와 미소 지으며 물었다.

"저는 라파엘라라고 해요. 당신은요?"

"라몬입니다."

라몬이 대답하고는 라파엘라의 얼굴을 신기한 듯 바라보았다. 라파엘라의 얼굴은 작고 동그스름했고, 다정해 보였다. 하지만 두꺼운 입술이 툭 불거진 그녀의 얼굴은 완전히 검은색이었다. 그 대신 커다란 두 눈에 있는 흰자위는 유난히 하얗게 반짝였다. 머리카락은 아주 짧고 곱슬곱슬했으며, 손바닥은 붉은 선홍빛이었다. 라파엘라는 제법 통통한 편이었고, 라몬보다 한 뼘 정도 키가 작았다.

라파엘라가 웃으며 다시 물었다.

"왜 그렇게 물끄러미 쳐다보세요? 제가 흑인이라서요? 그게 뭐 어때서요? 설마, 아직껏 흑인을 본 적이 한 번도 없는 건 아니겠죠?"

라몬이 대답했다.

"아뇨, 본 적이 없어요. 우리 고향 마을에는 흑인이 없었거든요."

그러자 라파엘라가 말했다.

"하지만 바닷가 마을에는 나처럼 생긴 흑인들만 살고 있어요. 그리고 이 도시에서는 모두가 한데 어울려 함께 살고 있고요. 그나저나 배 안 고프세요?"

그랬다. 라몬은 무척이나 배가 고팠다.

라파엘라가 말했다.

"죄송하지만 당신을 집 안으로 들일 수는 없어요. 우리 주인님은 아무나 함부로 집 안으로 들이는 것을 좋아하지 않거든요. 요즘에는 수많은 불량배와 도둑과 사기꾼들이 판치고 있거든요. 그들은 당연히 부잣집들을 호시탐탐 노리고 있죠. 그렇다고 해서 저는 부자들이 가끔씩 도둑들에게 털리는 걸 무조건 반대하지만은 않아요."

라몬이 말했다.

"조금만 천천히 말해 줄래요? 당신이 말하는 걸 잘 알아듣지 못하겠어요."

라파엘라는 라몬에게 수프 한 접시를 가져다주었다. 라몬은 짭짭 소리를 내며 아주 맛있게 수프 한 접시를 비웠다.

수프를 다 먹고 나자 라몬이 물었다.

"제가 할 만한 일이 혹시 어디 없을까요?"

라파엘라는 그런 라몬을 안타까운 눈빛으로 바라보며 말했다.

"일자리를 찾으려면 아주 커다란 행운이 따라 줘야 할 거예요. 공장 앞마다 일자리를 구하려는 사람들이 길게 늘어서 있다는 걸 아무도 말해 주지 않던가요? 이 도시에서는 거의 모든 것을 다 구할 수 있어요. 하지만 일자리만큼은 구하기가 쉽지 않지요. 어쩌면 지금이라도 당장 고향으로 돌아가는 게 가장 현명한 길일지도 몰라요."

라몬이 말했다.

"싫어요. 어쨌든 여기까지 왔으니 어떻게 해서든 이곳에 남아 있을 겁니다. 무슨 일이 일어난다 할지라도 말입니다. 당신도 어쨌거나 일자리를 찾았잖아요?"

라몬이 말을 끝내기가 무섭게 라파엘라가 다시 말했다.

"저는 정말 운이 좋았어요. 저는 이집 저집 찾아다니며 제가 할 만한 일이 없는지 물었죠. 시골에서 온 우리 같은 여자들에게는 하녀가 되거나 빨래꾼이 되는 것 말고는 정말이지 다른 가능성이라고는 거의 없어요. 다행히 어느 날, 아는 것도 없고 할 수 있는 것도 전혀 없이 길거리를 떠돌던 저를 이 집 글래디스 부인께서 구해 줬지요. 다른 여주인들은 거의 대부분 그렇게 하지 않아요. 하지만 글래디스 부인은 외국 사람이어서 그런지 그런 관습 따위에는 전혀 신경 쓰지 않았어요. 심지어 며칠 전에는 여행을 떠나면서도, 장롱조차 잠그지 않았답니다."

그때 자동차 한 대가 경적을 울리며 정원 안으로 들어왔다. 라몬은 깜짝 놀라 자리에서 벌떡 일어섰다.

그러자 라파엘라가 말했다.

"그냥 앉아 계세요. 저분이 바로 에르네스토 씨랍니다."

자네, 비질은 할 수 있겠지?

라몬도 운이 좋았다.

하얀 피부에 금발 머리의 에르네스토 씨는 라몬에게서 바지와 가죽 자루와 판초를 사 주었다. 게다가 자신이 입던 낡은 바지와 더 이상 쓰지 않는 모자 하나, 그리고 양말 한 켤레와 셔츠를 선물로 주기까지 했다. 어쨌거나 벌거벗다시피 한 라몬을 그 모습 그대로 돌려보낼 수는 없었기 때문이다. 라몬은 자신의 옷과 물건을 팔아 받은 돈을 아주 유용하게 사용할 수 있었다. 우선 어디든 머물 곳을 먼저 찾아야 했고, 무엇이든 먹을 것이 필요했다. 하지만 이 도시에서는 공짜로 얻을 수 있는 것은 아무것도 없었다.

에르네스토 씨가 말했다.

"이런 가죽 자루를 한두 개 더 갖고 싶군. 자네, 다음번에는 언제쯤 다시 이곳에 올 건가?"

라몬이 대답했다.

"저는 고향으로 돌아가지 않을 겁니다. 도시에서 살려고 여기에 왔거든요. 저는 여기에서 일도 하면서 계속 살 겁니다."

에르네스토 씨가 말했다.

"아마도 누군가가 자네에게 잘못된 조언을 해 줬나 보군. 빨리 고향 집으로 돌아가게. 여기에는 구할 수 있는 일자리보다 일자리를 찾는 사람들이 훨씬 더 많으니까."

라몬이 풀 죽은 목소리로 대답했다.

"아닙니다. 저는 여기에 남아 있을 겁니다."

에르네스토 씨는 계속 타이르듯 말했다.

"자네는 아무 일자리도 찾지 못할 거야! 누가 자네처럼 아무것도 배운 게 없는 사람을 쓰려고 하겠나? 보조 일꾼이라면 자네 말고라도 어디에서나 쉽게 찾을 수 있다고!"

하지만 라몬은 자신만만한 목소리로 대답했다.

"저는 오두막을 잘 지을 수 있어요. 제가 살던 마을에서는 갈대 지붕을 덮은 오두막을 아무도 저만큼 훌륭하게 잘 짓지 못했거든요."

"맙소사! 갈대 지붕이라고! 대체 여기서 누가 갈대 지붕을 필요로 한단 말인가? 자네 앞길이 정말로 갑갑하군그래."

에르네스토 씨가 잠시 무언가를 생각하더니 계속해서 물었다.

"오늘 오후에 나와 함께 공장에 한번 찾아가 보겠나? 어쩌면 내가 자네에게 조금이나마 도움을 줄 수 있을지도 모르겠군. 공장 인사 담당자가 내 친구거든. 물론 그 공장에서 갈대 지붕이 덮인 오두막 짓는 사람이 필요한 것은 아니지만 말이야. 그나저나 자네, 비질은 할 수 있겠지?"

"비질이요? 물론 할 수야 있죠."

라몬이 깜짝 놀라며 되물었다.

그렇게 말하면서도 라몬은 피식 웃음이 새어나오는 것을 참지 못했다. 비질이라니! 그런 일은 고향에서는 여자들이나 하는 일이었기 때문이다. 그런데 이 도시에서는 남자들이 그런 일을 한다는 말인가?

"먼저 옷부터 갈아입게. 말이 나온 김에 지금 당장 가 보자고."

에르네스토 씨가 말했다.

라몬은 다른 사람들처럼 일자리를 구하기 위해 인사과 사무실 앞에 길게 늘어서서 기다리고 있을 필요가 없었다. 그리고 에르네스토 씨는 정말로 라몬에게 일자리를 구해 주었다.

라몬은 정말 행운아였다. 라몬은 아무 대책 없이 산골 마을을 떠나왔다. 그런데도 도시에 도착하자마자 곧바로 일자리를 구한 것이다.

라몬은 3호 공장 청소부가 되었다. 2호 공장 청소부는 호세라는 이름의 나이 든 흑인이었다. 그에게는 라몬에게 해야 할 일을 알려 주라는 지시가 내려졌다.

"이 도시에는 처음 왔나 보군. 그런데 어디에서 살고 있나?"

호세가 살며시 미소 지으며 물었다.

"아직 살 곳은 구하지 못했어요."

라몬이 대답했다.

키가 크며 황소처럼 목이 굵고, 새하얀 곱슬머리의 호세가 말했다.

"그렇다면 우리 집에서 나와 함께 사세나! 내겐 가족이 없다네. 혼자 살고 있지. 그러니 다른 마땅한 곳을 찾을 때까지는 우리 집에서 머물러도 된다네."

라몬은 정말로 운이 좋았다.

처음에는 빗자루를 손에 든 자신의 모습이 부끄럽기만 했다. 그런 모습을 고향 사람이 본다면, 영락없이 놀림감이 되고 말 것이기 때문이다. 하지만 시간이 지나면서 라몬은 도시에 사는 사람들은 전혀 다르게 생각한다는 사실을 알게 되었다. 그러고는 이내 비질에 적응하게 되었다.

하지만 신발만큼은 적응하기가 쉽지 않았다. 신발을 신고 다니는 게 불편하고 거추장스럽기만 했다. 이날 입때까지 라몬은 신발을 신지 않고 살아왔던 것이다. 하지만 그런 그도 이제는 신발이 꼭 필요한 물건이라는 걸 이해할 수 있었다. 왜냐하면 그가 이 도시에 도착하던 첫날 아침에 뜨겁게 달아오른 길 위에서 하마터면 두 발에 화상을 입을 뻔한 경험을 당해 봤기 때문이다.

호세는 친절하고 다정한 사람이었다. 그는 딱딱한 신발이 불편하게 느껴지지 않도록 라몬의 신발 안에 부드러운 종이를 넣어 주었다.

그리고 갈아 신을 수 있도록 신던 양말 한 켤레도 선물로 주었다. 또한 라몬에게 손을 대고 코를 풀면 예의에 어긋난다는 것도 가르쳐 주었고, 커피를 끓여 주기도 했다.

호세와 라몬은 건물 뒷마당 쪽에 자리한 어두침침한 방에서 살았다. 뒷마당 쪽으로는 그러한 작은 방들이 열 개 정도 더 있었다. 그 방들마다 공장 노동자들이 세 들어 살고 있었다. 그곳에서는 모두 열여섯 명이나 되는 사람들이 살고 있었는데, 세면대는 하나밖에 없었다. 그나마 그것마저도 집 밖에 있었고, 화장실도 단 하나뿐이었다. 그래서 아침이면 세면대를 먼저 차지하겠다고 앞다투어 몰려드는 사람들로 수돗가와 화장실 앞은 늘 북새통을 이루곤 했다.

또 저녁때면, 그곳은 아주 늦은 시간이 되어서야 조용해졌다. 그들 중에 한 사람이 라디오를 가지고 있었는데, 다른 사람들도 함께 들을 수 있도록 라디오의 볼륨을 아주 크게 틀어 놨기 때문이다.

호세는 말하곤 했다.

"나는 이미 오래전에 씻는 걸 포기했어. 대신 일주일에 한 번만 씻고 있지. 바로 일요일 아침에 말일세. 일요일이면 다른 노동자들은 한낮이 다 되도록 잠을 자거든. 그러면 수도꼭지는 내 차지가 되는 거야. 그리고 평일에는 공장에 가서 일하다 보면 금세 다시 더러워진다고. 게다가 어차피 나는 원래 피부색이 까맣잖아? 그러니 일요일 오후에 깨끗이 씻고 산책을 나갈 수 있다면, 나는 그걸로도 충분하다네."

라몬은 배우고 또 배웠다. 호세는 라몬에게 훌륭하고 인내심 많은 선생님이었다. 하지만 길고도 힘든 낮 시간을 보내고 난 뒤, 라몬이 무척이나 지치고 힘들어한다는 사실을 알아차릴 때면, 호세는 아무 말도 하지 않았다. 그럴 때면 호세는 자신의 침대 위 벽에 걸어 두었던 기타를 끌어안고는 나지막이 기타를 연주했다. 호세가 연주하는 기타 소리를 들으며 라몬은 다시금 마음의 안정을 되찾곤 했다.

호세의 나이는 벌써 예순다섯 살이었다. 그는 50년 가까이 이 도시에서 살았고, 35년 동안 2호 공장 청소부로 일해 왔다. 그래서 청소와 관련된 것들은 훤히 꿰뚫고 있었다.

"라몬, 빗자루를 이렇게 잡게. 그러면 훨씬 더 편할 거야."

호세는 라몬에게 온갖 요령을 알려 주었다. 덕분에 라몬은 얼마 지나지 않아 유능한 청소부가 되었다. 라몬은 매일 아침 여덟 시부터 청소를 시작했고, 점심을 먹느라 쉬었던 삼십 분을 제외하고는 엄청난 열기로 뒤덮인 커다란 공장 안에서 오후 다섯 시까지 일했다. 공장 안에서는 악취가 나고, 더러운 먼지가 날리고, 끊임없이 시끄러운 소리가 울려 퍼졌다.

비질을 하지 않을 때면 라몬은 공장 안의 기계를 깨끗이 닦았다. 물론 라몬은 기계를 다루지는 못했다. 읽고 쓸 줄 몰랐던 탓에 이런저런 손잡이와 버튼 옆에 뭐라고 쓰여 있는지 알지 못했기 때문이다. 하지만 라몬은 영리한 사람이었다. 라몬은 비질을 하면서도 다른 노동자들이 일하는 것을 힐끔힐끔 훔쳐보았다. 그렇게 해서 그는 마침내 어떨 때 버튼을 누르고, 또 어떻게 손잡이를 밀고 당기는지 배우게 되었다.

기계 다루는 기술자들은 자리를 비우고 잠시 밖에 나가야 할 때면, 종종 라몬을 부르곤 했다. 그럴 때마다 라몬은 기술자들을 대신해 기계를 맡아 다루었고, 또 맡은 일을 아무 문제 없이 거뜬히 해냈다. 물론 그런 일들은 공장 책임자들이 알지 못하는 사이에 일어나야만 했다.

그렇게 라몬 칼데라는 항구와 맞닿아 있는 아베니다 베자비스타 거리의 끝자락에 위치한 카밀로 페레즈 주식회사 종이 공장에서 12년 동안을 일했다. 공장은 라몬이 호세와 함께 살고 있던 작은 방에서 두 구역쯤 떨어진 곳에 자리하고 있었다. 라몬이 공장에서 일한 지 1년이 지난 어느 날, 공장장이 라몬에게 말했다.

"자네 같은 사람이 빗자루나 들고 있다니 정말 안타깝네. 사장님에게 혹시 자네가 기계를 다루어도 괜찮은지 한번 물어보게. 만약 사장님이 나한테 자네에게 기계를 맡겨도 되는지 물어본다면, 기꺼이 자네를 추천해 주겠네."

그런 일이 있고 난 뒤, 라몬은 사장실을 찾아갔다.

사장이 말했다.

"라몬, 나는 자네가 결코 미련한 사람이 아니라는 걸 잘 알고 있네. 하지만 자네는 읽고 쓸 줄 모르잖아? 그러니 읽고 쓸 수 있게 되면 다시 찾아오게. 그때 이 일에 대해 다시 한 번 이야기해 보자구."

사장을 만나 그런 이야기를 듣게 되자, 라몬은 한껏 기대감에 부풀었다. 그래서 그는 어떻게든 읽고 쓰는 것을 배우려고 했다.

호세가 말했다.

"이봐, 라몬! 이번 일에 대해선 나한테 아무것도 기대하지 말게. 나도 읽고 쓸 줄 모르거든. 물론 나는 그런 걸 배울 필요가 없었지. 자네도 잘 알잖나? 글을 몰라도, 내가 맡고 있는 공장을 그동안 아무 문제없이 잘 관리해 왔다는 사실 말일세."

라몬이 대답했다.

"하지만 저는 더 배우고 싶어요."

호세가 계속해서 말했다.

"지나친 욕심은 화를 불러오는 법이네. 자네는 이미 잘 살고 있어. 잘 곳도 있고, 입을 옷도 있지. 먹을 것도 나름 부족하지 않고 말이야! 그런데 뭘 더 바라는 겐가?"

그랬다. 이번 일만큼은 호세에게서 아무런 도움도 기대할 수 없었다. 그래서 라몬은 에르네스토 씨에게 읽고 쓰는 걸 배우고 싶다는 말을 꺼내 보기로 마음먹었다. 기술자였던 에르네스토 씨는 종종 3호 공장에 들르곤 했고, 라몬은 그가 오기만을 손꼽아 기다렸다.

에르네스토 씨는 라몬을 보자 반갑게 웃으며 물었다.

"아, 인디오 청년! 어떤가? 우리 공장에서 일하는 게 맘에 드나? 그사이 자네가 잘 적응해서 열심히 일하고 있다는 소식은 듣고 있었네."

라몬은 용기를 내어 서둘러 말을 꺼냈다.

"하지만 저는 이제 읽고 쓰는 법을 배우고 싶습니다. 그래야 저도 기계를 맡을 수 있게 될 테니까요!"

에르네스토 씨가 말했다.

"그래? 그렇다면 읽고 쓰지 못하는 사람들에게 글을 가르쳐 주는 야학에 다녀 보면 어떨까? 그곳에서는 수업료도 거의 받지 않거든. 일주일에 세 번 수업이 있는데, 여기에서 그리 멀지도 않고, 일이 끝난 다음에 가면 될 테니 말이야."

라몬은 그런 사정을 주위 사람들에게 충분히 설명하고는, 밤마다 일주일에 세 번씩 아베니다 베자비스타에 있는 야학에 다니기 시작했다. 학교에서는 선생님들이 어른들에게 읽고 쓰는 것을 가르쳤다. 수업료는 얼마 되지 않았다. 물론 연필과 공책은 직접 준비해 가야 했다.

라몬이 들어간 반에는 여섯 명의 하녀와, 읽고 쓸 줄 몰라서 일자리를 얻지 못하는 젊은 남자 서너 명이 앉아 있었다. 그리고 공장 관리자가 보내서 수업을 듣는 몇몇 나이 든 노동자들도 있었다. 또 건물 관리인 두 명과, 주인이 수업료를 대신 지불해 주는 가게 심부름꾼 소년도 두 명 있었다. 수업이 시작되고 얼마 지나지 않아, 하녀 두 명과 일자리를 찾지 못하던 젊은 남자 두 명은 더 이상 보이지 않았다. 하지만 다른 사람들은 계속해서 수업을 들으러 왔다.

라몬은 아주 열심히 배웠다. 다섯 번째 수업을 들은 다음, 라몬은 공장에서 꾸깃꾸깃 구겨진 신문을 집으로 가져왔다. 그러고는 천장 전깃줄에 매달린 희미한 백열전구 불빛 밑에서 신문을 반듯이 펴고는, 한 글자 한 글자 읽어 나가기 시작했다. 호세는 그런 라몬을 신기하다는 듯 바라보며 중얼거리곤 했다.

"어휴, 정말 열심히도 하네!"

그렇게 세 달이 지나자, 라몬은 드디어 읽고 쓸 수 있게 되었다. 라몬은 신문 한 장과 다 쓴 공책 하나를 옆구리에 끼고는 다시 사장실을 찾아갔다. 그의 가슴은 터질 것처럼 두근거렸다.

아주 긴장된 순간이었다. 사장실 안으로 들어서는 순간, 라몬은 너무 긴장한 나머지 인사하는 것조차 잊고 말았다.

"저도 이제 할 수 있어요!"

라몬이 더듬거리며 말하고는, 너덜너덜해진 공책을 사장 앞 책상 위에 내려놓았다. 그러고는 신문을 펼쳐 들고 읽어 나가기 시작했다.

사장이 당황해하며 물었다.

"이게 무슨 짓인가? 자네 3호 공장 청소부 아닌가?"

라몬이 몹시 흥분한 목소리로 말했다.

"사장님이 말했잖습니까! 만약 제가 읽고 쓸 수 있다면, 저한테도 기계를 하나 맡겨 주신다고요!"

사장이 껄껄 소리 내어 웃으면서 말했다.

"세상에! 자네를 보니 내 더는 할 말이 없군!"

사장은 당장 공장장을 불렀다. 그리고 라몬에게는 다시 한 번 행운이 찾아왔다. 이제부터는 정말로 기계를 맡아 일을 하게 된 것이다.

라몬은 이제 매일 아침 여덟 시부터 오후 네 시 삼십 분까지 화장지를 둘둘 말아 내는 기계를 맡아 일을 했다. 월급도 당연히 더 많아졌다. 이제 그는 어엿한 사람이 되었고, 무엇인가 할 수 있는 사람이 되었다. 그는 영화에서 봤던 것처럼 치약과 칫솔을 구입할 수도 있었다. 영화에 나오는 지체 높은 사람들은 모두가 그처럼 양치질을 했던 것이다.

호세가 말했다.

"자네가 어느 날 갑자기 이렇게 큰 행운을 누리게 될지 누가 알았겠는가? 나는 청소부가 되기 전, 처음 몇 년 동안 거리를 헤매며 구걸해야 했지. 그런데 자네는 정말 짧은 시간 안에 엄청난 일을 해냈구먼! 이제는 결혼만 하면 되겠어!"

라몬이 대답했다.

"먼저 제가 살 방부터 구하고요. 제가 너무 오랫동안 아저씨에게 신세를 진 것 같아요."

호세가 당치도 않다는 듯 말했다.

"무슨 소리! 그동안 우리 서로 잘 지냈잖나? 자네와 함께 지낼 수 있어 나도 정말 즐거웠네."

아버지가 엄마를 만나다

어느 날 에르네스토 씨가 3호 공장을 찾아와 말했다.

"이보게, 라몬. 내 아내가 정원에 자그마한 오두막 하나를 갖고 싶어 해. 자네 지난번에 오두막을 잘 짓는다고 말했지? 갈대 지붕으로 말이야. 오두막을 지으면 정말 보기 좋을 거야. 당연히 수고비는 넉넉하게 챙겨 주겠네."

그렇게 해서 라몬은 라파엘라와 다시 만나게 되었다.

라파엘라가 말했다.

"어머나, 이게 누구야! 하마터면 당신을 못 알아볼 뻔했어요. 그새 정말 멋있어졌군요!"

라몬이 당당한 목소리로 말했다.

"저는 이제 더 이상 까막눈이 아니에요. 지금은 공장에서 기계 하나를 맡아 일하고 있어요!"

라몬은 라파엘라가 매력적이라고 생각했다. 라몬은 그녀의 검은 피부를 더 이상 이상하게 생각하지 않았다. 공장에는 수많은 흑인들이 일하고 있었고, 게다가 그는 흑인인 호세와 함께 살고 있었다.

라몬이 정원에서 기둥을 박고 있을 때, 라파엘라가 그에게 맥주를 가져다주며 말했다.

"저도 잘 지내요. 저도 정말이지 좋은 주인을 만난 것 같아요. 월급도 많이 받고요. 글래디스 부인은 저에게 예금통장도 만들어 주었답니다. 전 이미 552크루세를 모았어요. 나중에 결혼할 때 보태 쓰려고요!"

라몬이 말했다.

"이젠 저도 저축을 하고 있어요. 기계를 맡아 일하게 된 다음부터요. 전 화장지를 만드는데, 우리 같은 사람은 평생토록 써 볼 수 없는 비싼 화장지지요. 심지어 우리 공장에서도 제가 만든 화장지를 쓰지 못해요. 단지 높은 사람들만 그 화장지를 사용하지요. 우리 같은 사람은 그저 잘게 자른 화장지나 포장지를 쓸 뿐이에요."

라파엘라가 말했다.

"부자들은 아주 예민한 엉덩이를 가지고 있나 보죠. 물론 우리 주인은 예외이긴 하지만요. 우리 주인은 저한테도 자기들이 사용하는 고급 화장지를 쓰게끔 해 주었거든요. 글래디스 부인은 언제나 저한테 말하곤 하죠. 모든 사람은 다 똑같다고 말이에요. 적어도 자기 나라에서는 그렇대요. 당신이라면 그런 일을 상상이나 할 수 있겠어요?"

그랬다. 라몬은 상상조차 할 수 없었다.

라파엘라가 덧붙여 이야기했다.

"글래디스 부인이 그러는데 자기네 나라에는 하인이나 하녀 같은 것은 없고, 누구나 다 주인이래요."

라몬이 한참을 생각하다가 말했다.

"그 말을 다 믿을 필요는 없겠죠."

이 도시에 와서 살게 된 뒤로, 라몬은 세상이 어떻게 돌아가는지 잘 알게 되었다. 세상은 부자들과 가난한 사람들로 나뉘어 있었다. 부자들이 타는 차가 있고, 가난한 사람들이 타는 차가 있었다. 부자들이 사는 동네가 있고, 가난한 사람들이 사는 동네가 있었다. 부자들은 법을 어기면 보석금을 내고 풀려날 수 있지만, 가난한 사람들은 감옥에 가야만 했다. 부자들은 자신의 건강을 돌볼 수 있었다. 하지만 가난한 사람들은 의사를 찾아가거나 병원에 입원할 수도 없었고, 더욱이 요양하러 간다는 것은 꿈도 꿀 수 없었다.

라몬은 정원 한쪽에 작고 예쁜 오두막을 지었다. 매일 공장일이 끝나면 에르네스토 씨가 라몬을 자기 집으로 데리고 갔다. 에르네스토 씨는 산골 마을에서 벽을 쌓을 때 쓰는 것과 똑같은 나뭇가지들을 구해 줄 수는 없었지만, 그와 비슷한 것들을 가져다주었다. 그리고 라몬과 함께 동쪽 강둑에서 지붕을 만드는 데 필요한 갈대를 찾아냈다.

그는 모터보트 한 척을 가지고 있었다. 모터보트는 요트들이 정박해 있는 항구에 있었다. 일요일에 그 모터보트를 타고 강을 거슬러 올라갈 때면, 라몬의 얼굴은 뿌듯함으로 한껏 빛났다. 라몬이 필요로 하는 진흙은 두 블록 떨어진 어느 건축 현장에서 가져왔다. 라몬이 그 오두막을 다 짓는 데는 꼬박 한 달 하고도 보름이 걸렸다. 그는 혼자 일해야 했고, 공장일이 끝난 저녁 시간이나 주말에만 오두막 짓는 일을 할 수 있었기 때문이다.

그러는 동안 라몬은 부자들이 어떻게 사는지 알게 되었다. 라몬은 글래디스 부인과 그녀의 친구들이 정원에 있는 커다란 파라솔 아래에 앉아 커피를 마시며 수다를 떠는 모습을 보았다. 그럴 때면 커피향은 이웃집 정원까지 퍼져 나갔다. 그녀들은 비싼 옷을 입고 있었고, 여러 가지 보석으로 치장하고 있었다. 머리는 한껏 멋을 내어 틀어 올리거나, 공들여 파마한 모습이었다. 두 손은 부드럽고 매끄러웠으며, 지나치게 긴 손톱에는 정성 들여 바른 매니큐어가 반짝이고 있었다.

라몬은 신기하다는 듯 라파엘라에게 물었다.

"저런 손톱을 가지고 어떻게 일을 하죠?"

귀부인들이 먹다 남긴 케이크와 접시를 아무렇지 않게 한곳에 옮겨 담으며 라파엘라가 미소 지은 채 대답했다.

"저 사람들은 절대 일하지 않아요."

라파엘라가 대답하기 무섭게 라몬이 되물었다.

"남은 음식은 어떻게 해요?"

라파엘라가 말했다.

"개한테 줘요. 하지만 개가 다 먹을 수는 없지요. 그래서 남은 음식 대부분은 쓰레기통에 버려져요. 하지만 세탁하는 아주머니가 올 때면, 가져다 아이들 먹이라고 전부 챙겨 주기도 하지요."

라몬이 한숨을 쉬며 고개를 절레절레 저었다.

"세상에! 그런 음식을 개한테 주다니! 만약 일요일마다 그런 케이크 조각을 먹으려면 나는 그 대가로 영화 보는 것을 포기해야만 할 겁니다."

라파엘라가 말했다.

"잠깐만요, 라몬. 제가 당신과 당신 친구가 함께 먹기 충분할 만큼 음식을 싸 드릴게요. 어차피 개는 먹을 만큼 충분히 먹었거든요."

그날 저녁 늦게, 라몬과 호세는 라파엘라가 싸 준 케이크를 둘이서 모두 먹어 치웠다. 하지만 그렇게 호사스러운 음식은 일찍이 먹어 본 적이 없었던 탓에, 그날 밤 두 사람은 속이 무척이나 거북했다.

어느 일요일, 한번은 라파엘라가 라몬에게 말했다.

"오늘 오후 이 집 정원에서는 바비큐 파티가 열려요. 파티가 열리는 동안에는 되도록 부자들 눈에 띄지 않도록 주의하세요."

라몬이 깜짝 놀라 물었다.

"왜요?"

라파엘라가 말했다.

"제 생각에 부자들은 가난한 사람들이 눈앞에 얼쩡거리는 걸 좋아하지 않는 것 같거든요. 아마도 그들은 굶주리고 부러워하는 눈빛 때문에 방해받는 것을 좋아하지 않는 것 같아요."

라몬은 글래디스 부인이 거의 매일 다른 옷을 입고 다른 신발을 신는다는 것을 알게 되었다. 하지만 왜 그래야 하는지는 이해할 수 없었다. 글래디스 부인은 계속해서 옷을 잃어버리거나, 신발이 유난히 빨리 닳아 없어지는 걸까? 라몬은 한참을 생각했지만, 그것에 대한 답을 찾을 수가 없었다. 그래서 결국 라파엘라에게 물어보았다.

라파엘라는 친절하게 설명해 주었다.

"부자들은 그처럼 많은 옷과 신발을 사는 것 정도는 거뜬히 감당할 수 있다는 것을 보여 주고 싶은 거예요. 그런 점만 놓고 보자면 에르네스토 씨는 진정한 부자가 되려면 아직 멀었죠. 하지만 글래디스 부인은 자기가 마치 부자인 것처럼 행동하지요. 올해 산 것들을 다음 해에는 절대 입지 않으니까요. 유행이 지났다면서 말이에요."

라파엘라는 유행에 대해서도 자세히 설명해 주었지만, 라몬은 도대체 유행이 무엇인지 이해할 수가 없었다.

라몬이 물었다.

"그럼 글래디스 부인은 해가 지난 옷들을 어떻게 한답니까?"

라몬의 질문에 라파엘라가 대답했다.

"그 옷들을 저나 세탁하는 아주머니에게 선물해요. 하지만 우리는 그런 옷을 대부분 입지 않지요. 그 옷들은 너무 고급스럽고, 또 입고 일하기에는 너무 불편하거든요. 그래서 그 옷을 내다 팔아 버려요. 그리고 그 돈으로 저축을 하지요."

어느 날 에르네스토 씨 부부가 외출한 사이, 라파엘라는 라몬에게 저택 안을 두루 구경시켜 주었다. 커튼들이 쳐져 있어서 커다란 집 안은 무척이나 시원했다.

커튼들을 보고는 라몬이 소리쳤다.

"이거야말로 정말 쓸데없는 짓이군요! 이 정도 천이라면 정말 많은 옷을 만들 수 있을 텐데!"

그러자 라파엘라가 말했다.

"이건 다 집을 아름답게 꾸미기 위해서래요. 하지만 이런 짓을 우리 같은 사람은 절대 이해할 수 없을 거예요."

그날 저녁 늦게, 호세의 아주 작은 방에 있는 침대에 앉아서도 라몬의 머릿속은 여전히 낮에 보고 들었던 일들로 가득 차 있었다. 라몬은 기타를 뜯고 있던 호세에게 그 일에 대해 이야기했다.

라파엘라는 8주 동안 라몬을 진심으로 돌봐 주었다. 매일 저녁 여덟 시 무렵, 일하기에 너무 어두워지면 라파엘라는 라몬을 부엌으로 불러들여 먹을 것을 주었다. 라파엘라는 라몬의 빨래도 해 주었고 양말도 기워 주었다. 그리고 자신의 욕실에서 샤워도 하게 해 주었고, 라몬이 뜨거운 뙤약볕 아래에서 일하고 있으면 시원한 맥주 한 잔을 가져다주기도 했다. 라파엘라는 그와 이런저런 이야기를 나누었고, 라파엘라가 모습을 나타낼 때면 라몬의 마음은 언제나 기뻐서

들떴다.

라파엘라는 라몬을 볼 때마다 입버릇처럼 말하곤 했다.

"당신은 정말 오두막을 멋지게 지으시네요."

라몬이 자신만만한 목소리로 대답했다.

"맞아요, 오두막 짓는 일은 그 누구도 저를 따라올 수 없죠. 하지만 제가 만든 화장지도 아주 좋아요."

라파엘라가 말했다.

"그렇지만 화장지는 기계가 만드는 거지, 당신이 직접 만드는 게 아니잖아요. 그리고 그건 중요하지 않아요. 휴지가 없어도 아무 문제 없이 살 수 있으니까요. 하지만 사람이라면 누구나 자신이 살 집이 있어야 하지요."

라몬이 고개를 끄덕이며 말했다.

"그건 당신 말이 맞아요."

라몬에게는 정말이지 이제껏 알고 지낸 누구보다도 라파엘라가 가장 똑똑한 여자로 느껴졌다. 그녀의 피부가 검다는 사실 따위는 이제 그에게는 아무런 문제도 되지 않았다. 라몬은 날이 갈수록 점점 더 우울해졌고, 할 수 있는 한 천천히 일을 했다.

라파엘라가 물었다.

"무슨 걱정이라도 있어요?"

라몬은 당황해하며 황급히 대답했다.

"아뇨, 아무것도 아니에요."

라파엘라가 헛기침을 하며 말했다.

"참, 그리고요, 음식 창고에 놓을 선반도 하나 필요해요. 제가 글래디스 부인에게 그 일에 대해 말씀드렸어요. 당신은 솜씨가 좋으니까 선반 정도는 거뜬히 만들 수 있겠죠?"

그 순간 우울하기만 하던 라몬의 얼굴이 갑자기 환해졌다. 선반이 무엇인지 잘 몰랐지만, 라몬은 기꺼이 선반을 만들고 싶어 했다. 라파엘라는 선반이 어떻게 생긴 건지 설명해 주었고, 라몬은 그대로 따라 만들었다. 하지만 안타깝게도 선반 또한 어느 날 완성되었고, 라몬은 다시금 슬픔에 빠졌다. 저녁 식사 시간에도 라몬은 거의 아무것도 먹지 못했다.

라파엘라가 다시 물었다.

"무슨 일 있어요?"

라몬은 한숨을 내쉬며 대답했다.

"오늘이 제가 여기 오는 마지막 날이군요."

그 말이 채 끝나기도 전, 라파엘라가 재빨리 말했다.

"내일은 산타 베로니카에서 축제가 열려요. 당신과 함께 가 보고 싶은데…… 혹시 그럴 수 있어요?"

당연히 라몬은 그러고 싶어 했다!

성체 축일인 다음 날 아침, 라몬은 가장 좋은 옷을 차려입고는 라파엘라를 데리러 갔다. 라몬의 주머니에는 오두막과 선반을 만들어 준 대가로 받은 돈이 들어 있었다. 그래서 그 순간만큼은 부자도 부럽지가 않았다. 라파엘라가 문을 열어 주었다. 하지만 라몬은 하마터면 그녀를 알아보지 못할 뻔했다. 그녀는 어떻게 했는지는 몰라도 곱슬머리를 곧게 펴 우아하게 위로 틀어 올렸다. 얼굴과 목덜미에는 하얗게 분을 칠했으며, 글래디스 부인에게 받은 은실이 수놓인 옷을 입고, 하이힐을 신었다. 두 귀에는 빨갛고 금빛으로 빛나는 귀걸이가 달려 있었다. 그것들은 에르네스토 씨가 여행을 다녀오면서 그녀에게 선물한 싸구려 장신구였다. 목에는 검붉은 씨앗을 꿰어 만든 목걸이가 걸려 있었다. 그 목걸이는 아주 예뻐 보였다. 그 밖에도 그 목걸이에는 많은 뜻이 담겨 있었다. 무엇보다도 이 낱알들은 사랑하는 사람에게 행운을 불러온다는 사실로 널리 알려져 있었다.

라파엘라는 정말이지 부자 같아 보였다. 게다가 그녀의 몸에서는 은은한 장미 향이 났다. 라몬 자신도 신사인 것처럼 느껴졌고, 아무것도 부끄러워할 필요가 없었다. 라몬은 정성 들여 면도를 했고, 얼마간의 돈을 들여 구두를 닦기도 했다. 머리는 가르마를 타 뒤로 빗어 넘겼고, 아주 오래전 호세가 장에 나갔다가 우연히 사 왔던 머릿기름을 얻어 발랐다.

두 사람은 버스를 타고 바닷가 마을인 산타 베로니카까지 갔고, 버스비는 라몬이 라파엘라 것까지 모두 치렀다. 제일 먼저 두 사람은 그 마을의 교회에서 열리고 있던, 성인들을 기리기 위한 미사에 참석했다. 그런 다음 두 사람은 축제 행렬에 동참했다. 그러고는 행상과 노점들 주변을 오가며 이것저것 구경했다. 행상과 노점에서는 장난

감과 장신구, 사탕 그리고 복권을 살 수 있었다. 라몬은 라파엘라에게 양철로 만들어 금도금을 한 'R'자 모양의 핀을 사 주었다. 그것은 브로치로도 사용할 수 있었다. 라파엘라와 그녀 주변에 서 있던 사람들은 라몬이 돈을 잘 벌 뿐 아니라, 글을 읽을 수 있다는 사실을 금세 눈치챌 수 있었다. 그러자 라파엘라는 자신만만하게 몸을 돌려 모든 사람이 브로치를 볼 수 있게 했다.

어느새 날이 어두워지고, 한 무리의 젊은이들이 북을 치며 노래하기 시작했다. 그들은 흑인이었다. 이곳에 사는 사람들은 거의 모두 흑인이었다. 그들은 친절하면서도 즐겨 웃고 노래를 잘 불렀다. 남자들은 대부분 어부였고, 그런 그들에게서는 생선 비린내와 바다 냄새가 났다. 그 냄새와 음악 소리가 라몬에게는 낯설기만 했다.

라파엘라가 물었다.

"여기가 마음에 드세요? 고향에 와서 저는 정말 좋아요."

그랬다. 그곳은 라몬의 마음에 들었다. 그중에서도 라파엘라와 함께 있다는 것이 제일 좋았다. 라몬은 둘이 마실 맥주를 샀다. 맥주를 마시자 갑자기 그의 몸이 비틀거리기 시작했다. 거대한 시장 곳곳에서는 이미 젊은 청년들이 노래를 부르며 북을 두드려 대고 있었다. 몇몇 연인들은 춤을 추기 시작했다. 촛불들이 바람에 흔들렸다.

라파엘라가 라몬의 손을 잡아끌며 말했다.

"우리, 저리로 가서 함께 춤춰요."

라몬은 자신 없는 목소리로 대답했다.

"저는 이 춤은 못 춰요. 우리 고향에서는 다른 춤을 추거든요."

"그럼 내가 하는 것을 잘 봐요."

라파엘라가 그렇게 말하고는, 교회 문 앞으로 다가가 갖고 있던 돈으로 초 두 개를 샀다. 그리고 촛불에 불을 붙이고는, 키 큰 청년과 춤을 추기 시작했다. 그 남자의 검은 피부는 기름을 바른 듯 반짝반짝 윤이 나 보였다. 그들은 서로 손을 잡지 않았다. 어느 누구도 춤을 추며 손을 잡지 않았다. 모든 여자는 두 손을 높이 치켜든 채 춤을 추고 있었다. 양손에는 불 켜진 초가 하나씩 들려 있었다. 남자들도 두 팔을 높이 들어 올린 채, 노래 부르고 손뼉 치면서 자신의 파트너 주위를 빙글빙글 돌며 춤을 추었다. 사람들이 모두 음악 소리에 맞춰 허리를 흔들어 댔다.

라몬은 라파엘라에게서 눈을 뗄 수 없었다. 라몬은 그녀가 다른 남자, 더구나 자기보다 키도 더 크고 강해 보이는 남자와 춤추는 모습을 더는 지켜볼 수 없었다. 리듬은 점점 더 빨라졌다. 라파엘라와 키가 큰 남자는 미끄러지듯 서로의 옆을 스쳐 지나갔다. 촛불이 바람에 흔들렸다. 춤추는 사람들은 땀을 흘렸다. 북을 치는 사람들도 자신의 몸을 이리저리 흔들어 댔다. 금빛으로 빛나는 'R' 자 모양의 브로치가 라몬 곁을 스쳐 지나갔다. 그러고 나서 갑자기 음악이 멈췄다. 북을 치는 사람들은 숨을 몰아쉬었고, 춤추던 여자들은 들고 있던 촛불을 입으로 불어 껐다. 그러곤 바로 옆에 있던 음료수 가게 의자 위에 몸을 앉혔다.

라파엘라가 숨을 몰아쉬면서 라몬의 팔에 팔짱을 꼈다.

"아이, 목말라."

그녀가 목에 바른 고운 분가루들은 땀에 젖어 지워져 있었다. 하지만 라몬은 그런 것에는 전혀 신경 쓰지 않았다. 그녀에게 마실 것을 사 주지도 않았다. 그 대신, 라몬은 그녀와 함께 사람들 무리 속에서 빠져나와 교회 안으로 들어갔다. 교회 안은 고요하고도 어두컴컴했다. 단지 몇몇 촛불만이 양쪽 옆에 있던 보조 제단에서 밝게 타오르고 있었다.

라파엘라가 당황해 속삭였다.

"도대체 교회에서 무얼 하려고요? 미사는 벌써 드렸잖아요?"

라파엘라는 교회의 긴 의자에 걸려 넘어질 뻔했고, 손에 들고 있던 촛불을 떨어트리고 말았다.

라몬이 나지막한 소리로 대답했다.

"있잖아요, 라파엘라. 나는 당신과 춤을 추었던 그 남자처럼 춤을 잘 추지는 못해요. 그 남자처럼 키가 크지도 않고 힘이 세지도 않아요. 하지만 전 글을 읽고 쓸 줄도 알고, 오두막도 잘 지을 수 있어요. 공장에서 기계를 잘 다룰 수도 있고요. 게다가 꼬박꼬박 돈도 벌죠. 나는 취하도록 술을 마시지도 않아요. 물만 있다면 깨끗이 씻기도 하고요. 나도 무언가 내세울 게 있는 사람이라고요!"

라파엘라가 다시 촛불을 들어 올리며 말했다.

"세상에! 그런 말이라면 밖에서도 얼마든지 할 수 있잖아요. 그런데 당신이 지금 하는 말이 내게는 청혼하는 것처럼 들리네요!"

라몬이 고개를 끄덕이며 가볍게 미소 지었다.

"그럼 그렇게 해요."

라파엘라가 대답하며, 그의 뺨에 키스를 했다.

라몬은 역시나 운이 좋았다. 한 달 후, 라몬은 라파엘라와 결혼을 했다.

라몬은 에르네스토 씨의 도움을 받아 공장에서 얼마간의 돈을 빌렸다. 라파엘라도 그동안 저축했던 돈을 보탰다. 그렇게 모은 돈으로 라몬은 비교적 새로 생긴 동네인 산타 리타에 작은 신혼집을 마련했다. 강가에 자리한 산타 리타 마을은 공장에서도 그리 멀리 떨어지지 않은 곳에 있었다. 그 집은 갈대 지붕을 얹은 오두막이 아니라, 벽돌로 담을 쌓고 슬레이트 지붕을 얹은 제대로 된 도시풍의 집이었다. 그 집에는 큰 방 하나와 작은 방 두 개가 있었다. 집 안에 들어가 위를 쳐다보면 지붕이 훤히 보였다. 흔히 그러하듯, 중간 천장이 붙어 있지 않았다. 집 전체라고 해 봐야 크기는 에르네스토 씨의 거실보다 작았다. 그 집은 새집도 아니었고 상당히 지저분했으며 관리도 제대로 되어 있지 않았다. 하지만 두 사람은 그런 것 따위에는 전혀 신경 쓰지 않았다. 라몬과 라파엘라는 그 정도 크기라면 충분하다고 생각했고, 라몬이 다시금 그 집을 예쁘게 페인트칠하면 될 터였다. 집 앞에는 화장실이 딸린 조그마한 마당이 있었다. 참으로 호세가 어렵사리 찾아낸 집이었다. 그 집 주인은 남편을 여의고 혼자 살던 어느 할머니였는데, 나이가 들어 딸네 집으로 들어가려고 했다. 그 집은 값이 싼 편이었고, 그런 집을 구하기란 수많은 사람들이 도시로 몰려들어 살 집을 찾고 있던 시기여서 만나기 쉽지 않은 좋은 기회였다. 호세는 집을 사고파는 일을 잘 알고 있었다. 그래서 라몬에게 도움말도 해 주었고, 매매 계약서를 작성해 줄 공증인도 구해 주었다.

글래디스 부인은 큰 선물을 해 주었다. 라파엘라의 결혼식을 맞아 글래디스 부인은 매트리스와 함께 철제 침대를 보내 주었다. 라몬의 직장 동료들은 돈을 모아서, 그 돈으로 냄비 한 세트를 보내 주었다. 물론 호세도 큰마음 먹고 놀랄 만한 선물을 해 주었다. 그는 시장 뒤에 있는 어느 중고품 가게에서 냄비 두 개를 동시에 올려놓을 수 있는 전기 불판을 사다 주었다. 라파엘라는 글래디스 부인에게 부탁해서 한 달 치 월급을 미리 받았고, 그 돈으로 두 사람이 쓸 접시와 식기들 그리고 양동이 두 개를 샀다. 아직 수도가 놓이지 않은 그 동네에서는, 먹을 물을 강에서 길어 오려면 양동이가 꼭 필요했기 때문이다.

그 집이 오래되고 관리도 제대로 되지 않은 건 분명했다. 그리고 지붕 여기저기에서 비가 새기도 했다. 하지만 그 집은 두 사람만의 집이었다. 다른 누구의 것도 아닌, 라몬과 라파엘라의 집이었다. 바로 그러한 사실이 그들을 행복하게 했다.

두 사람은 그 집에서 단지 주말에만 함께 지낼 수 있었다. 주 중에는 라파엘라가 에르네스토 씨 집에서 일하며, 거기서 잠을 잤기 때문이다. 빌린 돈을 갚아야 하기 때문에 라파엘라는 계속 일해야 했다.

두 사람은 되도록 빨리 빚을 갚고 싶어 했다. 평일이면 라몬은 혼자서 지내야 했고, 서로가 일주일 내내 토요일이 오기만을 기다렸다.

　라몬은 지붕을 손보았다. 라파엘라는 작은 앞마당에 파슬리와 호박을 키웠고, 망고나무 세 그루를 심어 놓았다. 집 안 바닥은 진흙땅이었다. 라몬은 진흙 바닥 위에 콘크리트를 깔았다. 호세는 라몬이 바닥 수리하는 일을 도와주었다. 방을 보기 좋게 꾸미기 위해서 라파엘라는 오래된 신문에서 사진들을 오려 내어 벽에 붙였다. 라몬은 전기 불판을 연결하기 위해 집 안까지 전기를 끌어왔다. 라파엘라는 두꺼운 종이로 예쁜 갓을 만들어 전구에 씌웠다. 라몬은 집 바깥벽을 모두 예쁜 분홍빛으로 칠했다. 그래서 집은 아주 멀리서도 눈에 잘 띄었다. 두 사람은 돈을 아끼고 또 아껴야만 했다. 전기와 시멘트와 벽에 칠한 페인트는 공짜로 얻을 수 있는 것이 아니었기 때문이다. 글래디스 부인은 계속해서 라파엘라에게 해 지난 옷과 신발들을 선물했다. 그리고 라파엘라에게 부엌에서 쓰다 남은 것들을 가져가도 좋다고 허락했다. 에르네스토 씨도 일손이 필요할 때면 종종 라몬을 불러 일을 시켰고, 수고비도 넉넉히 챙겨 주었다. 그렇게 해서 두 사람은 매달 공장에 갚아야 할 돈이 꽤 많았어도, 그럭저럭 생계를 꾸려 나갈 수 있었다. 그들에게는 축제에 놀러 갈 수 있을 만큼 충분한 돈이 없었고, 축제에 가고 싶어 하지도 않았다. 매주 주말이 그들에게는 그 어떤 것보다도 진정한 축제였기 때문이다.

호셀리토가 태어나다

　1년 후, 라몬과 라파엘라 부부는 첫째 아들을 낳았다. 두 사람은 갓 난아기의 대부가 되어 준 호세의 이름을 따 아기에게 호세라는 이름을 붙여 주었다.

　세례가 끝나자, 호세가 아기 호세를 바라보며 말했다.

　"이제 내가 죽으면, 내 기타를 물려줄 사람이 생겼구먼."

　라몬과 라파엘라는 두 명의 호세를 구별할 수 있도록 아기를 어린 호세라는 뜻으로 호셀리토라고 불렀다. 그 당시 그들이 사는 집에는 침대 두 개와 탁자 하나, 그리고 의자 두 개 말고 다른 가구는 아무것도 없었다. 대신 그들은 두세 개씩 포개서 쌓아 올린 상자를 옷장으로 사용했다. 그리고 이웃집에서 누군가가 집을 찾아와 둘러볼 때면, 라몬은 그 사람에게 의자를 내주고 자신은 상자 위에 앉곤 했다. 그

상자들은 호세가 공장에서 가지고 온 것들이었다. 그리고 갓난아기
도 상자에서 잠을 잤다. 라파엘라는 호세를 낳은 지 4주 만에 다시 일
하러 가기 시작했다. 라파엘라는 글래디스 부인을 오랫동안 기다리
게 하고 싶지 않았다. 글래디스 부인이 다른 하녀를 구할까 봐 덜컥
겁이 났기 때문이다.

 글래디스 부인은 라파엘라가 어린 호셀리토를 데리고 일하러 오는
것을 허락했다. 호셀리토는 온종일 부엌 뒤편에 있는 작은 방에 누워
있었고, 라파엘라는 틈만 나면 호셀리토를 달래 주고 젖을 먹이러 왔
다. 라파엘라는 토요일이면 호셀리토와 함께 집으로 돌아갔다. 라몬
은 정말 운이 좋은 사람이었다. 왜냐하면 호셀리토가 아주 건강한 아
이였기 때문이다. 호셀리토는 거의 한 번도 아파 본 적이 없었다. 혹
시라도 아팠다면, 라몬과 라파엘라가 무슨 수로 치료비를 감당할 수
있었겠는가?

 라파엘라는 에르네스토 씨 부부가 다시 그들의 고향으로 돌아가
기 직전에 둘째 아이를 임신했다. 에르네스토 씨 부부가 자기 나라로
돌아간다는 사실은 칼데라 가족에게는 마른하늘에 날벼락과도 같은
일이었다. 물론 글래디스 부인은 굳이 고향까지 가져갈 생각이 없는
가구와 식기, 옷가지 모두를 라파엘라에게 이별 선물로 주었다. 에르
네스토 씨도 셔츠와 양말, 낡은 신발들을 라몬에게 주었고, 심지어 오
래된 양복 한 벌도 선물로 주었다. 하지만 라파엘라가 일자리를 잃었
다는 사실은 그 어떤 것으로도 대신할 수 없는 안타까운 일이었다.

더구나 두 사람은 아직 빌린 돈도 다 갚지 못하고 있었다.

글래디스 부인은 아는 사람들 중에 하녀를 구하는 사람이 있는지 알아보기까지 했다. 하지만 어린아이를 데리고 일하러 다니고, 둘째 아이까지 임신한 여자를 하녀로 쓰려고 하는 사람은 아무도 없었다. 사람들은 하나같이 입을 모아 말하곤 했다.

"그러면 일하는 데 방해가 될 거예요."

그러다 마침내, 글래디스 부인이 라파엘라에게 세탁부 자리를 소개해 주었다. 그때부터 라파엘라는 일주일에 세 번씩 알리시아 부인 집에서 하루 종일 빨래하고 다림질을 해야 했다. 다행히 라파엘라는 호셀리토를 데리고 일하러 갈 수 있었다. 그리고 세탁부로 일하면서 받는 일당 말고도 차비와 점심값, 저녁값까지 받았다.

라파엘라가 세탁부로 일한 지 어느덧 한 달 하고도 일주일이 지났을 때, 둘째 아이가 태어났다. 딸아이였다. 딸아이에게는 외할머니의 이름을 따서 테레사라는 이름을 지어 주었다. 라파엘라가 워낙 부지런하고 성실하게 일을 했기에, 알리시아 부인은 그녀가 어린 딸아이도 데리고 오는 것을 허락해 주었다. 라파엘라는 갓 태어난 테레사를 포대기에 싸서 등에 업고, 아직 걸음마도 떼지 못하는 호셀리토는 품에 안은 채 일하러 다녔다. 하지만 호셀리토는 일하는 데 방해가 되었다. 호셀리토는 한자리에 가만히 앉아서 놀려고 하지 않았다. 비누를 가지고 빨래 통 안에서 물장난 치며 노는 걸 좋아했다. 알리시아 부인은 그걸 볼 때마다 인상을 찌푸렸고, 라파엘라는 얼른 어린 호셀리토를 빨래 통에서 끄집어냈다.

테레사가 채 한 살이 되기도 전, 라파엘라는 또다시 셋째 아이를 임신하게 되었다. 그 사실을 알게 된 알리시아 부인이 라파엘라를 앞에 불러 놓고 말했다.

"라파엘라, 배 속에 있는 아이를 낳을 때까지는 우리 집에서 일해도 좋아. 하지만 그 아이가 태어나고 나면 다른 일자리를 찾아봐야 할지도 모르겠어. 그게 싫으면, 아이들은 집에다 두고 일을 하러 오든지. 세 명이나 되는 아이들이 빨래 통 주변에서 놀고 있으면, 어디 제대로 일할 시간이 있겠어? 그러니 내가 한 말 한번 잘 생각해 봐."

라파엘라는 알리시아 부인 집에서 계속 일하고 싶었다. 하지만 어린 세 아이들만 혼자 집에 놔두고 일하러 갈 수는 없는 노릇이었다. 결국 라파엘라는 셋째 아이가 태어날 때쯤, 하던 일을 그만둘 수밖에 없었다. 하지만 새로운 일자리를 구하기는 쉽지가 않았다. 아무도 아이가 셋이나 딸린 여자를 세탁부나 하녀로 쓰려 하지 않았기 때문이다. 뿐만 아니라 그런 일자리를 맡으려는 여자들은 이미 어디에나 널려 있었다.

그래서 라파엘라는 이제 집에 남아 있게 되었다. 하지만 여전히 할 일은 태산같이 쌓여 있었다. 아직 어린 아이들을 셋이나 키운다는 건 쉬운 일이 아니었다. 또 음식을 준비하거나 청소하고 목욕할 때 필요한 물을 모두 강에서 라파엘라 혼자 양동이로 길어 와야 했다. 그리고 그 동네에 사는 다른 여자들이 그러하듯 온 식구의 옷을 강가에 앉아 빨았으며, 집 앞 마당에 채소도 조금 심었다. 또 아이들을 돌보고 남는 자투리 시간에는 바느질을 하거나, 손수건에다 주문한 귀부인의 이름 첫 글자를 수놓는 일 등 집에서 할 수 있는 일을 찾아 하며 지냈다. 손수건에 수를 놓는 일은 두 눈을 아주 피곤하게 하는 힘든 일이었다. 불빛 아래서 수를 놓을 때면 라파엘라의 두 눈에서는 눈물이 줄줄 흘러내렸고, 그래서 그녀는 등불을 켜 놓고 일을 할 수도 없었다. 호세는 종종 그런 그녀의 일을 도와주곤 했다. 라파엘라가 그렇게 일하고 받는 돈이라고는 단지 몇 센타보밖에 되지 않았다. 하지만 얼마 안 되는 그 돈조차도 하찮게 여길 형편은 아니었다.

셋째 아이 에르네스토가 태어난 지 1년 반도 채 지나지 않아, 라몬 부부는 쌍둥이 딸 카르멘과 레오노라를 낳았다. 하지만 레오노라는 태어난 지 6개월 만에 설사병으로 죽고 말았다. 그건 아마도 라파엘라가 아이를 너무 늦게 의사에게 데려갔기 때문일 것이다. 라파엘라는 비싼 치료비가 걱정되었고, 그래서 이웃집 여자들을 찾아다니며 어떻게 하면 좋을지를 물었다. 라파엘라는 심지어 아픈 젖먹이 목에 퓨마 이빨을 걸어 두기까지 했다. 사람들은 퓨마 이빨이 모든 병을 낫게 해 준다고 믿었기 때문이다. 젖먹이가 거의 몸을 움직이지 않고 이틀 동안 젖도 먹지 못하자, 라파엘라는 그제야 아이를 데리고 의사를 찾아갔다. 하지만 그때는 이미 너무 늦고 만 뒤였다. 라파엘라는 하루 종일 울고 나서야 다시 안정을 되찾았다. 그리고 그렇게 이전의 일상적인 삶은 다시 시작되었다. 얼마 후, 라파엘라는 다시 아이를 임신했다. 그 사실은 라파엘라에게 큰 위안을 주었다.

라파엘라는 이제 더 이상 예전처럼 예쁘지 않았다. 사람들은 라파엘라를 보자마자 이제 그녀가 에르네스토 씨 집에서 일할 때처럼 맛있고 좋은 음식들을 먹지 못한다는 사실을 금세 눈치챌 수 있었다. 또 그녀가 밤에도 충분한 휴식을 취하지 못한다는 것도 알 수 있었다. 라파엘라의 치아가 썩어 가기 시작했다. 하지만 그녀에게는 치과 의사를 찾아갈 여윳돈이 없었다. 그래서 라파엘라는 윗니와 앞니 두 개, 아래 송곳니 두 개를 차례차례 빼야만 했다. 그러자 라파엘라는 원래 나이보다 훨씬 더 나이 들어 보였다. 하지만 이미 이가 몇 개 빠져 있던 라몬은 그런 것에 전혀 신경 쓰지 않았다. 라파엘라는 비록 라몬이 고향 마을에서 먹던 음식과는 다른 음식이긴 하지만, 라몬의 입맛에 맞는 음식을 요리해 주었다. 그리고 라파엘라는 라몬의 해진 옷가지들을 다시 꿰매 주기도 했다. 그녀는 아주 절약하며 생활했고, 남편이 가져다주는 얼마 안 되는 돈으로도 그럭저럭 살림을 꾸려 나갔다. 라파엘라는 자신을 위해서는 거의 한 푼도 돈을 쓰지 않았다. 느닷없이 버럭 화를 내는 게 그녀의 흠이라면 작은 흠이었다. 그 대신 라파엘라는 대부분 즐겁게 지냈다. 그녀는 타고난 천성 덕분에 오랫동안 슬픔에 젖어 있는 걸 견뎌 내지 못했고, 근심 걱정이 있을 때면 한바탕 원 없이 울곤 했다. 라파엘라는 레오노라가 죽었을 때에도 너무나 마음이 아파 울부짖었다. 하지만 금세 슬픔을 털고 일어났고, 다시 예전과 같은 생활을 계속해 나갔다. 또 그녀는 웃을 만한 일이 있을 때면 마음껏 웃어 댔다.

호세가 라파엘라에게 말했다.

"사람들은 자네가 무슨 생각을 하는지 척 보면 금방 알 수 있다네. 하지만 라몬은 그렇지가 않아. 라몬은 마음의 문을 굳게 닫고 있거든."

라파엘라가 깔깔대고 웃으며 말했다.

"빗장을 걸어 놨다고요? 맞아요!"

그 무렵, 호세는 공장에서 쫓겨났다. 너무 나이가 많다는 이유였다. 공장 앞에는 일자리를 찾는 수많은 젊은이들이 줄지어 기다리고 서 있었다. 호세는 보잘것없는 연금을 받았는데, 그 돈은 장례식을 치르기에는 넉넉할지 몰라도 생활하기에는 턱없이 모자랐다. 그 돈으로는 먹는 것을 숫제 포기하지 않고서는 방세조차 낼 수 없었다. 호세는 머리를 한 대 얻어맞은 사람처럼 멍한 얼굴로 라몬의 집을 찾아왔다.

호세가 근심 가득한 목소리로 물었다.

"이제 어떡하지? 나를 보살펴 줄 자식들도 없는데……. 다시 구걸이나 하러 다녀야 할까 봐."

그러자 라몬이 말했다.

"아저씨! 이제부턴 우리와 함께 사세요. 크지는 않아도 작은 방을 하나 내어 드릴게요."

그러자 라파엘라도 한마디 덧붙였다.

"네, 그러세요. 우리와 함께 식사도 하시고요."

그렇게 해서 호세는 바로 다음 날 가재도구와 옷가지들, 그리고 기타를 챙겨 칼데라 가족이 사는 집 작은 뒷방으로 이사했다. 평소에도 호세 할아버지를 잘 따르던 아이들은 호세 할아버지를 반갑게 맞아 주었다. 호세 할아버지는 힘이 닿는 대로 집안일을 도왔고, 아이들도 돌봐 주었다. 그리고 거의 매일 저녁마다 문턱에 웅크리고 앉아, 기타를 연주했다. 하지만 노래는 더 이상 부르지 않았다. 노래를 할라 치면 쉰 목소리만 새어 나왔기 때문이다. 그럴 때면 호세 할아버지는 말하곤 했다.

"얘들아, 노래는 너희가 부르렴. 내가 반주해 줄 테니 말이다."

호세 할아버지야말로 진정으로 행복을 가져다주는 사람이라는 사실이 분명해졌다. 라파엘라는 종종 벌컥 화를 냈고, 그럴 때면 아이들의 뺨을 때리기도 했다. 그에 반해 라몬은 종종 우울해했고, 그럴 때면 그의 가슴속에서는 며칠이고 근심 걱정이 떠나지 않았다. 하지만 호세 할아버지는 평온함 그 자체였다. 호세 할아버지는 정도가 지나치다 싶으면 나서서 라파엘라를 안심시켰고, 라몬에게는 용기를 북돋아 주었다. 그리고 아무리 아이들이 시끄럽게 떠들어 대도 그저 웃기만 하고, 몸을 조금만 움직여도 통증이 느껴질 만큼 고통스럽기만 한 관절염도 껄껄 웃어넘길 뿐이었다.

그럴 때면 호세 할아버지는 말하곤 했다.

"병이 또 도졌나 보군! 저기 벽에 걸린 기타 좀 가져다주렴."

다음에 태어난 아이는 사내아이였다. 라몬과 라파엘라는 아기에게 친할아버지의 이름을 따 엘리제오라고 이름을 지어 주었다. 엘리제오는 라파엘라처럼 피부가 완전히 까맸고, 머리카락은 라몬처럼 윤기가 흘렀다.

라파엘라가 다섯 아이들을 물끄러미 바라보며 말했다.

"어떻게 애들은 서로 다 다르게 생겼을까?"

큰아들 호셀리토는 머리카락과 피부색, 오뚝한 코까지 아버지를 꼭 빼다 박았다. 반면에 테레사는 커피 같은 갈색 피부에 양털처럼 곱슬곱슬한 머리카락이어서, 매일 아침 머리를 빗을 때면 징징대며 울곤 했다. 그리고 에르네스토도 곱슬곱슬한 머리에 평평하고 납작한 코였지만 피부는 적갈색이었다. 하지만 카르멘은 어느 누구도 닮지 않아 보였다. 카르멘의 피부는 거의 백인처럼 하얗기만 했다.

라몬이 라파엘라에게 말했다.

"카르멘의 피부색은 나한테서 물려받은 게 아닌 것 같아. 산골 마을에서 저렇게 하얀 피부를 가진 사람은 아무도 없거든."

그랬다. 라파엘라의 할아버지가 바로 백인이었던 것이다.

엘리제오가 태어나고 난 다음, 루이자가 태어났다. 루이자는 가느다란 눈에 크고 오뚝한 코를 가진 전형적인 여자 인디오였다. 루이자는 자랄수록 점점 더 언니들인 테레사와 카르멘과는 전혀 닮아 보이지 않았다. 하지만 누가 봐도 호셀리토의 동생이라는 것쯤은 금세 알아차릴 수 있었다.

루이자가 태어나고 얼마 지나지 않아, 칼데라 가족은 마침내 빌린 돈을 모두 갚았다. 이제 칼데라 가족은 빚 없는 자기들만의 집을 갖게 된 것이다. 파티를 열어 축하할 만큼 기쁜 일이 분명했다. 라몬은 이웃집 남자 루피노 씨와 그의 가족들을 초대했다. 루피노 씨에게는 아이들이 여섯이나 있었다. 그렇게 많은 사람들이 들어가기에는 라몬의 집이 너무 작았다. 그래서 그들은 마당에 자리를 펴고는 축하 파티를 벌였다.

루피노 씨는 흑인도 인디오도 아니었다. 그는 밝은 갈색 피부에 검은 머리카락을 갖고 있었고, 항상 꼼꼼하게 콧수염을 손질했으며, 대머리였다. 그의 부인도 검은 머리카락이었지만 피부색은 하얬다. 루피노 씨 부인은 기회가 생길 때마다 자기 부모님이 스페인에서 태어났다는 사실을 한껏 으스댔다. 루피노 씨는 자신이 복권 상인이라고 말하고 다녔다. 하지만 이웃 사람들은 그가 소매치기라고 수군거렸다.

라몬은 그러한 소문을 믿으려 하지 않았다. 라몬은 그동안 호세 할아버지와 마찬가지로 그 도시에 대해 거의 모든 것을 알게 되었고, 번화가나 공항에 나가면 소매치기들이 득실거린다는 걸 잘 알고 있었다. 그런데 루피노 씨가 그런 소매치기라고? 저렇게 친절하고 너그러우며, 언제나 부드럽게 웃는 사람이? 라몬은 절대 그럴 리가 없다고 고개를 저었다.

호세 할아버지가 미소를 지어 보이며 물었다.

"소매치기라고 해서 친절하고 너그러우며 잘 웃으면 안 된다는 법이라도 있던가?"

라몬이 흥분해서 소리쳤다.

"됐어요. 그러니 이제 그만 좀 하세요!"

루피노 씨 집은 라몬의 집보다 약간 더 컸고, 방도 하나 더 있었다. 루피노 씨는 산타 리타에서 부자는 아니지만 꽤 넉넉하게 사는 사람으로 알려져 있었다. 그리고 루피노 씨는 일요일마다 온 가족과 함께 미사를 보러 다녔다.

루피노 씨는 라몬의 초대를 받자 포도주 다섯 병을 가지고 왔다.

호세 할아버지는 얼마 안 되는 연금을 털어 통닭 두 마리를 샀다. 루피노 씨 앞에서 기죽고 싶지 않았기 때문이다.

라파엘라는 냄비에 기름을 붓고는 옥수수 과자를 한가득 구워서 아이들에게 나눠 주었다. 그리고 침을 흘리며 울타리 주변으로 몰려든 동네 아이들한테도 과자를 나눠 주었다. 파티는 파티다워야 했고, 그런 날만큼은 결코 쩨쩨하게 굴어서는 안 되었다. 그래서 아이들이 목마를 때 마실 수 있도록 양동이 하나 가득 레몬주스가 준비되어 있었다. 어른들은 포도주를 마셨다. 작은 망고나무는 어느새 약간의 그늘을 드리우고 있었고, 그물 침대의 무게도 견딜 수 있었다. 어른들은 포도주를 마시고 기분이 더욱 좋아졌다. 침을 흘리며 기다리고 있던 담장 뒤 개들에게 닭 뼈를 던져 주었다. 흥이 오르자, 호세 할아버지는 아이들에게 기타를 가져오라고 했다. 호세 할아버지는 기타를

연주했고, 라몬과 루피노 씨, 그리고 어린 호셀리토가 노래를 불렀
다. 그 노랫소리는 온 마을로 퍼져 나갔다. 구운 과자 냄새와 구운 고
기 냄새, 그리고 나중에는 라파엘라가 루피노 씨 부인과 함께 마시려
고 끓인 커피 냄새가 온 마을로 퍼져 나갔다. 파티를 여느라 제법 많
은 돈이 들기는 했지만, 정말 즐겁고 신나는 파티였다. 그리고 그날
파티는 한밤중까지 계속되었다.

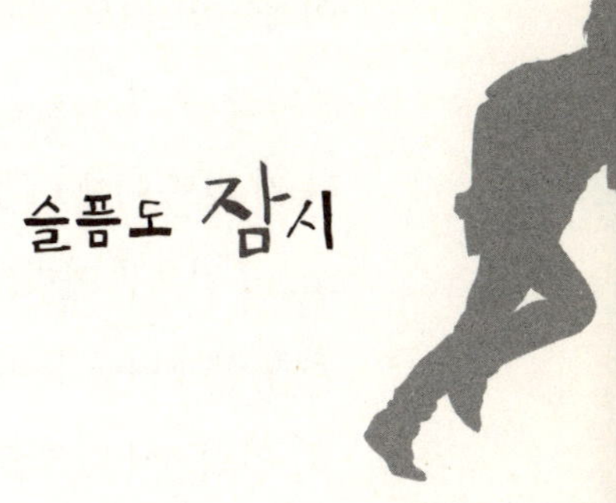

슬픔도 잠시

루이자가 태어난 지 1년 뒤, 엘리제오가 백일해를 앓다 죽었다.

엘리제오의 장례식에는 이웃 사람들 모두가 참석했다. 이제 묘지에는 칼데라 가족이 두 명이나 묻혀 있게 되었다.

라파엘라는 아픔을 견디지 못하고 주먹으로 땅을 내리치며 엉엉 소리 내어 울었다. 라파엘라는 아이가 죽을 때마다, 바로 그 아이야말로 자신이 가장 사랑한 자식이었다고 생각하곤 했다. 그리고 실제로도 엘리제오는 너무나 착한 아이였다.

라몬도 가슴이 찢어질 듯 아팠지만 슬퍼하는 라파엘라를 위로해 주려 애썼다.

라몬이 말했다.

"여보, 우리는 지금까지 운이 좋았소. 그러니 감사하는 마음을 잊어서는 안 되오. 지나치게 많은 것을 바라서도 안 되고 말이오. 무엇보다도 우리 가족은 서로를 아끼며 사랑하고 있소. 집을 마련하느라 진 빚도 이젠 다 갚았고 말이오. 또, 다섯이나 되는 아이가 있지 않소? 우리에겐 아마도 더 많은 아이들이 태어나게 될 거고, 그 아이들은 우리가 나이 들어 더 이상 일을 할 수 없게 되면 우리를 보살필 거요. 어쨌거나 나는 지금 좋은 일자리도 갖고 있고, 우리 가족 모두 건강하잖소? 그것만 해도 충분히 감사해야 할 일이라오."

그러자 라파엘라가 소리쳤다.

"말도 안 되는 소리 좀 그만하세요! 엘리제오와 레오노라가 죽었는데, 그게 다 무슨 소용이 있겠어요? 그 아이들 생각만 하면 내 가슴은 갈가리 찢어지고 텅 비고 말아요! 난 이제 다시는 웃지 못할 거예요!"

하지만 며칠 지나지 않아 라파엘라는 다시 미소를 지었다. 모든 일들이 막힘없이 잘 풀려 나갔기 때문이다. 칼데라 가족은 산타 리타에 사는 많은 이들처럼 먹을거리 걱정을 할 필요가 없었다. 수없이 많은 사람들이 일자리를 구하기 위해 날마다 공장 앞에 몰려들곤 했지만, 라몬은 일자리 구할 걱정을 할 필요가 없었다. 라몬은 열심히 일했고, 공장 사람들은 그런 라몬을 보며 만족해했다. 라몬은 종종 몸이 아플 때에도 출근을 했다. 그리고 사람들이 자신을 필요로 할 때면 늦게까지 남아 일을 도와주곤 했다. 그렇게 일을 해 라몬은 돈을 벌어 왔고, 그 돈으로 온 식구를 배불리 먹였다. 심지어 라몬은 아이들에게 좋은 옷도 사 줄 수 있었다.

평일이면 가난한 동네에 사는 어린아이들은 벌거벗은 채 돌아다녔다. 어찌나 날이 더운지 사람들은 차라리 옷을 입지 않는 게 가장 편하다고 느꼈다. 여섯 살도 넘은 사내아이조차 바지만 입고 다녔다. 제법 큰 여자아이들은 아무렇게나 닳아 헤진 천 조각을 치마나 옷 삼아 몸에 두르고 다녔다.

하지만 일요일이면 가난한 사람과 지독하게 가난한 사람을 구분할 수 있었다. 왜냐하면 아주 가난한 사람은 일요일에도 평일처럼 허름한 옷을 입고 다녔고, 심지어는 성탄절이나 부활절에도 맨발로 돌아다녔다.

하지만 칼데라 가족은 이미 오래전부터 그렇듯 아주 가난한 사람들과는 다른 생활을 했다. 칼데라 가족에게는 집이 있었고, 배불리 먹을 음식도 있었으며, 일요일에 입을 좋은 옷도 있었다. 그리고 나이가 되면 라몬은 아이들을 학교에 보낼 수도 있었다. 물론 아이들을 학교에 다니게 한다는 것은 산타 리타에서는 결코 흔한 일이 아니었다. 자식들의 학비를 대 주고 공책과 연필을 사 줄 수 있는 사람이라면 산타 리타에서는 꽤나 인정받는 인물에 속했다.

심지어 칼데라 가족의 거실에는 소파도 있었다. 칼데라 가족은 집 앞에서 이야기를 나눌 때면 사람들에게 소파를 보여 주며 자랑하곤 했다.

침실에는 침대 네 개가 놓여 있었다. 두 개는 칼데라 부부가 쓰는 침대였고, 나머지 두 개는 아이들이 쓰는 침대였다. 아이들은 침대 하나에 두 명씩 누워 잤다. 그리고 가장 어린 막내는 상자로 만든 침대에서 잤다. 물론 침대를 쓴다는 것도 결코 흔한 일은 아니었다. 아주 가난한 사람들은 맨바닥에서 잠을 자야 했기 때문이다.

일요일이면 라몬과 아이들은 좋은 옷에 좋은 신발을 신고 산책을 나갔다.

라몬은 종종 아이들에게 말하곤 했다.

"일요일만큼은 신경 써야 한다. 그렇지 않으면 산다는 게 아무 의미 없어."

라몬은 알록달록한 넥타이를 매고 윤이 나는 신발을 신은 채, 아이들과 함께 아주 당당하게 산타 리타를 지나 큰길까지 다녀오곤 했다. 그 길은 시내에서 뻗어 나와, 저 멀리 지평선에 닿을 만큼 남쪽으로 길게 쭉 이어져 있었다. 그리고 그 길을 따라 공장과 새로 생긴 동네, 그리고 가난한 동네가 맞닿아 있었다. 버스비가 충분할 때면 라몬은 가족들과 버스를 타고 도시 북쪽에 있는 바닷가로 해수욕을 하러 가곤 했다. 하지만 돈이 넉넉하지 못할 때면, 아이들을 데리고 부자 동네까지 걸어가서 크고 멋진 집을 구경시켜 주었다.

호셀리토가 물었다.

"저 사람들은 어떻게 해서 저렇게 멋진 정원이 딸린 커다란 집에서 사는 거예요?"

"부자니까 그렇지."

라몬이 대답했다.

그러자 테레사가 소리쳤다.

"그러면 우리도 부자가 되어요!"

"그래, 아버지도 그러려고 애쓰고 있단다. 하지만 정직하게 살면서 부자가 되기란 쉬운 일이 아니구나."

그 말을 듣고 에르네스토가 물었다.

"그런데 왜 정직하게 살아야 하는 건데요? 정직하지 않아서 더 빨리 부자가 될 수 있다면, 정직하게 살지 않는 게 더 좋아요."

라몬이 나무라듯 말했다.

"그런 말 하면 못써! 정직하지 않은 사람은, 그러니까 거짓말을 하거나 남을 속이고 남의 물건을 훔치면 감옥에 붙잡혀 가게 된단다."

"하지만 부자들은 감옥에 가 있지 않잖아요."

테레사가 중얼거렸다.

그러자 라몬이 투덜거리듯 대답했다.

"그건 일단 부자가 되고 나면 뭐든지 마음대로 할 수 있기 때문이란다."

이번에는 제멋대로인 에르네스토가 소리쳤다.

"아버지도 잡히지만 않으면 되잖아요!"

"그래. 아버지는 절대 그런 일은 하지 않을 거란다."

호세 할아버지도 종종 칼데라 가족과 함께 산책을 나갔다. 하지만 호세 할아버지는 오랫동안 걷는 것을 꺼려했다. 이제는 걷는 게 고통스럽기만 했기 때문이다. 호세 할아버지는 강물 위를 가로지르는 다리 위로 즐겨 산책을 나가 쏜살같이 지나다니는 자동차를 바라보곤 했다.

"다음 세상에 태어나면 자동차 한 대는 갖고 싶군. 빨간색으로 말이야. 그때가 되면 내가 저렇게 차를 몰고 다니는 것을 볼 수 있을 걸세!"

호세 할아버지가 라몬에게 말했다.

그랬다. 그런 자동차를 갖는다는 것은 라몬이나 호세 할아버지 같은 사람들은 감히 상상할 수도 없는 일이었다. 목사님과 상인 두 명 말고는 산타 리타에 살고 있는 어느 누구도 자동차를 갖고 있지 못했다.

하지만 라몬은 일찍이 누구도 들어보지 못한 일을 해냈다. 더 이상 대출금을 갚지 않아도 된 것이다. 라몬은 작은 라디오 하나를 샀다. 그 라디오는 비록 새것은 아니지만 소리가 잘 나와서 이웃 사람들 모두가 함께 들을 수 있었다. 무엇보다도 음악을 들을 수 있다는 사실이 꽤나 만족스러웠다. 바로 그 라디오와 소파, 그리고 학교에 다닐 수 있는 아이들과 더불어 라몬은 그 동네에서 가장 잘 나가는 사람에 속했다.

라몬은 파티를 열어 축하할 일이 있으면 결코 그냥 지나치는 법이 없었다. 그만큼 넉넉히 돈을 벌었다. 라몬은 파티를 열거나 축제를 즐기는 걸 좋아했다. 파티를 열 때면 기분이 좋아졌고, 말도 많아졌으며, 평소보다 더 많이 웃었고, 돈도 제법 썼다. 라몬은 가장무도

회가 열릴 때면 자신과 아이들의 축제 의상을 만들어 달라고 라파엘라에게 부탁했다. 그러면 라파엘라는 남아도는 낡은 천 조각 몇 개를 가지고 멋진 옷을 만들어 주었다.

가장무도회가 열릴 때면 라몬은 아이들에게 옥수수 가루가 가득 든 봉지를 사 주는 것을 잊지 않았다. 다른 집 아버지들도 능력이 닿는 한 그렇게 했다. 그러고 난 뒤, 그들은 모두 시내를 가로질러 엄청나게 많은 사람들이 몰려가고 있는 가장행렬에 끼어들었다. 그리고 행렬을 따라가며, 사람들은 너 나 할 것 없이 손에 든 봉지에서 옥수수 가루를 꺼내 가까이 있는 사람들 얼굴에 뿌려 대곤 했다.

칼데라 가족의 아이들은 잔뜩 신이 나서 사람들과 함께 어울려 놀았고, 저녁나절이 돼서야 피곤에 지쳐 집으로 돌아왔다. 아이들은 얼굴 가득 하얀 옥수수 가루를 묻히고 있었다.

그런 아이들을 바라보며 라파엘라가 말했다.

"오늘은 너희들이 왠지 서로 닮아 보이는구나."

호세 할아버지가 말했다.

"적어도 일 년에 한 번쯤은 우리 같은 사람들도 얼굴이 하얘진 채 즐거워할 수 있는 법이지."

시내나 근처 다른 동네에서 성자의 축제가 열릴 때면, 칼데라 가족과 호세 할아버지도 축제에 참여하곤 했다. 아이들은 회전목마를 타거나 경품 제비를 뽑을 수 있었다. 라몬은 호세 할아버지와 자기가 마실 맥주를 샀고, 라파엘라에게 가져다줄 사탕도 샀다. 라파엘라가 너무 어려 나들이에 데려갈 수 없는 막내를 집에서 돌보고 있었기 때문이다. 더구나 라파엘라는 해가 갈수록 점점 더 뚱뚱해졌다.

"나는 차라리 집에 남아 일요일을 즐길래요."

라파엘라가 정원에 있는 망고나무 아래에 앉으며 말했다. 그리고는 막내가 잠들어 있는 요람 상자를 자기 옆에 가져다 놓고는, 옷을 깁거나 바느질과 뜨개질을 하며 라디오를 들었다. 하지만 그런 시간은 오래 가지 못했다. 이웃집 여자들이 라파엘라를 찾아왔기 때문이다. 라파엘라는 그들과 한데 앉아 수다 떠는 것을 퍽이나 좋아했다. 그럴 때면 라파엘라는 커피를 끓여 내왔다. 나중에 이웃집 여자들이 돌아가고 나면, 라파엘라는 라몬이 사다 준 거울 앞에 앉았다. 그리고는 예전에 글래디스 부인이 선물로 주었던 아주 비싼 머릿기름을 곱슬곱슬한 머리카락에 바르고는 가지런히 빗어 댔다.

그 머릿기름을 바르고 나면 몇 시간이 지난 뒤에도 머리가 반듯이 펴져 있었다. 라파엘라는 하녀로 일할 때처럼 귀걸이와 목걸이로 장식을 하고 옷을 차려입었다. 블라우스에는 'R' 자 모양의 금도금이 된 브로치를 달았다. 그리고는 입술에 립스틱을 발랐다. 라파엘라는 몸을 일으켜 거울 앞에 머리를 비춰 보며 미소를 지었다. 하지만 이가 빠진 자리가 보이지 않게 입은 꾹 다물고 있었다. 그러다가도 다른 가족들이 돌아올 때가 되면, 라파엘라는 장신구들을 재빨리 떼어 놓았고, 립스틱도 깨끗이 지워 버렸다.

그 무렵, 라몬은 산골 마을에 살고 있는 부모님과 형제들을 보러 갈

계획을 세웠다.

라몬이 말했다.

"우리 식구 모두 갈 거란다. 가서 라디오와 칫솔을 거기 있는 우리 가족들에게 보여 줄 거란다. 우리가 이렇게 잘 지내고 있는 모습을 보면 다들 깜짝 놀랄 테지. 신문도 읽어 줄 거란다. 너희들은 산골 마을에 가거든 점잖게 굴어야 한다. 손으로 코를 풀지도 말고 말이야. 조금 더러워 보인다고 해서 할아버지를 바보 같다고 생각해서도 안 돼. 산골 마을 물은 얼음처럼 차가워서 씻는 건 엄두도 못 내거든. 또 할머니 발가락을 보고 웃어도 안 돼! 할머니는 평생 동안 맨발로 바위와 나무숲을 걸어다니셨단다. 그리고 여보, 당신은 브로치도 달고 화장도 좀 해요. 그곳 사람들은 당신 같은 피부색을 가진 사람을 본 적이 없으니까."

"나는 그저 나라구요! 더구나 화장을 하더라도 가는 길에 다 지워지고 말 거예요!"

라파엘라가 볼멘소리로 대답했다.

"그럼 그동안 집은 내가 보고 있겠네."

호세 할아버지가 말했다.

라몬은 고향을 찾아갈 날만을 손꼽아 기다렸다. 산골 마을에 있는 가족들이 그를 보면 얼마나 놀라고 반가워할 것인가!

행복한 날들의 끝

하지만 산골 마을을 방문하겠다는 계획은 결코 이루어지지 않았다. 휴가가 시작되기 바로 이틀 전, 라몬이 사고를 당했기 때문이다. 그리고 그 사고는 칼데라 가족의 삶을 송두리째 바꿔 놓고 말았다.

오후 네 시였다. 호세 할아버지는 이제 막 강가로 몸을 씻으러 나갔고, 라파엘라는 망고나무 그늘에 앉아 커다란 멜론을 잘라 아이들에게 한 조각씩 나눠 주고 있었다. 그때 라몬이 집으로 돌아왔다. 라몬 옆에는 직장 동료 두 명이 붙어 서서 라몬을 부축하고 있었다. 라몬의 얼굴은 창백했고, 셔츠와 바지에는 피가 잔뜩 묻어 있었다.

라몬의 오른손은 붕대로 친친 감긴 채 고리 모양의 끈에 걸려 있었다.

"맙소사!"

깜짝 놀란 라파엘라가 비명을 내지르며 손에 들고 있던 멜론 조각을 땅바닥에 떨어뜨렸다. 라파엘라는 라몬을 향해 달려갔다. 그러고는 자신이 앉았던 의자로 데리고 가 앉혔다.

라몬을 데리고 온 남자 중에 한 사람이 말했다.

"손가락 세 개가 잘려 나갔습니다. 라몬의 손이 그만 기계 속으로 빨려 들어가고 말았거든요."

그러자 다른 남자가 말했다.

"의사가 병원에 입원해야 한다고 말했어요. 그런데 라몬이 그러려고 하지를 않는 거예요. 자꾸만 집으로 가겠다고 고집을 피워서, 할 수 없이……."

"오, 세상에!"

라파엘라가 안타까운 목소리로 말했다.

한 남자가 말했다.

"그나마 불행 중 다행입니다. 하마터면 저세상 사람이 될 뻔했거든요."

아이들은 아버지의 붕대 감긴 손을 깜짝 놀라 쳐다보았다.

라몬은 몸이 축 늘어진 채로 의자에 앉아 있었다.

다른 남자가 라몬을 바라보며 말했다.

"피를 많이 흘렸어요. 그래서 기운이 없을 겁니다."

라파엘라가 라몬의 어깨를 흔들며 소리쳤다.

"무슨 말이라도 좀 해 봐요!"

라몬이 들릴 듯 말 듯한 목소리로 중얼거렸다.

"이제 끝났어. 모든 게 다 끝났다고!"

테레사가 갑자기 울기 시작했다. 그러자 다른 어린 동생들도 덩달아 울음을 터뜨렸다.

라파엘라가 소리쳤다.

"그런 쓸데없는 말은 하지 마세요! 도대체 뭣 때문에 갑자기 모든 게 다 끝났다는 거예요? 우리가 당신 고향 마을로 가족을 만나러 가는 여행을 그저 얼마 정도 미루는 것일 뿐이라고요!"

"여행? 여행이라고?"

라몬이 몹시 흥분한 채 계속 말했다.

"어차피 여행 가는 것도 끝장났지. 이런 꼴을 하고는 다시는 고향을 찾아갈 수 없을 테니까. 하지만 단지 여행만 끝장난 거라면 얼마나 좋겠어! 오른쪽 손가락이 덜렁 두 개만 남아 있을 뿐인데……. 난 이제 아무짝에도 쓸모없는 인간이라고! 일자리도 잃게 되고 말 거고!"

라파엘라가 애써 위로하며 말했다.

"쓸데없는 소리 좀 그만하세요! 도대체 손가락 세 개 없는 게 뭐 어떻다고 그래요? 당신, 커피라도 좀 마시는 게 좋겠어요. 마음을 차분히 가라앉힐 수 있게 말이에요. 우리 그런 다음에 다시 얘기해요."

라몬이 끙끙대며 말했다.

"손가락 세 개 때문에 이러는 게 아니야! 까짓 손가락 세 개쯤 없어도 살 수 있어! 하지만 내가 일자리를 잃으면 어떻게 되겠어? 우리 가족들은 어떻게 되겠냐고!"

라몬의 동료들은 당황해하며 서로를 쳐다봤다. 그중에 한 사람이 한숨을 내쉬며 말했다.

"그게 무슨 소린가, 라몬. 절대 그런 일은 없을 걸세. 그건 그렇고, 자네 내일 다시 병원에 가서 치료 꼭 받게. 상처가 잘 아물었는지 확인도 하고 말이야."

그러자 다른 남자가 바지 주머니에서 작은 손수건을 꺼냈다. 손수건에는 뭔가가 둘둘 말려 있었다. 그가 손수건을 라몬의 무릎 위에 올려놓고는 헛기침을 하며 말했다.

"내가 자네 손가락을 손수건에 싸서 챙겨 왔어. 그리고 그 손수건은 자네가 그냥 가져도 돼."

옆에 있던 다른 남자가 말했다.

"자, 이제 우리는 이만 가 봐야 할 것 같군."

라파엘라가 소리쳤다.

"아니, 잠깐만요! 커피라도 좀 드시고 가세요. 두 분도 오늘 고생 많으셨잖아요. 호셀리토, 가서 의자 좀 가지고 오렴!"

라몬은 멀쩡한 왼손조차 거의 들어 올릴 수 없었다. 그래서 라파엘라가 커피 잔을 들고는 라몬이 마실 수 있게끔 도와줘야 했다.

두 남자는 서둘러 커피를 마신 뒤, 라파엘라에게 고맙다고 인사하고는 집을 떠나갔다.

그들이 집을 나서며 소리쳤다.

"며칠 뒤에 다시 한 번 찾아오겠네."

라몬이 중얼거렸다.

"저 사람들, 다시는 오지 않을 거야."

그러자 라파엘라가 소리쳤다.

"이제 그만 좀 하세요! 어쨌거나 당신은 혼자가 아니라고요!"

라몬이 기운 없는 목소리로 말했다.

"그거야! 바로 그거라고! 만약 나 혼자라면, 그렇다면 나는 아무래도 상관없어. 하지만 나는 이제 당신과 우리 아이들이 굶주리는 것을 지켜보기만 하게 될 거라고!"

라파엘라가 단호하게 말했다.

"내가 여기 있는 한, 우리 가족은 아무도 굶주리지 않을 거예요. 그나저나 당신 자꾸만 그런 나쁜 생각을 하는군요. 가서 좀 자면서 쉬는 게 좋겠어요. 커피를 마셔도 그런 우울한 생각에서 벗어나지 못한다면, 잠을 자고 나면 괜찮아질 거예요. 호셀리토, 아버지 좀 부축해드려라. 아버지가 아프지 않게 조심하고 말이야."

그때 마침, 호세 할아버지가 집으로 돌아왔다. 그는 호셀리토를 뒤로 물러서게 한 뒤 라몬을 부축했다. 호세 할아버지와 호셀리토는 라몬을 거의 업고 가다시피 해서 집 안으로 데리고 가 침대에 눕혔다. 손가락이 돌돌 말려 있던 손수건은 땅바닥에 떨어져 마당에 있는 의자 밑에 놓여 있었다. 테레사는 마치 보석이라도 되는 듯 손바닥 위에 손수건을 올려놓고는 집으로 가지고 들어왔다. 그러고는 엄마에게 내밀었다. 엄마는 이제 막 아버지의 셔츠를 벗기고 있었다.

"엄마가 지금 뭘 하는지 보면 모르겠니? 엄마 좀 귀찮게 하지 마!"

라파엘라가 나무라듯 말했다.

그러자 테레사가 말했다.

"엄마, 이건 아버지 손가락이에요. 마당에 떨어져 있으면, 개들이 물어 갈지도 몰라요."

라파엘라가 한숨을 내쉬며 말했다.

"세상에! 그랬구나. 호셀리토, 마당 뒤쪽 오이밭과 파슬리밭 사이에다 구덩이를 하나 파서 이것들을 묻으렴. 아주 깊게 파야 한다. 혹시라도 개들이 구덩이를 파헤치지 못하도록 말이다. 그리고 그 위에다 돌멩이를 하나 얹어 놓으렴. 여보, 당신 손가락을 한 번 더 보실래요?"

"아니, 그게 무슨 의미가 있겠어. 이제 나하고는 아무 상관도 없는 것들인데……."

라몬이 슬픈 표정을 지으며 말했다.

라파엘라가 말했다.

"당신 하고 싶은 대로 해요. 하지만 이 손가락들은 당신과 평생을 함께해 온 것들이라고요. 그것들은 그저 그런 손가락들이 아니라고요."

라몬이 말했다.

"아 참! 손가락에 아직 반지가 끼어 있겠군. 하지만 당신이 그 반

지를 빼내기는 쉽지 않을 거요. 3년 동안 한 번도 반지를 뺀 적이 없
거든.”

라파엘라는 손가락을 싸고 있던 손수건을 풀어 헤쳤다. 그러고는
별 어려움 없이 손가락 한쪽 끝으로 반지를 빼내, 라몬의 왼손 약지
에 끼워 주었다. 그런 다음 손가락 세 개를 다시 손수건으로 감쌌다.

호세 할아버지가 나지막이 말했다.

“세 개의 손가락을 보관하려면 손수건 갖고는 충분치가 않을 게
야. 언젠가 라몬이 죽게 되면, 자기한테 속했던 모든 것을 가지고 가
야만 하지. 그 세 손가락까지도 말일세. 그렇지 않으면 편히 눈을 감
지 못할 걸세.”

“아, 그렇겠군요.”

라파엘라가 말하고는 세 손가락을 작은 유리병에 담아서 호셀리토
에게 건네주었다.

하지만 호셀리토는 아무런 도움이 되지 못했다. 그의 손은 병조차
들 수 없을 만큼 심하게 떨리고 있었다.

“나한테 주렴.”

호세 할아버지가 호셀리토의 머리를 쓰다듬으며 말했다. 그러자
호셀리토의 두 눈에서 주르륵 눈물이 흘러내렸다. 호셀리토가 밖으
로 뛰쳐나갔다. 호세 할아버지는 병을 파슬리밭과 오이밭 사이에 묻
었다. 테레사는 그 옆에 웅크리고 앉아 그 모습을 지켜보며 울음을
터뜨렸다. 호셀리토는 화장실 뒤에 숨었다. 하지만 에르네스토가 호

세 할아버지를 도와주었다. 에르네스토가 삽을 질질 끌고 왔고, 커다란 돌도 찾아왔다. 그러고는 딱딱한 진흙 덩어리를 병 위에 덮어 묻었다. 에르네스토는 울지 않았다. 단지 코만 훌쩍일 뿐이었다.

라몬은 이틀이 지나자 벌써 자리를 털고 일어나 바쁘게 움직였다. 그는 다친 손이 다 나을 때까지 기다릴 수가 없었다.

일주일 뒤, 라몬은 공장 사람들이 자기를 잊어버리진 않았을까 하는 두려움에 공장을 찾아갔다. 라몬이 맡았던 기계 앞에는 다른 남자가 서서 일하고 있었다.

사장이 라몬에게 말했다.

"어서 다시 집으로 돌아가게. 가서 휴식을 취하면서, 치료부터 받게. 그렇게 붕대를 감고서는 아무 일도 못한다고. 그러니 상처가 다 아물면, 그때 다시 찾아오게. 정말 안됐군. 정말 마음이 아프지만, 이미 벌어진 일을 어쩌겠나. 그저 상황이 더 나빠지지 않게 조심하게."

라몬은 집으로 돌아와 공장에서 있었던 일을 라파엘라에게 들려주었다. 그러자 라파엘라가 말했다.

"그것 보세요. 공장 사람들은 당신이 돌아오기만을 기다리고 있다고요."

라파엘라는 라몬이 마음의 안정을 되찾을 수 있도록 몸에 좋다는 차를 끓여 주었고, 라몬이 좋아하는 음식을 요리해 주었다. 그녀는 라몬을 지극정성으로 돌봐 주었고, 이웃들에게도 라몬과 말동무가 되어 달라고 부탁하기도 했다. 그리고 호세 할아버지는 라몬을 위해 기타를 연주해 주곤 했다.

하지만 라몬은 불안한 마음을 떨쳐 버릴 수 없었다. 가는 곳마다 수 많은 실업자들이 널려 있었다. 심지어 이웃들 중에도 실업자들이 많 았다. 그리고 그런 위험이 라몬에게도 찾아오지 말라는 법은 없었다.

라몬이 사고를 당하던 날, 그를 집으로 데리고 왔던 두 동료들은 그 후 정말로 더 이상 라몬을 찾아오지 않았다. 그러자 라몬은 더욱 두 려움을 느꼈다. 라몬은 붕대를 풀자마자 곧바로 공장을 다시 찾아갔 다. 손가락이 잘려나간 자리는 아쉬운 대로 아물어 있었다. 하지만 아직도 통증은 남아 있었다.

라몬은 자신을 보자 당황스러워하는 직장 동료들을 바라보며 기대 에 가득 찬 얼굴로 말했다.

"제 생각에 이제는 다시 일할 수 있을 것 같습니다."

그러자 공장장이 소리쳤다.

"자네 얼른 사장님한테 가 보게."

라몬은 사장실로 달려갔다. 그리고 그곳에서 라몬이 그토록 두려 워하던 것들은 이내 현실이 되고 말았다. 라몬은 해고되었다.

라몬은 얼마 안 되는 위로금을 받았다. 하지만 연금은 받지 못했 다. 공장 관계자들이 말한 대로라면, 라몬이 부주의해서 사고가 일어 났기 때문이었다.

절망한 라몬이 소리쳤다.

"제게는 아직 엄지와 검지가 있습니다. 그러니 다시 일할 수 있단 말입니다!"

공장장이 미소를 지은 채 라몬의 어깨를 툭 치며 말했다.

"이보게 라몬, 우리 공장 문 앞에는 아주 건강하고 젊은 남자들이 일자리를 구하려고 날마다 길게 줄을 서 있지. 그걸 본다면 자네도 우리를 나쁘게 생각하지는 못할 걸세. 우리가 자네처럼 손가락 두 개뿐인 사람을 고용하지 않는다고 해서 말일세. 더구나 자네는 우리한테 불평을 늘어놓을 수도 없을 거야. 우리가 자네에게 우수한 노동자라는 걸 증명해 주는 문서를 써 줄 거니까. 자네가 원하기만 한다면 지금 당장이라도 받아 갈 수 있을 걸세."

하지만 라몬은 그러지 않았다. 라몬은 집으로 돌아왔다. 그러고는 의자에 앉아 머리를 처박고는 울었다.

호세 할아버지가 주먹을 쥐고 흔들며 소리쳤다.

"이 나쁜 놈들! 자네를 헌신짝 버리듯이 내쫓다니! 그놈들은 자네처럼 성실한 일꾼을 다시는 구하지 못할 거야!"

호세 할아버지가 그렇게 화내는 모습을 본 적이 없던 아이들은 무슨 일인지 몰라 어리둥절해했다. 단지 호셀리토와 테레사만이 일자리를 잃는다는 것이 무슨 의미인지 알고 있었다. 그 누구보다도 엄마가 그 의미를 가장 잘 알고 있었다. 엄마는 이제 막 귀지를 파 주고 있던 루이자를 품에서 일으켜 바닥에 세웠다. 그러고는 아버지 옆에 앉더니 어깨에 손을 올려놓았다.

엄마가 아버지를 위로하며 말했다.

"당신이라면 다른 곳에서도 일자리를 찾을 수 있을 거예요. 당신은 정말 성실하고 유능하니까요."

아버지가 불만 가득한 목소리로 소리쳤다.

"도대체 누가 나 같은 병신을 쓴단 말이오!"

속이 상한 아버지는 큰길가에 있는 술집에 가서 잔뜩 취하도록 술을 마셨다. 그렇게 취하도록 술을 마신 것은 이제껏 두 차례밖에 없었다. 한번은 레오노라가 죽은 날이었고, 또 한 번은 엘리제오가 죽고 난 뒤였다. 늦은 밤, 라몬이 비틀거리며 집으로 돌아오는 모습을 본 엄마는 하염없이 울기만 했다. 집에 돌아오는 도중에 어디에서 잘려 나간 뭉툭한 손가락 끝으로 주먹질을 해 댔는지, 아버지의 손에서는 피가 줄줄 흐르고 있었다.

다음 날 아버지는 하루 온종일 침대에만 누워 있었다. 아버지는 어느 누구도 보려 하지 않았고, 아무하고도 이야기하지 않았다.

아버지는 햇빛조차도 꺼려했다. 라파엘라는 창문에 커튼을 쳐 둬야만 했다. 단지 호세 할아버지만이 그런 아버지 곁으로 다가갈 수 있었다. 하지만 두 사람은 서로 아무 이야기도 하지 않았다. 호세 할아버지는 상자를 돌려 침대맡에 두고는 벙어리처럼 앉아 있었다. 그러고는 이따금씩 기타를 연주하곤 했다. 간간이 아버지 주위를 윙윙거리며 날아다니는 파리를 잡기도 했다.

다음 날 아침, 아버지는 다시금 정신을 차렸다. 아버지는 자신이 가지고 있던 옷 중에서 가장 좋은 옷을 골라 차려입고는 일자리를 구하러 나갔다. 아버지는 도시에서 가장 큰 공장들을 찾아다니며 혹시나 열심히 일할 사람을 구하지는 않는지 물어보았다.

그럴 때마다 인사과 직원들이 되물었다.

"그런 손으로요? 그건 좀 곤란한데…… 새로 일할 사람이 필요하면, 우리는 우리 공장에서 일하는 사람들의 친척들부터 먼저 쓸 겁니다."

다음 날 아버지는 시청을 찾아갔다. 그는 시청에 들어서기 전에 혼잣말로 중얼거렸다.

"제가 환경미화원으로는 일할 수 없을지도 모르겠군요. 쓰레기통을 들어 올리자면 건강한 두 손이 필요할 테니까요. 하지만 저도 당신네 건물 관리자로는 충분히 일할 수 있을 겁니다."

시청 인사과 앞에는 이미 수많은 실업자들이 몰려들어 있었다. 아버지는 그 사람들 틈에 끼어 함께 줄을 섰다. 그러고는 사람들과 함께 굳게 닫힌 사무실 문 앞에서 한참을 기다렸다. 그러다 두 시간쯤 지나자 문틈 사이로 사무실 직원이 고개를 빠끔히 내밀고는 소리쳤다.

"오늘은 정원사 두 명만 필요합니다. 그러니 정원사가 아닌 분들은 그만 돌아가 주세요."

그 말이 떨어지기가 무섭게 열네 명이나 되는 남자들이 사무실 앞으로 몰려들었고, 라몬은 저도 모르게 그들 무리에 휩쓸려 들어갔다. 깜짝 놀란 라몬이 나지막이 물었다.

"당신들 모두가 정원사인가요?"

그들 중에 한 사람이 대답했다.

"아이참, 이 사람 순진하기는. 하지만 나는 당연히 수년 동안 정원사로 일했다고 말할 거요. 그러다 어쩌면 행운을 잡을 수도 있을 테니까."

아버지는 이곳에서도 역시 일자리를 구할 수 없다는 사실을 깨달았다. 저렇듯 많고 다양한 사람들이 일자리 두 개를 놓고 다툼을 벌인다면, 불구가 된 손을 가지고는 그들과 경쟁할 수 없기 때문이었다.

호세 할아버지가 말했다.

"자네한테도 시청에서 일하는 친구나 친척들이 있으면 좋을 텐데. 도시에서 일자리를 구하려면 인간관계가 가장 중요하거든."

"부둣가에도 한번 가 보셨소? 거긴 자루 나르는 사람이 항상 필요하더군요."

이웃집에 사는 루피노 씨가 도움말을 주었다.

"자루 나르는 일이라고요? 이 손을 가지고요?"

아버지가 씁쓸한 목소리로 되물었다.

"아 이런! 제가 그걸 깜빡했군요."

루피노 씨가 어찌할 줄 몰라 하며 말했다.

그러자 호세 할아버지가 말했다.

"정원사로는 일할 수 있을지도 몰라. 자네, 부자들이 사는 동네로 가서 집집마다 돌아다니며 물어보게나. 혹시 정원사를 구하고 있는

지 말이야. 부자들은 대부분 정원사를 한 명씩 두고 있다네. 그들이 직접 정원을 가꾸지는 않거든. 더구나 자네는 아직 젊고 성실해 보이니 기회를 잡을 수 있을지도 몰라. 하지만 내가 자네라면, 오른손은 보여 주지 않을 걸세. 일단 일자리를 구하고 자네가 그 일을 잘 해낸다면, 그때는 아무도 자네 손가락이 몇 개인지 따위는 신경 쓰지 않을 걸세.”

“하지만 저는 정원 일에 대해서는 아는 게 아무것도 없는걸요.”

“그건 상관없네. 자넨 아마 잔디를 깎고, 잡초를 뽑고, 세차하는 일을 하게 될 걸세. 그 밖에 자네가 알아야만 하는 것들은 다른 정원사들에게 물어보게나. 어쨌든 중요한 건 자네가 되도록 빨리 일자리를 다시 구하는 것일세.”

그렇게 해서 이제 아버지는 온종일 집집마다 돌아다니며 일자리를 구했다.

아버지는 여기저기에서 하루나 이틀 정도 일했고, 그 대가로 얼마 안 되는 돈과 쌀이나 고기를 받아 왔다.

하지만 아버지가 아무 일도 구할 수 없던 날들은 그보다도 훨씬 더 많았다. 그런 날이면 아버지는 저녁나절이 되어서야 기운 없이 축 늘어진 모습으로 집으로 돌아왔다. 심지어 어떤 사람들은 아버지를 문전박대하기도 했고, 도둑놈이나 부랑자처럼 대하기도 했다. 또 어떤 사람들은 아버지를 거지 취급하며 손에다 동전 몇 푼을 쥐여 주기도 했다. 그럴 때면 아버지는 아주 민감하게 반응했다.

아버지가 신경질적인 목소리로 소리쳤다.

"마치 내가 무슨 부당한 일이라도 요구한 것처럼 대하더군요. 나는 정말로 아무것도 요구한 게 없는데 말이에요! 개라고 해도 그렇게 함부로 대하지는 못할 거예요!"

호세 할아버지가 한숨을 내쉬며 말했다.

"그래 맞아. 나도 잘 알고 있네."

"그런데도 그런 사람들에게 일자리를 애원해야 한다니!"

그 무렵에 아버지는 무척이나 신경이 곤두서 있었다. 아무것도 아닌 일에도 아버지는 불같이 화를 냈다. 한번은 호셀리토가 실수로 탁자 위에 놓여 있던 찻잔을 떨어트린 적이 있었다. 찻잔은 시멘트 바닥 위로 떨어져 산산조각이 났다. 그러자 아버지는 불구가 된 손으로 호셀리토의 뺨을 때렸다. 따귀는 멀쩡한 손으로 맞은 것만큼이나 아팠다. 그러고는 아버지가 소리쳤다.

"사고는 지금껏 있었던 것만으로도 충분하다고!"

루피노 씨 부인은 엄마와 단둘이 있을 때면 물어보곤 했다.

"바깥양반은 왜 저렇게 흥분하는 거예요? 산타 리타에 사는 남자들 대부분이 실업자인데 말이에요. 그런 건 그다지 특별한 일도 아니라고요."

엄마가 슬픈 목소리로 대답했다.

"아마 자존심 때문일 거예요."

루피노 씨 부인이 말했다.

"이젠 예전보다 더 아끼면서 살아야 해요. 어쨌든 이 어려움을 극복할 수 있을 거예요. 그리고 참, 우리 남편이 시장 뒤에 가게 하나를 인수했어요. 중고품을 사고파는 가게지요. 혹시라도 사고팔 게 있으면 우리 가게로 찾아오세요."

루피노 씨 부인이 돌아간 뒤, 엄마가 아버지에게 말했다.

"루피노 씨가 소매치기라는 소문은 사실이 아닌가 봐요. 장사꾼이 맞나 봐요. 그러니 어쩌면 루피노 씨가 당신한테 자기네 가게에서 일하도록 자리를 마련해 줄 수도 있지 않을까요?"

하지만 아버지는 루피노 씨에게 부탁을 하기에는 자존심이 너무나 센 사람이었다.

아버지가 말했다.

"루피노 씨는 우리 이웃이고, 내가 어떤 상황인지도 잘 알고 있소. 나를 도울 마음이 있다면, 그가 직접 찾아오겠지."

내리막길

칼데라 가족은 예전보다 훨씬 더 아껴 쓰며 살아야 한다는 사실을 이내 뼈저리게 느껴야 했다. 칼데라 가족은 이제 아버지가 받아 온 12주 치 임금에 해당하는 위로금으로 생활해야 했다. 아버지가 새 일자리를 구할 때까지는 그 위로금으로 버텨야만 했다.

식탁에는 더 이상 고기반찬이 올라오지 않았다. 단지 채소가 조금 들어간 밥이나 옥수수, 걸쭉한 수프만이 있었고, 그것으로는 주린 배를 채우지 못했다. 호셀리토와 테레사, 그리고 에르네스토는 더 이상 학교에 다니지 않았다. 그들이 무슨 수로 책이며 공책, 학비를 감당할 수 있겠는가? 그런 것들은 고사하고 심지어는 연필 한 자루 살 돈조차 남아 있지 않았다.

학교에 가지 않는 것을 좋아한 아이는 에르네스토뿐이었다. 에르네스토는 의자에 오래 앉아 있는 것이 도무지 적성에 맞지 않았다. 게다가 읽고 쓰는 것을 왜 배워야 하는지 이해할 수 없었다. 집이나 강가를 어슬렁거리며 돌아다니는 것이 훨씬 더 좋기만 했다. 하지만 테레사는 학교에 가는 것을 무척이나 좋아했고, 학교에 다니는 다른 친구들을 그저 바라봐야만 하는 현실이 슬프기만 했다. 매일 아침, 다른 아이들이 가방을 메고 집 앞을 지나갈 때면, 테레사는 한껏 부러운 눈으로 그 아이들을 바라보았다. 얼마 지나지 않아 다른 아이들은 오후가 되어도 테레사와는 함께 놀아 주지 않았다. 테레사는 더 이상 그들의 친구가 아니었다.

칼데라 가족의 형편이 점점 더 어려워지고 있는 것은 분명했다. 테레사는 그 사실이 너무나 창피했다. 하지만 학교에 가지 못한다는 사실을 가장 슬퍼한 사람은 바로 호셀리토였다. 호셀리토는 조용하고 생각이 많은 아이였다. 게다가 하고 싶은 것도 많은 아이였다. 호셀리토는 이다음에 커서 대통령이 되겠다는 바람을 남몰래 가슴속에 품고 있었다. 하지만 그런 바람을 아무에게도 말하지 않았고, 심지어는 아버지에게도 말하지 않았다.

호셀리토는 대통령을 잘 알고 있었다. 금테두리에 파리똥이 잔뜩 묻은 대통령의 사진이 교탁 위 벽에 걸려 있었기 때문이다. 호셀리토는 수업 시간에 늘 그 사진을 바라보곤 했다. 그래서 수천 명의 사람들 중에서도 대통령을 단번에 찾아낼 수 있을 정도였다. 그만큼 호셀리토는 정확하게 대통령의 얼굴을 알고 있었다. 금색 자수가 놓인 모자, 근엄한 눈빛, 콧수염, 그리고 화려한 제복의 가슴 부분을 가로지르는 빨간 띠 훈장. 호셀리토는 어른이 되면 바로 그런 대통령이 되고 싶었다. 호셀리토는 아주 열심히 공부했고, 언제나 최고가 되고 싶었다. 그것도 온 나라를 통틀어 일 등이 되어서 모든 것을 마음대로 할 수 있는 가장 훌륭한 사람이 되고 싶었다. 그런 사람이 아니고서야 대체 어느 누가 대통령이 될 수 있단 말인가?

호셀리토는 턱수염이 난 얼굴에, 모자를 쓰고, 띠 훈장을 둘러매고 교회 앞 광장에 서 있는 자신의 모습을 상상해 보았다. 산타 리타에 사는 모든 사람들이 자신을 빙 둘러싸고 존경하는 눈빛으로 바라보며 서 있는 모습이었다. 호셀리토는 자신이 대통령이 되면 무엇을 바꿔야 하는지도 잘 알고 있었다. 대통령이 되면, 호셀리토는 가장 먼저 산타 리타에 수도 시설을 설치하도록 명령할 작정이었다. 길에는 아스팔트를 깔고, 의사들에게는 가난한 사람들을 모두 공짜로 진료해 주라고 명령할 것이다. 그리고 산타 리타 인근 지역에 어마어마하게 큰 공장을 세우고, 그 공장에서는 일자리를 찾는 마을 사람들을 일하게 할 것이다. 또 자신의 아버지를 공장장으로 임명하고, 일자리를 잃는다는 게 어떤 기분일지 직접 느껴 보라고 '카밀로 페레즈 & 코' 종이 공장 사장을 해고시킬 생각이었다. 정말이지 호셀리토는 많은 계획을 가지고 있었다. 호셀리토는 나이 든 사람들에게는 충분한 연금을 지급하고, 아주 가난한 사람들은 일요일에 학교에 다닐 수 있게 할 생각이었다. 그리고 집집마다 라디오를 나눠 주고, 모든 아이들에게는 일요일마다 아이스크림을 나눠 줄 생각이었다. 호셀리토는 정말이지 가난에 마침표를 찍는 착한 일을 하는 사람이 되고 싶었다. 가난한 사람들에게는 사랑과 존경을 받지만, 가난한 사람들에게 일자리를 주지 않는 부자들에게는 두려움을 주는 사람이 되고 싶었다.

하지만 이제 그의 멋진 꿈들은 모두 물거품이 되고 말았다. 대통령이 되려면 학교를 다녀서 똑똑해져야 하는데 더 이상 학교를 다니지 못하게 된 것이다. 이제 모든 꿈이 끝났다. 라파엘라는 호셀리토가 얼마나 슬퍼하고 있는지 잘 알고 있었지만, 호셀리토를 도와줄 방법이 없었다.

라파엘라가 호셀리토를 위로하며 말했다.

"조금만 있으면 다시 좋은 일이 찾아올 거란다."

"정말요?"

호셀리토가 기대에 가득 찬 얼굴로 되물었다.

호셀리토는 골목골목을 돌아다니며 신문을 부지런히 주워 모았고, 비록 그 안에 담긴 내용이 무슨 뜻인지 이해하지 못하지만 신문을 열심히 읽었다. 그렇게 해서라도 읽는 법을 잊지 않으려고 애썼다. 호셀리토는 읽기 연습을 계속해서 해야 했다. 호셀리토는 거의 다 쓴 공책 한 권을 가지고 있었고, 그 공책에다 남몰래 뭔가를 쓰기 시작했다. 호셀리토는 정말로 제대로 된 책을 쓰고 싶었다. 책 제목은《펠리페가 대통령이 되기까지》였다. 물론 펠리페는 바로 호셀리토 자신이었다. 호셀리토는 또박또박 정성들여 한 자 한 자 글씨를 썼고, 최대한 연필심이 적게 닳게 썼다. 그러다 갖고 있던 연필이 다 닳게 되자, 가지고 있던 구슬 여섯 개를 테레사의 연필 한 자루와 맞바꿨다. 그 구슬들은 호셀리토가 행복하기만 하던 시절에 가지고 있던 것이었다. 호셀리토는 넋이라도 나간 사람처럼 글을 썼다. 화장실 뒤나 강가에 있는 갈대밭에 앉아 아무도 보지 못하게 몰래 글을 쓰곤 했다. 그럴 때면 엄마는 종종 화를 내기까지 했다.

엄마가 소리치며 말했다.

"호셀리토, 넌 장남이잖니! 그러면 뭔가 집안에 도움이 될 만한 행동을 해야지! 그렇게 몰래 숨어 있지만 말고, 어디 가서 일자리라도 좀 알아보라고! 이 쓸모없는 녀석 같으니라고!"

"쓸모없는 게 아니라고요! 저는 글을 쓰고 있는 거예요!"

"넌 지금 그 일이 가장 중요한 일이나 되는 것처럼 말하는구나! 우리 가족은 배가 고파서 고생하고 있는데 너는 글을 쓴다고? 이제 그딴 짓은 제발 그만 좀 하거라!"

엄마는 잔뜩 화가 나서 소리쳤다.

호셀리토는 공책을 침대 밑에 몰래 숨겨 두었다. 호셀리토의 얼굴에는 눈물이 흐르고 있었다. 어두컴컴한 방 안에서 호세 할아버지가 호셀리토에게 말했다.

"네가 엄마를 이해해 주렴. 엄마가 요즘 걱정이 많단다. 그래서 그러는 거야. 그것 때문에 신경질도 부리는 거고. 그리고 엄마는 이제

네가 다 컸다고 생각하는 모양이구나."

그 순간, 호셀리토는 울음을 뚝 그쳤다. 그러고는 정말 어른이 된 것처럼 행동하려고 노력했다.

아이들 신발이 낡아 다 해졌지만, 새 신발을 사 줄 수 있는 형편이 못 되었다. 칼데라 가족은 이제 일요일이면 맨발로 돌아다녀야 했다. 즐겁기만 하던 일요일에도 이제는 더 이상 산책을 나가지 않았다. 아이들은 일요일이 되면 집 밖으로 나가지 않았다. 아무에게도 맨발로 돌아다니는 모습을 보여 주고 싶지 않았기 때문이다. 칼데라 가족에게도 이제는 평일과 일요일이 별 차이가 없었다. 마침내 아버지는 정원사 일을 하나 구하게 되었고, 이 집 저 집을 돌아다니며 몇 시간씩 잔디를 깎고 잡초를 뽑아 주었다. 하지만 그렇게 일을 해 벌어 오는 돈은 별다른 도움이 되지 못했다. 아버지에게는 일정한 돈을 받을 수 있는 안정된 일자리가 필요했다.

그 무렵, 테레사가 양동이에 물을 길어 오기 위해 강가로 나갔다가 물에 빠져 죽는 일이 벌어졌다. 아이들은 테레사가 좀 더 깨끗한 물을 뜨기 위해 강 쪽으로 한 걸음 더 다가갔다고 말했다. 그러고는 선착장 위로 물이 가득 찬 양동이를 끌어 올리다가 비틀거리더니 이내 강물에 풍덩 빠지고 말았다고 했다. 테레사가 물에 빠진 자리는 어른들도 바닥을 딛고 간신히 서 있을 만큼 깊은 곳이었다. 아이들은 가장 가까이 있던 집으로 달려가 도와 달라고 소리쳤다. 하지만 몇몇 사람이 선착장에 도착했을 때는 이미 늦은 뒤였다. 동네 사람들은 주변을 샅샅이 돌아다니며 사라져 버린 테레사를 찾았다. 긴 막대기로 갈대숲을 찔러도 보고, 진창 속에 있는 풀숲도 모두 뒤져 보았다. 그러다가 사람들은 마침내 테레사를 찾아냈다. 하지만 테레사는 이미 죽어 있었다. 동네 사람들이 테레사를 집으로 데리고 가자 엄마는 넋을 잃은 채 울어 댔다. 엄마는 죽어 누워 있는 테레사 위로 쓰러져 테레사를 꼭 안고 입맞춤을 해 댔다.

"이럴 수는 없어! 정말 말도 안 되는 일이라고! 테레사는 내가 가장 사랑하는 아이였어! 하느님 맙소사! 우리가 뭘 잘못했기에 대체 이런 벌을 주시는 건가요! 벌써 세 아이를 데려가 놓고, 그것만으로는 부족한 건가요?"

엄마는 울며불며 소리쳤다. 엄마가 질러 대는 소리에 동네 사람들이 집 앞으로 하나둘 몰려들었다. 엄마는 죽은 테레사를 일으켜 세우고는 사람들을 향해 소리쳤다.

"이 가엾은 아이가 누구 때문에 죽었는지 아세요? 바로 이 도시에 사는 부자들 때문이라고요! 부자들은 우리 같은 사람은 거들떠보지도 않아요! 우리 동네에는 수도관조차 놓아 주지 않는다고요! 수도관만 있었더라면, 그랬더라면 이 아이한테 물을 길어 오라고 강가로 내보낼 필요도 없었다고요!"

모여든 사람들은 그저 말없이 테레사를 바라만 보았다. 그들이 그 상황에서 해 줄 수 있는 것은 아무것도 없었다. 아버지는 힘없이 축 늘어진 테레사의 손을 꼭 붙잡고는 조심스레 쓰다듬어 주었다. 아버지는 테레사를 무척이나 예뻐했다. 이윽고 아버지는 자신이 아끼던 라디오를 루피노 씨 가게에 갖고 가서 팔았다. 그러곤 라디오를 팔고 받은 돈으로 관을 사 왔다.

그동안에 엄마는 테레사를 집 안으로 옮겨 젖은 옷을 벗기고, 몸을 씻겨 주었다. 그리고 젖은 머리카락에 붙은 물풀들을 걷어 내고, 머리를 가지런히 빗겨 주었다. 호세 할아버지도 옆에서 그 일을 도와주었다.

"너희들은 왜 거기에 서 있는 거야!"

엄마가 소리치자 다른 아이들은 마당으로 뛰쳐나갔다. 아이들은 망고나무 그늘 아래 웅크리고 앉았다. 에르네스토는 코를 훌쩍이며 아주 슬프게 울었다. 하지만 거리의 악사가 집 앞을 지나가며 연주하는 아코디언 소리가 들려오자 에르네스토는 슬픔을 잊고는 악사를 쫓아가고 말았다. 그러나 다른 아이들은 호셀리토의 어깨에 기대어 잠이 들었다. 호셀리토는 아버지가 관을 사서 돌아올 때까지 동생들이 깨지 않게 가만히 앉아 있었다.

엄마는 상자에서 자신이 가장 아끼던 물건을 뒤적여 찾아냈다. 그것은 은실로 수를 놓은 옷이었다. 그 옷은 언젠가 글래디스 부인에게서 선물로 받은 것이었다. 그리고 아버지가 엄마한테 청혼을 했던 축제 날 입고 있던 옷이기도 했다. 하지만 이제 그 옷은 살이 찐 엄마가 입기에는 너무 꽉 끼었고, 여기저기 곰팡이도 나 있었다. 엄마는 그 옷을 정성 들여 다림질했다. 관 속에 누워 있는 테레사에게 그 옷을 입히자 무척이나 청순해 보였다. 관은 방 안 탁자 위에 몇 시간 동안 놓여 있었고, 이웃 사람들이 모두 찾아와 테레사를 마지막으로 보았다. 사람들은 너 나 할 것 없이 두 손을 모으고는 테레사가 정말로 아름답다고 말했다. 커튼이 드리워진 방 안은 엄청나게 덥고 숨이 막혔다.

쓰레기통을 뒤지는 호셀리토

아버지가 전기 불판을 내다 판 돈으로 사 온 쌀마저 바닥이 나자, 엄마가 호셀리토를 마당 한쪽으로 불러내 말했다.

"호셀리토, 아홉 살이 되었으니 이제 너도 우리 가족이 굶지 않게 돕고 나서야지. 내일 아침엘랑 일찌감치 엘 자르딘 동네로 가 보렴. 아버지랑 같이 그곳으로 산책 나가곤 했으니까 가는 길은 이미 알고 있을 거야. 그 동네 집들 앞에 서 있던 커다란 쓰레기통 기억나지? 그 쓰레기통을 뒤져서 아직 먹을 수 있거나 내다 팔 만한 것들을 가져오렴. 부자 동네 사람들은 쓰레기통에다가 종종 쓸 만한 것들을 버리거든. 그거야말로 우리 같은 사람들에게는 아주 소중한 것들이란다. 물론 다른 사람보다 먼저 쓰레기통을 뒤져 제일 좋은 물건들을 찾아오려면 운이 따라야 하지만 말이다."

호셀리토가 물었다.

"저 혼자 가야 하나요?"

그러자 엄마가 대답했다.

"에르네스토가 원한다면 데리고 가렴. 에르네스토가 아직 어리긴 하지만 그런 일을 하는 데는 아마 큰 도움이 될 거다."

물론 에르네스토는 형을 따라가고 싶어 했다! 신 나는 일을 하게 되었다는 기대감에 잔뜩 부풀어 있던 에르네스토는 호셀리토 형이 왜 그렇게 의기소침해 있는지 이해할 수 없었다. 에르네스토는 쓰레기통을 뒤지는 것이 전혀 부끄럽지 않았다. 오히려 무엇을 줍게 될지 머릿속으로 상상하며 기대감에 마냥 즐거워했다.

다음 날 아침, 호셀리토와 에르네스토는 자루 하나를 메고 부자들이 사는 동네로 찾아갔다. 쓰레기통들은 상당히 컸고 정말이지 무거웠다. 쓰레기통에 매달려 안을 들여다볼 때에도 아이들은 균형을 잃고 안에 빠지지 않도록 조심해야 했다. 아직 쓰레기통을 뒤지는 일이 서툴기만 하던 어느 날, 에르네스토가 속이 텅 빈 쓰레기통 안에 빠지고 말았다. 호셀리토는 무서워 소리를 지르며 야단법석을 떨어 대는 동생을 쓰레기통 안에서 꺼내 주려고 했다. 그러다가 그만 쓰레기통이 넘어져 요란한 소리를 내고 말았다. 그러자 사람들이 창밖을 내다보며 아이들을 향해 욕을 해 댔다. 그때 길 저편에서 경찰관이 이리로 달려오는 것이 보였다. 에르네스토는 쓰레기통 안에서 잽싸게 빠져나와 형과 함께 도망치기 시작했다. 그러고는 가까이 있는 수풀 속에 몸을 숨겼다.

수풀 속에는 큼지막한 연분홍 꽃들이 피어 있었다. 호셀리토와 에르네스토는 수풀의 나뭇가지 사이로 하얀 옷을 입은 소녀가 그네를 타고 있는 모습을 볼 수 있었다. 그 옆에 놓여 있는 의자에는 유모가 앉아서 수인지 뜨개질인지를 하고 있었다. 유모는 수풀 속에서 두려움에 떨고 있는 소년들을 전혀 보지 못했다. 만약 경찰이 자신들을 발견해 잡으려고 다가오면 저 정원 안으로 뛰어 들어가 도망가야 할지 말아야 할지 호셀리토는 곰곰이 생각해 보았다. 하지만 이 정원의 주인들은 아마도 자신과 동생을 보호해 주지 않을 게 분명했다. 어쩌면 그들이 경찰관을 부른 사람일지도 모르는 일이었다. 하지만 다행히도 경찰은 호셀리토와 에르네스토를 발견하지 못했다.

아이들이 숨어 있던 수풀을 스쳐 지나가며 경찰관이 투덜거렸다.

"제기랄! 이런 쥐새끼 같은 놈들이 어디 갔지?"

다음 골목으로 들어간 경찰관은 여전히 아이들을 찾고 있었다. 호셀리토와 에르네스토는 한동안 그렇게 가만히 숨어 있었다. 그러다 경찰관의 모습이 사라져 완전히 보이지 않게 되자, 그제야 두 아이는 수풀 속에서 기어 나와 다른 골목으로 들어섰다. 그 후로 에르네스토도 쓰레기통을 뒤질 때면 좀 더 조심하게 되었다.

엄마의 말이 맞았다. 쓰레기통 안에는 아직 쓸 만한 온갖 것들이 들어 있었다. 호셀리토는 첫 번째 쓰레기통 안에서 반쯤 남아 있는 과자 봉지와 막 상하기 시작한 커다란 멜론 하나를 찾아냈다. 그곳에서 얼마 떨어져 있지 않은 쓰레기통에서는 감자 껍질 더미에 묻혀 있던 남자용 고무장화 한 켤레를 발견했다. 장화는 단지 뒤쪽 굽이 한쪽으로만 닳아 있었다. 그리고 왼쪽 장화 앞쪽으로 약간 갈라진 틈이 보였다. 너무 클지는 몰라도, 아버지라면 그 장화를 유용하게 신을 수 있을 것이다. 어쨌거나 신발이 전혀 없는 것보다는 큰 장화라도 있는 게 더 나으니까.

에르네스토는 그보다 더 멋진 것을 찾아냈다. 단 한 조각도 떼어 먹지 않은 온전한 빵 덩어리를 발견했던 것이다!

그리고 가장 커 보이는 어느 저택 앞에서 에르네스토는 알록달록한 카드가 가득 담긴 상자 하나를 찾아냈다. 그 안에는 천사들과 아기 예수, 양초와 금빛 반짝이가 그려진 크리스마스카드가 가득 들어 있었다. 호셀리토는 에르네스토가 그 카드들을 가지고 이웃집 아이들 앞에서 한껏 자랑할 거라는 걸 잘 알고 있었다. 호셀리토는 그 카드 상자를 자신이 직접 찾아내지 못했다는 사실에 화가 치밀었다. 호셀리토는 그 카드가 에르네스토보다는 자신에게 더 필요하다고 생각했다. 하지만 그 카드를 찾아낸 이는 어쨌거나 에르네스토였다.

그 뒤로도 호셀리토와 에르네스토는 한동안 쓰레기통을 뒤지며 몇몇 골목을 돌아다녔다. 그러다 문드러져 즙이 흘러나올 정도로 너무 익어 버린 토마토 몇 개와 삶은 감자 세 알 말고는 아무것도 찾지 못한 두 아이는 이내 집에 돌아가기로 했다. 길 위의 아스팔트가 뜨겁게 달아오르기 시작했고, 그들은 신발을 신고 있지 않은 맨발이었기 때문이다. 또 이곳에는 이미 다른 아이들이 그들보다 먼저 다녀가 쓸 만한 것들은 모두 가져갔다는 것을 알아챘던 것이다. 호셀리토와 에르네스토는 주운 물건들이 들어 있는 자루를 서로 번갈아 가며 메고 걸어갔다.

집으로 돌아오는 길에 에르네스토는 쓰레기통 하나를 더 뒤졌다. 그 쓰레기통 안에서는 온갖 것들이 쏟아져 나왔다. 에르네스토가 소시지 한 덩어리를 찾아냈다. 하지만 그 소시지는 이미 썩을 대로 썩어 악취를 풍기고 있었다. 그래서 에르네스토는 고양이에게 소시지를 던져 주었다. 그러나 고양이조차 그 소시지에는 입도 대지 않았다. 에르네스토는 그 쓰레기통을 깊숙이 뒤져 만화책 여섯 권을 찾아냈고, 그것들을 호셀리토에게 주었다. 에르네스토는 책을 읽는 것에는 도무지 관심이 없었기 때문이다. 제일 밑에 있던 만화책에는 노란색 막대사탕 하나가 달라붙어 있었다. 그 사탕은 누군가가 반쯤 먹다 버린 것이었다. 집으로 돌아오는 길에 호셀리토와 에르네스토는 그 사탕을 서로 번갈아 빨아 먹었다.

땀범벅이 된 두 아이가 몰래 집 뒤편으로 가서 엄마 앞에 자루를 풀어 놓자, 엄마는 기뻐했다. 엄마는 호셀리토와 에르네스토의 볼을 차례로 붙잡고는 두 아이의 이마에 뽀뽀해 주었다. 그것이야말로 엄마가 해 주는 최고의 칭찬이었다.

호셀리토가 물었다.

"엄마, 부자들은 왜 아직 먹어도 되는 것들을 이렇게 많이 버려요?"

엄마가 설명해 주었다.

"부자들은 아주 예민하거든. 그 사람들은 빵이 조금이라도 말랐다 싶거나 쥐가 지나간 흔적이 보이기라도 하면, 그 빵을 먹지 못하는 걸로 생각해."

에르네스토가 옆에서 소리쳤다.

"부잣집에 쥐가 더 많이 돌아다니면 좋겠다!"

그러자 엄마가 웃음 지으며 말했다.

"내일 또 가 보렴. 하지만 너희가 날마다 오늘처럼 이렇게 많은 것들을 찾아낼 거라고는 기대하지 마라. 오늘은 운이 좋은 날이야. 너희 말고도 쓰레기통을 뒤지는 애들은 수없이 많단다. 그 아이들이 너희보다 더 빨리 다녀간 뒤라면 너희는 아무것도 구할 수 없을 거야."

그날 저녁, 온종일 땔감거리를 찾다가 돌아온 아버지에게 엄마는 낮에 아이들이 무엇을 찾아 왔는지 이야기했다. 그러나 아버지는 기뻐하지 않았다. 아버지는 두 아이를 매서운 눈초리로 바라보며 물었다.

"너희들이 이걸 정말로 쓰레기통에서만 주워 온 거 맞아?"

엄마가 아이들을 대신해서 말했다.

"그럼 쓰레기통에서 가져오지, 어디서 가져왔겠어요?"

그러자 아버지가 버럭 소리를 질렀다.

"난 아이들에게 물어본 거지 당신에게 물어보지 않았소! 너희 솔직히 말해 봐! 뭔가 딴짓을 한 거 아니야? 남의 집에 있는 걸 슬쩍 훔쳐 온 거 아니냐고? 아니면 가게에서 몰래 훔쳤거나?”

그러자 두 아이는 멍하니 아버지의 얼굴을 바라보았다. 이제야 호셀리토는 아버지가 무슨 생각을 하는지 알아챘다. 호셀리토는 말도 안 된다는 듯이 고개를 세차게 흔들었다.

아버지가 계속해서 엄한 목소리로 말했다.

“내가 한 가지 분명하게 말해 주마. 만약에 언제고 도둑질하다 나한테 걸리게 되면, 그때는 아주 단단히 혼날 줄 알아! 우리는 착하게 살아야 한다! 절대 도둑질을 하면 안 된다고! 아버지 말 알아듣겠지?”

그러고 나서 아버지는 엄마에게도 말을 했다.

“우린 이제 부자들이 먹다 버린 쓰레기통까지 뒤져 먹고 사는 신세가 되고 말았군. 제기랄!”

아버지가 자리에서 벌떡 일어서더니 소리쳤다.

“하지만 그럴 수는 없어! 당신, 저 아이들을 다시는 내보내지 마요! 난 내 권리를 찾을 거야! 일해서, 일한 대가로 돈을 받고 말겠다고!”

엄마가 단호하게 말했다.

“당신이 자존심을 부린다고 해서 애들이 배부른 건 아니잖아요? 우리 아이들은 나쁜 짓을 하지도 않았고, 남의 것을 훔치지도 않았다고요. 우리 애들이 쓰레기를 주워 오지 않는다면 분명 다른 사람들이 주워 가 버릴 거예요. 그러니 애들을 보내게 해 줘요!”

아버지도 더는 아무 말 하지 않았다. 그러곤 침대에 누운 채 벽을 향해 돌아누웠다.

다음 날 아침, 아이들은 더 이른 시간에 집을 나섰다. 호셀리토와 에르네스토는 어제보다 근사한 물건을 더 많이 찾아서 가족들을 깜짝 놀라게 하고 싶었다. 엘 자르딘 동네를 모두 뒤져서라도!

하지만 이번에는 이미 누군가가 먼저 쓰레기통을 뒤지고 간 뒤였다. 호셀리토와 에르네스토는 이미 썩기 시작한 과일들과 빗 한 개, 배가 뜯어져 속이 터져 나온 곰 인형, 그리고 상해서 고약한 냄새를 풍기는 기름 한 병 외에는 쓸 만한 것은 아무것도 건지지 못했다. 호셀리토와 에르네스토가 또 다른 쓰레기통을 찾아 막 걸음을 옮기려 할 때, 한 무리의 아이들이 몰려와 잽싸게 쓰레기통을 뒤지기 시작했다. 그러다 호셀리토와 에르네스토를 발견하고는 이내 두 아이에게 덤벼들었다. 호셀리토와 에르네스토가 자기들보다 한 발 앞서 쓰레기통 안에 있던 것들을 가져갔다고 생각한 것이다. 그 아이들은 세 명이고 나이도 훨씬 많았다. 호셀리토와 에르네스토는 애써 찾은 것을 빼앗기지 않으려고 맞서 보았다. 하지만 그 아이들을 당해 낼 수는 없었다. 호셀리토의 바지는 바짓가랑이가 붙어 있는 게 신기할 정도로 무릎 위까지 찢어졌다. 에르네스토는 코피까지 흘렸다.

그날은 얻은 것보다 잃은 것이 더 많은 날이었다. 호셀리토와 에르네스토는 잔뜩 풀이 죽어 집으로 돌아왔다.

엄마가 그런 두 아이를 달래 주며 말했다.

"괜찮아. 원래 쓰레기통 뒤지는 건 정말이지 운이 따라 줘야 하는 일이야. 아마 내일은 오늘이랑 다를 거다.”

에르네스토의 퉁퉁 부어오른 코를 보고는 아버지가 잔뜩 화가 나 소리쳤다.

“너희 누구한테 맞기라도 한 거야? 누가 너희를 때리면 맞지만 말고 너희도 때려 주란 말이야! 너희가 아무도 두려워하지 않는다는 걸 보여 주라고!”

잠시 후 엄마가 두 아이에게 말했다.

“아버지가 한 말은 말도 안 되는 소리야. 신경 쓰지 말거라. 다른 아이들이 너희보다 힘세고 숫자가 많은데 괜히 맞서 싸우는 건 바보 같은 짓이거든. 그럴 때는 그저 도망치는 게 최고란다. 너희도 이제 곧 붙잡히지도 않고 맞지도 않는 법을 터득하게 될 거야.”

그렇게 해서 두 아이는 매일 아침마다 집을 나섰고, 한낮이 되면 땀에 흠뻑 젖은 채 지칠 대로 지쳐 집으로 돌아오곤 했다. 저지대에 자리 잡고 있는 도시의 한낮은 견딜 수 없을 만큼 뜨거웠다. 하늘은 구름 한 점 없이 푸르렀고, 하늘 높이 떠 있는 해는 뜨거운 기운을 뿜어내고 있었다. 그림자마저 한껏 작아지는 바람에 해를 피할 만한 장소도 거의 찾아볼 수 없었다. 그저 물을 마시고 싶다는 생각만 들 정도로 대기는 뜨겁고도 건조했다. 아스팔트는 흐물흐물 녹아 고약한 냄새를 풍기기 시작했다. 시멘트 길은 뜨겁게 달아올랐다. 그 무렵이 되면 새조차 지저귀지 않았다. 집을 갖고 있는 사람들은 시원하고 그늘진 자기 집으로 들어가 버렸다. 심지어 개들도 덤불이나 하수관 속에 숨어, 더위에 혀를 빼물고 헐떡거렸다. 시내는 텅 비고 상인들은 가게 문을 닫고 셔터를 내렸다. 도로 위에도 움직이는 차는 거의 없었다. 도시 전체가 한낮의 휴식 속으로 빠져들었다. 오직 도마뱀들만 돌 위와 담장 위에서 더위를 즐겼고, 용처럼 생긴 머리와 톱니 벼슬을 가진 이구아나들은 먼지로 뒤덮인 나뭇잎 사이를 바스락거리며 돌아다녔다.

도시 전체가 열기로 인해 고요함에 잠겨 있는 동안, 아이들은 매일 점심 무렵에 집으로 돌아왔다. 땀에 젖은 옷은 몸에 착 달라붙어 있었고, 머리카락도 이마에 찰싹 붙어 있었다. 땀에 젖고 먼지로 뒤덮인 채 호셀리토와 에르네스토는 산타 리타까지 오는 먼 길을 한 구역 한 구역 걸어서 돌아왔다.

아이들이 주워 온 물건들에 대해 말하자면, 때로는 운이 좋을 때도 있고 그다지 좋지 않은 적도 있었다. 하지만 거의 아무것도 가져오지 못하는 날이 대부분이었다. 호셀리토와 에르네스토는 자신들에게는 전혀 쓸모없는 물건들이라 할지라도 집으로 가져왔다. 예를 들자면 외국어 책이라든지 낡은 커피 가는 기계, 그리고 개 목줄 같은 것들도 주워 왔고, 그러면 엄마는 그런 물건들을 루피노 씨 가게에 가져가 팔았다. 그러나 물건값으로 받은 돈은 얼마 되지 않았다.

가끔은 아이들이 쓰레기통에서 옷가지를 찾아내기도 했다. 한번은 등 부분이 길게 찢어진 가운을 주워 왔다. 그 가운을 가지고 엄마는 다섯 살과 두 살인 두 딸, 카르멘과 루이자가 입을 옷을 만들어 주었다. 다행히 엄마는 재봉틀을 아직도 가지고 있었다. 손으로 직접 만든 수수한 옷이었지만, 옷이 완성되자 카르멘과 루이자는 그 옷을 입고 손을 마주 잡은 채 온 동네를 자랑스럽게 돌아다녔다. 그 모습을 보며 동네 사람들은 모두 두 아이가 새 옷을 사 입은 줄로만 알았다.

며칠 뒤, 호셀리토와 에르네스토는 색이 바랜 잠옷 한 벌을 집어 왔다. 엄마는 그 옷을 줄여서 자신이 직접 입었다.

엄마가 말했다.

"옷이 넉넉하니 참 좋네. 이 옷을 입으면 새로 태어날 아기에게도 편안하겠어."

호셀리토와 에르네스토가 집으로 가져왔던 낡은 셔츠는 좀이 슬어서 아버지가 입으려고 하자 잘게 부서지기까지 했다. 하루는 두 아이가 아직은 입을 만한 바지 하나를 집어 왔다. 하지만 그 바지는 아버지가 입기에는 통이 너무 컸다. 아버지는 그 바지를 허리띠로 꼭 졸라매 입어야 했고, 그 옷을 입고 있는 아버지는 마치 광대처럼 보였다. 아버지는 그 옷을 입고 동네를 돌아다니는 것을 부끄러워했다. 창피했던 것이다. 비록 값 싼 옷일지라도 이제까지는 언제나 몸에 딱 맞는 옷만을 입고 다녔기 때문이다. 그러나 아버지에게는 자신을 광대로 만드는 길 외에는 다른 어떤 선택의 여지도 남아 있지 않았다. 입던 바지를 언제까지고 계속해서 입을 수 있는 것은 아니었다. 특히나 입을 옷이 단 한 벌밖에 없을 때에는 더더욱 그랬다.

온 가족이 가장 바라던 것, 즉 먹을 것을 찾아 오는 경우는 극히 드

물었다. 날마다 점심때쯤이면 어린 두 여동생은 망고나무 그늘 아래에서 오빠들이 돌아오기만을 간절히 기다렸다. 아니, 두 동생이 기다린 것은 오빠가 아니라 오빠들이 가져올 자루였다. 오늘은 오빠들이 뭘 찾아냈을까? 혹시 바나나를 가지고 오는 게 아닐까? 아니면 비스킷 몇 개일지도 몰라! 그것도 아니면 아직 살점이 제법 붙어 있는 닭다리를 가져오는 건 아닐까? 간절함과 배고픔 속에 오빠들을 기다리며 한숨을 쉬다가 카르멘은 희고 주근깨투성이인 들창코를, 루이자는 갈색 매부리코를 벌름거렸다. 집들 사이로 오빠들이 나타나자마자 카르멘과 루이자는 오빠들에게 달려갔고, 오빠들이 등에 멘 자루를 빼앗다시피 낚아챘다.

하지만 대부분 실망하고 말았다. 이미 상해서 곰팡이가 피거나 썩어 버린 게 아니라면, 먹을 만한 것이 쓰레기통 속에 오랫동안 남아 있을 때는 거의 없었다. 가난한 동네에 사는 사람들이 유난히 눈독을 들이며 기다리던 쓰레기통들이 몇몇 있었다. 한번은 호셀리토와 에르네스토가 운 좋게도 아직 먹을 만한 근사한 것들이 가득 든 쓰레기통을 마주하게 된 적이 있었다. 분명 누구도 다녀가기 전, 두 아이가 아주 제때에 찾아온 게 분명했다. 아이들은 기뻐하며 잽싸게 쓰레기통을 뒤져 쓸 만한 것들을 꺼냈다. 하지만 찾아낸 물건들을 자루에 넣기도 전에, 나이가 많은 아이들 네 명이 다가와 자루를 빼앗아 달아나 버렸다.

때때로 쓰레기통 깊숙이 몸을 숙여 악취를 풍기는 고기 조각과 생선 찌꺼기를 뒤질 때면 두 아이는 토할 것만 같았다. 호셀리토와 에르네스토는 썩기 시작한 과일이나 너무 삶아 버린 돼지 껍질, 그리고 딱딱하게 굳어 버린 빵 조각을 종종 집으로 가져가기도 했다. 하지만 그걸로 식구들 배를 채우기는 역부족이었다. 이제 에르네스토는 쓰레기통을 뒤지러 형과 함께 가려고 하지 않았다. 그래서 매일 아침마다 울며불며 가기 싫다고 소란을 피워 댔다. 에르네스토는 다른 애들한테 맞게 될까 봐 두려웠던 것이다. 그리고 호셀리토는 밤이면 악몽을 꾸다 소리치며 깨어나기도 했다. 어떤 날에는 견딜 수 없을 정도로 냄새가 심한 쓰레기통에 갇혀 있는 꿈을 꾸었다. 또 어떤 날에는 그 도시의 쓰레기통을 뒤지는 아이들 모두가 위협하며 뜨거운 한낮의 더위 속에 엘 자르딘 동네를 가로질러 추격해 오는 꿈을 꾸기도 했다.

엄마가 어쩔 수 없다는 듯 말했다.

"이제 쓰레기통 뒤지는 것도 아무 도움이 안 될 것 같구나. 차라리 시장에 가서 주울 만한 것이 있는지 찾아보렴. 시장에는 언제나 더는 팔 수 없게 된 것들이 있기 마련이거든."

호셀리토,
시장에서 동생을 얻다

그렇게 해서 호셀리토와 에르네스토는 다시금 기대에 부풀어 집을 나섰고, 길을 걸어가며 호박과 토마토 그리고 바나나가 산처럼 쌓인 모습을 상상해 보았다. 하지만 먼 길을 걸어 시장 어귀까지 걸어간 두 아이는 시장에서 나오는 쓰레기들을 노리는 것이 자신들만이 아니라는 걸 이내 알아차렸다. 아주 많은 아이들과 거지들이 과일과 채소를 늘어놓은 진열대 주위를 어슬렁거리고 있었다. 정육점과 생선 가게 앞 상황도 다르지 않았다. 이따금 경찰관이 진열대 사이를 걸어 다니며 물건을 사려는 사람이나 주인이 아닌 사람들을 내쫓았다. 그러면 아이들은 번개같이 판매대 밑이나 상품이 진열된 선반 뒤에 몸을 숨겼고, 경찰관이 사라지고 나서야 다시금 모습을 드러냈다.

토마토를 파는 아주머니의 진열대에서 토마토가 한 알이라도 굴러

떨어지면 그 토마토는 다시 찾을 수가 없었다. 토마토가 떨어지자마자 서너 명의 아이들이 그 주변에 몰려들어 서로 갖겠다고 싸웠기 때문이다. 방금 전에 살구를 산 여인의 종이봉투가 뜯어져 살구가 쏟아져 나오자, 주변에서는 환호성이 터져 나오기까지 했다.

호셀리토와 에르네스토는 그와 같은 소란 속으로 감히 끼어들 엄두를 못 냈다. 두 아이는 처음에는 그런 모습을 그저 바라보기만 했다. 무슨 일이든 요령을 배워야만 한다. 필요한 요령을 알지 못하면 언제나 일을 망치고 말기 때문이다. 그런데 탁자 밑에서 만난 사내아이가 호셀리토와 에르네스토에게 시장에서 어슬렁거리며 뭔가를 노리는 사람들이라면 꼭 알고 있어야 할 요령들을 이것저것 알려 주었다.

과일 담은 바구니에 가려 잘 보이지 않는, 머리가 새하얀 흑인 할머니를 가리키며 사내아이가 말했다.

"저기 저 할머니는 참 좋은 분이야. 가끔은 보고도 모른 척 눈감아 주기도 하지. 하마터면 경찰관한테 붙잡힐 뻔했을 때, 저 할머니가 나를 뒤집어 놓은 바구니 속에 숨겨 주기도 했어. 단지, 내가 양자로 삼아 달라고 부탁했는데도 날 받아 주지 않았지."

사내아이는 이번에는 젊고 뚱뚱한 인디오 여자를 가리키며 말했다.

"저기 저 앞에 있는 여자는 조심해야 해. 멀리서 우리가 나타나는 것만 봐도 당장 경찰한테 신고해 버리거든."

그 아이의 이름은 코스메였다. 코스메는 그곳 시장에서 번갈아 가며 근무하는 경찰관들까지 모두 알고 있었다.

코스메가 말했다.

"오늘 근무하는 경찰관은 성질이 제일 못된 사람이야. 특히 우리 같은 아이들을 눈여겨보고 있지. 그러다 도둑질하는 아이를 붙잡기라도 하면 곧바로 파출소로 끌고 가. 그리고 그 아이한테 부모가 없으면 감옥에 처넣어. 감옥에는 아이들만 들어가는 특별한 감방이 있거든."

코스메는 말도 못하게 지저분해 보였고 다 해진 바지를 입고 있었다. 에르네스토보다 컸지만 호셀리토보다는 작았다. 코스메는 호셀리토와 에르네스토가 다른 탁자 밑으로 숨을 때도 뒤따라 숨어들었고, 경찰관이 지나갈 때면 호셀리토의 등 뒤에 몸을 숨겼다. 호셀리토도 겁이 나기는 마찬가지였지만 말이다.

"형네 아버지도 하는 일이 없어?"

에르네스토가 코스메에게 물었다.

"나는 부모가 없어."

코스메가 풀 죽은 목소리로 대답했다.

에르네스토가 깜짝 놀라 되물었다.

"그래? 그럼 누구네 집에서 살아?"

"누구네 집에서도 살지 않아. 지금까지 쭉 그랬어. 하지만 나를 보고도 욕하지 않고 쫓아내지 않는 사람들을 만날 때마다, 그 사람들 집에서 같이 살아도 되는지 물어보곤 해. 언젠가는 꼭 그런 사람을 찾고 말 거야. 한번은 그런 사람을 거의 찾을 뻔한 적도 있었어. 그 사람은 아주 부자였어. 내가 그 사람 집 문 앞에 서서 그래도 되겠냐고 물었는데, 그 사람은 나를 바라보며 한동안 생각하다가 결국 고개를 젓고 말았지. 나는 그날 밤 꼬박 그 집 문 앞에서 지새웠어. 혹시라도 마음을 바꾸지 않을까 해서 말이야. 하지만 문은 끝내 열리지 않았지. 다음 날 아침, 그 사람은 자기 집에서 일하는 하녀를 밖으로 내보냈어. 그리고 하녀는 나를 쫓아냈고. 나는 화가 나기도 하고 실망하기도 해서 삼십 분이나 그 사람 집 초인종을 눌러 댔어.”

“그럼, 넌 어디서 자는데?”

이번에는 호셀리토가 물었다.

“그냥, 되는 대로 아무 데서나. 보통 때는 콘크리트 공장 뒤에 잔뜩 쌓인 하수관 속에서 잠을 자곤 해.”

에르네스토가 다시 물었다.

“그럼, 먹을 것은 누가 주는데?”

“보다시피 필요한 것들은 내가 알아서 구해. 난 단지 경찰들이 두려울 뿐이야. 나한테 가족이 없다는 걸 알기라도 하면, 날 끌고 가서 소년원에 처넣을 테니까. 그곳에 가면 밥은 하루 세 끼 아무 걱정 없이 먹을 수 있지. 하지만 그것 말고는 끔찍한 곳이야. 예전에 몇 주 동안 소년원에 들어간 적이 있었어. 그러다가 어떤 여자 교도관이 깜빡하고 문 잠그는 걸 까먹었고, 그 틈에 다른 애들이랑 도망쳐 나왔지. 근데 말이야, 혹시 경찰관한테 붙잡히면 내가 너희와 한 가족이라고 말해도 돼?"

"우리야 상관없지."

호셀리토가 대답했다.

호셀리토와 에르네스토가 토마토 세 개와 바나나 네 개, 으깨져 버린 양배추 두 개, 그리고 썩기 시작한 오렌지 몇 개를 가지고 집으로 돌아가려 할 때였다. 코스메는 아무 말도 없이 두 아이를 쫓아왔다. 호셀리토와 에르네스토는 그런 코스메에게 뭐라고 해야 할지 몰랐고, 그래서 결국 아버지에게 그 일을 떠넘기고 말았다.

머리가 마구 헝클어진 코스메가 문 앞에 쪼그리고 앉아 있는 걸 바라보며 아버지가 가족에 대해 물었다. 코스메는 아버지에 대해서는 아무것도 아는 것이 없었다. 하지만 엄마에 대해서는 그래도 희미하게나마 기억하고 있었다. 어느 날 아침, 코스메가 제아무리 울며불며 흔들어 대도 엄마는 잠에서 깨어나지 않았다. 그날 이후로 이웃집에 살던 할머니가 코스메를 돌봐 주었다. 하지만 코스메가 여섯 살 되던 해에 할머니마저 돌아가셨다. 그 후로 한동안은 이웃집 사람들이 번갈아 가며 코스메에게 먹을 것을 가져다주었다. 하지만 아무도 코스메를 맡아 키우려고 하지는 않았다. 결국 코스메는 거리를 떠도는 소년들과 어울리게 되었고, 그러다가 소년원에 들어가고 말았다. 소년원에 갔다 온 뒤로 코스메는 조금 더 신중해졌다. 낮에는 시장에 나가 먹을 것을 마련했고, 저녁이 되면 잠을 잘 만한 곳으로 숨어들었다. 이제 코스메는 거리의 아이들 무리에 다시는 끼지 않았다. 혼자

다니는 것이 훨씬 더 안전했다. 코스메는 경찰들을 볼 때마다 멀찍이 피해 다녔다.

코스메가 아버지에게 말했다.

"저한테는 가족이 필요해요. 제 가족 말이에요. 저를 받아들여 주시면 안 돼요?"

마치 자기 앞에 내밀어진 뼈다귀를 바라보고 있는 개처럼 코스메는 땟물이 흐르는 얼굴로 아버지를 뚫어지게 바라보았다. 뭔가 기대에 가득 찬 코스메는 눈 한 번 깜박이지 않았다.

아버지가 말했다.

"여보, 저 아이에게 수프라도 한 접시 갖다줘요. 저 아이는 우리보다 더 안됐군."

수프 한 접시를 게 눈 감추듯 먹어 치운 뒤, 코스메는 저녁이 될 때까지 칼데라 아이들과 어울려 놀았다. 엄마가 이제 그만 들어오라고 아이들을 부르자, 코스메는 다시 문 앞에 쪼그리고 앉았다.

아버지가 집 안에서 외쳤다.

"애야, 이제 너도 집에 가야지!"

그날 오후 사이에 코스메와 아주 친한 사이가 된 에르네스토가 큰 소리로 말했다.

"하지만 코스메한테는 돌아갈 집이 없어요! 게다가 코스메는 두 손가락으로 휘파람도 잘 불고요, 옆 구르기도 잘해요!"

"손가락으로 휘파람을 불거나 옆 구르기 재주로는 돈을 벌 수가 없어."

아버지가 그렇게 말하면서 호세 할아버지를 힐끗 쳐다보았다.

"뭐라고 말 좀 해 보세요."

신중한 목소리로 호세 할아버지가 말했다.

"날도 어두워졌는데 저 아이를 내쫓을 수는 없지. 그건 사람이 할 짓이 아니야."

그러자 아버지가 투덜거리며 말했다.

"그래, 할 수 없구나. 그럼 이리 들어와서 오늘은 여기서 자거라. 그 대신 내일 아침에는 네 갈 길로 가는 거다!"

코스메가 쭈뼛쭈뼛 다가오자, 엄마는 미소를 지으며 비록 멀건 국물뿐이지만 수프 한 접시를 더 주었다.

코스메가 말했다.

"이 수프는 정말 따뜻해요. 훔치거나 구걸한 것들은 전혀 따뜻하지 않은데."

그날 밤, 코스메는 에르네스토 옆에서 잠을 잤다. 에르네스토는 코스메를 숨도 못 쉴 정도로 꼭 껴안고 잤다. 다음 날 아침, 엄마가 두 아이를 강가로 내려보내며 에르네스토에게 말했다.

"가서 코스메를 깨끗하게 씻겨! 얼굴 좀 제대로 볼 수 있게 말이야."

코스메는 얼마 뒤에 돌아왔고, 칼데라 가족은 코스메가 아주 잘생긴 소년이라는 걸 알게 되었다.

심지어 코스메의 머리카락에는 금발도 몇 가닥 섞여 있었다. 하지만 얼굴은 나이에 비해 유난히 성숙해 보였다.

코스메가 말했다.

"여기서 살 수 있게만 해 주신다면 아줌마 아저씨를 위해 도둑질도 하고 구걸도 할게요. 그리고 많이 먹지도 않을게요."

그러자 아버지가 단호한 목소리로 소리쳤다.

"우리 집에 있는 한, 도둑질이나 구걸 따위를 할 생각은 말거라! 그나저나 우리 집에 있다가는 너도 굶어 죽기 십상이야."

코스메가 대답했다.

"하지만 저는 아저씨네 가족과 함께 살고 싶어요. 만약 그렇게 해 주신다면, 지금까지 했던 것처럼 제가 먹을 음식은 제가 알아서 구해 올게요. 단지 저는 아저씨네 식구가 되고 싶을 뿐이에요……."

에르네스토가 옆에서 열심히 거들었다.

"어차피 테레사가 살아 있었다면, 우리 가족이 지금보다 한 명 더 많았을 거잖아요! 아버지, 그냥 코스메를 여기서 살라고 해요!"

"하기야 그렇게 생각할 수도 있지. 그것도 맞는 말이네."

호세 할아버지가 헛기침을 하며 중얼거렸다.

할아버지는 뭔가 더 말하고 싶은 눈치였다. 하지만 더는 아무 말도 하지 않았다. 할아버지는 그저 아버지와 엄마를 번갈아 바라보기만 했고, 아버지와 엄마도 서로를 바라볼 뿐 아무 말도 하지 않았다. 어느 누구도 코스메가 가야 한다고 말하지 않았다. 그래서 코스메는 칼데라 가족과 함께 살게 되었다. 그리고 시간이 좀 지나자, 칼데라 가족은 코스메가 원래 가족이 아니었다는 사실조차 잊곤 했다.

도무지 이해할 수 없다는 듯, 왜 코스메를 같이 살게 해 주었냐고 묻는 루피노 씨 부인에게 엄마가 말했다.

"어차피 우리처럼 대가족인 집에는 식구가 한 명 줄거나 는다고 해서 달라질 것도 없는걸요, 뭐."

엄마는 최근 들어 루피노 씨 부인에게 자꾸만 화를 내곤 했다. 그래서 이제는 루피노 씨 부인도 전처럼 자주 찾아오지 않았다. 그런 탓에 칼데라 가족에게는 마실 커피도 없었고, 일요일 날 교회에 갈 때 입을 제대로 된 옷도 구할 수 없었다. 루피노 씨 부인은 이웃에 사는 다른 여자들을 사귀었다. 그 여자들의 남편들은 실업자가 아니었다. 하지만 루피노 씨는 예전과 마찬가지로 칼데라 가족을 친절하게 대해 주었다.

그때부터 사내아이들은 셋이 한데 어울려 시장으로 나갔다. 코스메도 이제는 더 이상 경찰을 무서워하지 않았다. 코스메는 약삭빠른 아이였다. 코스메와 함께라면 뭔가를 구하기가 훨씬 쉬웠다. 코스메는 대개 에르네스토와 호셀리토가 가져온 걸 합친 것보다도 더 많은 것을 집에 가져왔다. 엄마가 그런 그를 칭찬해 줄 때면, 코스메는 아주 행복해했다.

하지만 아이들이 시장에서 구해 온 것만으로는 여전히 충분하지가 않았다. 점심이나 저녁나절에 누군가가 버리고 간 채소 나부랭이로 엄마가 끓여 주는 수프로는 칼데라 가족의 허기진 배를 채울 수가 없었다. 그리고 사내아이들이 시장에서 돌아오자마자 엄마가 나눠 준 과일을 먹어 치워도 배가 고프기는 마찬가지였다. 어쨌거나 빵이나 쌀, 고기가 필요했다. 하지만 칼데라 가족에게는 내다 팔 수 있는 것이라고는 이제 아무것도 남아 있지 않았다. 그나마 수프에 고깃기름 몇 방울이라도 떠 있는 건 모두 호세 할아버지가 자신의 쥐꼬리만 한 연금을 엄마에게 건네준 덕분이었다.

칼데라 가족의 사내아이들은 시장에서 종종 부잣집 아이들을 만났다. 그 아이들은 그저 바나나나 오렌지를 가리키기만 하면 곧장 그것들을 가질 수 있었다. 하지만 그 아이들은 과자를 더 좋아했다. 부잣집 아이들은 종종 막대사탕이나 풍선껌을 입에 물고 가게 앞을 지나갔다. 한번은 호셀리토가 자기 나이 또래로 보이는 소년에게 말을 건 적이 있었다. 그 아이는 교회에 가는 일요일도 아닌데 양말에 구두를 신고, 넥타이까지 매고 있었다. 하지만 그 아이는 호셀리토에게 대꾸조차 하지 않았다.

흰 양말을 신은 뚱뚱한 소녀가 입에서 막대사탕을 떨어뜨린 적도 있었다. 겉은 초록색에 안은 빨간색인 아주 큰 사탕이었다. 마침 그걸 본 코스메가 재빨리 뛰어가 은근슬쩍 사탕을 발로 밟아 가렸다. 그 소녀는 주위를 둘러보았지만, 자신이 먹던 막대사탕을 찾을 수가 없었다. 그러자 엄마가 그 아이의 손을 끌고는 어디론가 가 버렸다.

"야! 너!"

그 모습을 지켜보던 호셀리토가 따지는 듯한 목소리로 코스메를 불렀다.

코스메가 대답했다.

"응, 왜? 무슨 문제라도 있어? 내가 그러지 않았어도, 그 여자애는 어차피 그 막대사탕을 계속 빨아 먹지 않았을 거야. 부자들은 땅에 한번 떨어진 건 다시 안 먹거든. 그 아이는 그저 칭얼거리기만 해도 돼. 그러면 자기 엄마한테서 새 막대사탕을 받을 수 있다고. 내가 그 여자애 입에서 억지로 막대사탕을 빼앗았다면 그건 정말 나쁜 짓이 겠지. 하지만 그러지 않았잖아? 그러니 문제될 건 하나도 없다고."

코스메가 하는 말도 틀린 건 아니었다. 하지만 호셀리토는 정신을 바짝 차려야겠다고 생각했다. 자신은 셋 중에 나이도 제일 많았고, 다른 두 동생이 한 일에 책임도 져야 했다. 한번은 과일 수레 밑에서 찾아낸 바나나 네 개 중에 하나를 에르네스토가 슬며시 먹어 치웠다. 그걸 본 호셀리토가 에르네스토의 뺨을 때리고 말았다. 늘 그랬듯이 에르네스토는 형에게 대들지 않았다. 자기도 뭔가 찔리는 구석이 있 었기 때문이다. 단지 에르네스토는 말할 뿐이었다.

"형, 난 정말로 더 참을 수가 없었단 말이야."

그렇게 말하는 에르네스토의 두 눈에는 눈물이 그렁그렁 고여 있 었다.

호셀리토도 그런 에르네스토의 마음을 충분히 이해할 수 있었다. 바나나나 오렌지를 손에 들고 있다면 자기도 그렇게 했을 게 분명했다. 하지만 정해 놓은 규칙은 지켜야만 했다. 코스메 때문에라도 그렇게 해야 했다. 코스메는 정해 놓은 규칙을 따르려고 하지 않았다. 예를 들면, 호셀리토는 코스메가 일부러 과일 수레를 밀쳐 복숭아와 멜론 몇 개를 굴러떨어지게 하는 걸 본 적도 있었다.

호셀리토는 단단히 화가 나 소리쳤다.

"지금 네가 한 짓을 우리 아버지한테 일러바치면, 넌 앞으로 우리 집에서 같이 살 수 없을 거야!"

그러자 에르네스토가 소리쳤다.

"그래, 말해 봐! 이 고자질쟁이야! 그럼 우리가 형을 마구 때려 줄 거야! 코스메랑 내가 편을 먹으면 형보다도 힘이 세다고! 형이 고자질해서 코스메가 떠나야 한다면, 나도 코스메랑 함께 집을 나갈 거야! 우리 둘이서만 시장을 돌아다니며 쓰레기통을 뒤지면 아주 배부르게 먹을 수 있을 거야. 하지만 지금처럼 지내면 우린 계속 배고플 거라고! 언제나 모든 걸 식구들이랑 나눠 먹어야 하니까 말이야!"

하지만 코스메는 그런 에르네스토를 편들지 않았다. 코스메가 입을 열어 말했다.

"싫어! 난 아무 데도 안 갈 거야. 난 함께 살고 있는 게 너무너무 행복하거든. 하지만 과일 수레를 슬쩍 밀어 과일 몇 개를 떨어지게 한 게 뭐 그렇게 잘못한 일인지 도무지 모르겠어. 내가 그런 짓을 했다고 누구도 따지지 못할 거거든. 넘어질 뻔해서 비틀거렸다고 하면 그만이니까."

호셀리토는 코스메가 왜 혼나야 하는지 전혀 이해하지 못하고 있
다는 걸 알아차렸다. 코스메는 2년 전부터 혼자 힘들게 살아왔다. 아
무도 코스메에게 뭐가 나쁜 짓이고 뭐가 좋은 행동인지 가르쳐 주지
않았던 것이다. 그래서 코스메는 자기에게 도움이 되는 것이라면 뭐
든지 좋은 거라고 여기게 되었다는 사실을 호셀리토는 이해할 수 있
었다.

하지만 호셀리토는 아버지가 자기 자식들이 그런 사람이 되는 걸
원하지 않는다는 사실도 잘 알고 있었다. 결국 호셀리토는 아버지에
게 코스메가 일부러 수레를 밀쳐 과일을 떨어뜨린 일에 대해서 한마
디도 말하지 않았다. 하지만 앞으로 어떤 일이 벌어질지 걱정이 되기
도 했다.

호셀리토는 혼자 가만히 생각했다.

'에르네스토가 코스메랑 한편이 돼서 나한테 대든다면, 난 그 애
들을 이겨 낼 수 없을 거야. 그러면 어린 동생들도 내가 아니라 그 애
들을 따르겠지. 그렇게 되면 내 동생들 모두가 코스메처럼 되고 말
거야!'

집을 팔다

엄마를 본 마을 사람들은 엄마가 또다시 아이를 가졌다는 사실을 금세 눈치챌 수 있었다. 그 무렵, 아버지는 다시금 일자리를 알아보고 있었다. 어쩌면 아버지에게 다시 한 번 행운이 찾아올지도 몰랐다.

하지만 아버지는 더 이상 말끔하게 옷을 차려 입을 수 없었다. 아버지는 쓰레기통에서 주워 왔던 통이 큰 바지를 입고 고무장화를 신었다. 그런 아버지의 모습은 마치 광대처럼 우스꽝스러웠다. 아버지의 얼굴은 무척이나 야위어 있었다. 그런 아버지의 모습을 평소에 알고 지내던 사람이 아니라 처음 보는 사람이 보았다면, 그 사람은 잔뜩 겁에 질릴지도 모른다. 아버지는 바지 주머니 안에 다친 손을 숨겼다. 그런 모습으로, 아버지는 집이며 사무실을 찾아 돌아다녔다. 그때마다 아버지는 어떤 일자리도 구할 수 없을 거라는 사실을 충분히 예상

할 수 있었다. 아버지가 집으로 돌아오는 모습을 본 아이들은 아버지가 오늘도 행운을 얻지 못했다는 걸 금세 눈치챌 수 있었다. 아버지는 고개를 푹 숙이고, 두 팔은 축 늘어뜨린 채 걸어오고 있었다. 이웃 사람이 말이라도 걸면, 아버지는 투덜거리며 몇 마디 툭 내뱉었다.

무릎이 아파 힘들어하던 호세 할아버지가 말했다.

"너무 마음 쓰지는 말게. 자네가 일자리를 잃은 게 자네 탓은 아니잖은가. 그리고 자네 혼자만 일자리가 없는 게 아니라고. 날이 갈수록 이 도시에는 일자리가 없는 사람들이 늘어나고 있어. 어쩌면 머지않아 폭동이 일어날지도 모른다고."

이웃집에 사는 루피노 씨가 말했다.

"굶어 죽지 않으려면 무슨 일이든 해야 해. 어쨌든 무슨 일이든지 해야 한다고. 이대로 가다가는 부자들은 더 부자가 될 테고, 가난한 사람들은 더 가난해질 테니 말이야. 우리 같은 사람들을 결코 무시하지 못하도록 해야 한다고."

아버지가 물었다.

"당신은 가게라도 있으니 무시당할 일은 없잖아요?"

"그렇지, 난 가게를 갖고 있지. 그 가게를 차리기 위해서 정말 갖은 고생을 다했으니까. 하지만 지금은 그저 하느님께 감사할 뿐이지. 예전의 보잘것없는 신세에서 벗어나게 해 주셨으니 말이야."

루피노 씨가 슬며시 미소 지으며 대답했다.

아버지가 다시 물었다.

"그런데 사람들이 수군거리는 말이 사실인가요? 정말 그 말이 맞는 거냐고요?"

"내가 도둑이라는 소문 말인가? 사실이야. 난 무슨 일이 있어도 내 가족들을 굶기진 않을 거야. 내가 그렇게 한다고 해서 부자들한테 큰일이 나는 것도 아니잖은가?"

루피노 씨가 갑자기 몸을 굽혀 속삭이듯 물었다.

"자네 혹시 내 가게에서 일해 볼 생각은 없나? 혹시라도 그럴 마음이 있다면 내 자네에게 일자리를 마련해 주겠네. 하지만 자네는 그런 일을 경멸하고 싫어하는 것 같아 걱정이군."

"나보고 도둑질을 하라고요? 싫어요! 절대로 안 해요!"

"이 사람 하곤! 왜 갑자기 소리는 지르는 거야? 알겠네. 나도 그럴 거라 생각했지."

그날 밤 아버지가 엄마에게 루피노 씨에 대해 이야기했다.

"그 사람 정말로 도둑질하고 있는 게 맞았어. 그 사람이 오늘 나한테 직접 말하더라고."

엄마가 말했다.

"그래도 루피노 씨는 자기 가족들을 굶기진 않잖아요."

"그래서? 나보고 어디 가서 도둑질을 해 오란 말이오? 그건 사람이 할 짓이 아니야!"

아버지가 잔뜩 화난 목소리로 소리쳤다.

잠시 아무 말도 않고 가만히 있던 엄마가 이내 나지막한 목소리로
말했다.

"여보, 이제는 집을 팔아야만 할 거 같아요."

아버지가 자리에서 벌떡 일어서더니 엄마를 뚫어지게 쳐다봤다.
그러고 나서 아버지도 엄마가 그랬던 것처럼 나지막한 목소리로 대
답했다.

"나도 진작 그 생각을 했어. 그런데……."

"나도 알아요. 이 집을 마련하려고 우리가 몇 년 동안 얼마나 고생
을 했는데요. 더구나 우리 아이들도 모두 이 집에서 태어났고요. 마
당에다 망고나무도 세 그루나 심었고, 올해는 수박도 더 많이 열릴
것 같은데……."

그렇게 말하며 엄마는 치맛자락으로 흐르는 눈물을 훔쳤다.

바로 다음 날, 아버지는 대문에다 큼지막한 종이를 하나 붙여 놓았
다. 그 종이에는 '집 팝니다.' 라고 쓰여 있었다.

엄마가 물었다.

"집이 팔리면, 우리 식구는 이제 어디 가서 살죠?"

아버지가 대답했다.

"봐 둔 자리가 하나 있기는 한데, 거기에다 오두막집을 지으면 될
것 같아."

"여보, 집을 지으려거든 강가 근처에다 지어요. 물을 길으러 멀리
까지 나가 힘들게 들고 오지 않아도 되게요."

엄마가 부탁하듯 말했다.

호세 할아버지는 엄마와 아버지가 주고받는 대화에 끼어들지 않았다. 할아버지는 한마디도 하지 않은 채, 쓸쓸히 자신의 작은 방으로 들어가 처마 끝만 멍하니 바라보았다.

아버지가 그런 호세 할아버지에게 다가가 말했다.

"걱정하지 마세요. 아저씨도 우리랑 같이 가면 되니까요. 근데 방이 조금 더 비좁아지긴 할 거예요."

"같이만 갈 수 있다면야 뭐……."

호세 할아버지가 마음이 놓인다는 얼굴로 대답했다.

칼데라 가족이 오두막집을 짓기로 한 장소는 강 위쪽으로 2킬로미터 정도 떨어진 곳에 자리하고 있었다. 그곳은 2년 전쯤에 새로 생긴 동네로, 적어도 3백여 채의 오두막집들이 강을 따라 빽빽이 들어서 있었다. 한쪽 구석에는 억세고 질긴 잡초 외에는 아무것도 자라지 않는 자갈밭이 있었고, 그곳을 놓고 자기가 찜해 둔 땅이라고 주장하는 사람도 다행히 없었다. 그곳은 시가 소유하고 있는 땅이었고, 시에서도 시골에서 온 사람들이 허락도 없이 그곳에 오두막집을 짓고 사는 것을 못 본 척 눈감아 주었다. 그곳에 지어진 오두막들은 모두가 말뚝을 박은 뒤, 그 주위에다 판자와 녹슨 함석과 천막 쪼가리와 골함석을 얼기설기 대충 두르고 덮어 만든 집이었다. 대부분 방이 하나뿐이었으며, 화장실도 따로 없었다. 집집마다 흘러나온 하숫물은 오두

막들 사이를 지나 강으로 흘러들었고, 그러다 여기저기 생겨난 물웅
덩이에 고인 채 심한 악취를 풍겼다. 장마철이면 마을 전체가 진흙으
로 뒤덮였고, 자갈밭은 바닥 자체가 아예 진흙으로 이루어져 있었다.
아버지가 집을 짓기로 결심한 공터 한쪽 구석은 지난 몇 주 동안 커
다란 물웅덩이에 잠겨 있다시피 했다. 그랬기 때문에 그곳은 아직까
지도 공터로 남아 있을 수 있었다.

아버지는 루피노 씨한테서 곡괭이와 삽을 빌려 와 공터 주변에 고
랑을 팠다. 바로 그곳이 새로 집 지을 땅이었다. 아버지는 고랑 아래
에다 강 쪽으로 흘러 나가는 물길을 냈다. 그 일을 하며 아버지는 배
고픔이 얼마나 자신을 약하게 만들었는지, 그리고 손가락 세 개가 없
는 손으로는 일하기가 결코 쉽지 않다는 사실을 깨닫고는 마음이 아
팠다. 하지만 아버지는 웅덩이에서 파낸 진흙의 질이 아주 좋은 것을
보며 위안을 삼았고, 또 호세 할아버지와 어린 세 아이도 있는 힘껏
아버지를 도와주었다.

아버지는 낡은 배를 가지고 있던 사람의 도움을 받아 몇 차례 강
주변을 둘러볼 수 있었고, 그렇게 해서 강 건너편에 있는 숲에서 제
법 굵직하고 쓸 만한 나무줄기와 가지들을 구해 올 수 있었다. 아버
지는 그것들을 루피노 씨에게서 빌린 도끼로 잘라내어, 기둥으로 쓰
거나 사방 벽을 두르기에 적당하게끔 손질했다. 그리고 배 주인에게
는 집이 팔리면 뱃삯을 지불하겠다고 약속했다. 그 밖에도 아버지는
갈대를 구하러 두 번 더 배를 타고 강을 건너야 했다. 사람들이 불을

지필 때마다 갈대를 가져다 써서, 강 이쪽 편에서는 쓸 만한 갈대를 거의 찾을 수 없었기 때문이다.

아버지가 호세 할아버지에게 말했다.

"어쩔 수 없이 오두막집에서 살게 됐지만, 아무렇게나 막 지은 집에서 살 수야 없죠."

새 이웃들은 그런 아버지의 집 짓는 모습을 보고는 놀라워했다. 왜냐하면 이곳에 사는 사람들은 예전에 살던 고향 마을에서나 이런 오두막집을 볼 수 있었기 때문이다. 이곳 대도시에는 도와줄 사람도, 집 짓는 데 필요한 괜찮은 자재도 없었다. 그런 상황에서 멋진 집을 짓기란 쉬운 일이 아니었다. 그래서 아버지가 오두막집을 지으며 보여 준 탁월한 솜씨는 더더욱 주위 사람들의 경탄을 자아내게 했다.

아버지가 오두막집을 짓는 사이, 엄마는 주로 아이들과 오랜 시간을 보냈다. 하지만 엄마는 전혀 지루해하지 않았다. 살 집을 찾는 사람들이 계속해서 문을 두드렸기 때문이다. 도시에는 그렇듯 많은 사람들이 모두 들어가 살 만한 집들이 넉넉하지 않았다. 대부분 시골 출신인 데다, 약간의 돈만 챙겨 들고 이사 온 사람들이 대부분이었기 때문이다. 그들은 온 동네를 뒤지며 집을 찾아다녔다. 하지만 계약금을 한 번에 지불할 만큼 돈이 많은 사람은 극히 드물었다. 대부분 할부로 집을 사고 싶어 했다.

"우리는 지금 당장 돈이 필요해요. 그래서 한 번에 현금으로 집값을 낼 수 있는 사람한테 집을 팔 겁니다."

아버지가 말했다.

갈대로 엮은 지붕을 오두막집 위에 올리기 전, 당장 현금을 내고 집을 사겠다는 사람이 나타났다. 아버지는 예전에 집을 샀을 때 소개받았던 부동산 중개인을 통해 그 사람에게 집을 팔았다. 그러면서 아버지는 그 집에서 4주 정도 더 살기를 원한다는 단 한 가지 조건만을 내걸었다. 그건 새로 이사해 들어가 살 오두막집이 아직 다 지어지지 않았기 때문이다. 이제 얼마 안 있으면 아기가 태어날 것이고, 엄마가 길 위에서 아기를 낳게 할 수는 없는 노릇이었다.

엄마는 아버지가 집 판 돈을 들고 오는 모습을 보며 슬피 울었다. 그 돈은 칼데라 가족에게는 무척이나 큰돈이자 더없이 소중한 돈이었다. 그 대신 칼데라 가족은 이제 그토록 애지중지하던 집을 잃고 말았다. 칼데라 가족 모두는 그 집 구석구석까지도 속속들이 알고 있었다. 아버지는 빨강 파랑 노랑 분홍 등 눈에 확 띄는 페인트로 해마다 번갈아 가며 벽을 칠했다. 멀리에서도 사람들이 누구나 한눈에 그 집을 잘 볼 수 있게 하기 위해서였다. 그 집은 아버지와 엄마가 몇 년을 열심히 일해 모은 돈으로 장만한 소중한 집이었던 것이다.

"여보, 울지 마요. 당장 우리가 굶어 죽게 생겼는데 그깟 집이 무슨 소용 있겠소?"

아버지가 탁자 위에 돈다발을 던지며 잔뜩 가라앉은 목소리로 엄마를 달랬다.

그렇게 말하고 난 뒤 아버지는 상자 위에 걸터앉은 채 두 손으로 얼굴을 감싸 쥐었다. 아이들은 아버지가 울고 있다는 것을 알 수 있었다. 그러자 어린아이들도 덩달아 훌쩍이기 시작했다. 호셀리토는 그런 동생들을 밖으로 데리고 나가 울지 말라며 나무랐다.

"너희들 조용히 하지 않으면 수프도 못 먹을 줄 알아!"

그러자 아이들은 금세 울음을 그쳤다. 호셀리토는 이제 형체조차 거의 남아 있지 않던 울타리에서 판자 하나를 빼내어 마당 한구석에 피워 놓은 불 속에다 집어 던지고는 다시 집 안으로 들어왔다. 에르네스토와 코스메가 낡은 천 조각을 손에 든 채 아버지 앞에 쪼그려 앉아 있는 게 눈에 들어왔다. 두 아이는 아버지의 고무장화를 열심히 닦고 있었다. 평소 아버지 장화 따위에는 관심도 없던 두 아이가 침을 묻혀 가며 반짝반짝 윤이 나게 부지런히 장화를 닦고 있었다. 하지만 아버지는 두 아이가 무슨 짓을 하는지 전혀 관심이 없었다. 아버지는 엄마 어깨에 기댄 채, 꼼짝도 하지 않고 가만히 앉아 있을 뿐이었다.

호셀리토가 엄마에게 다가갔다. 엄마도 아버지와 마찬가지로 위로받아야 마땅하지만, 누구도 엄마의 신발은 닦아 줄 생각을 하지 않고 있었기 때문이다. 하지만 엄마는 신발을 신고 있지 않았다. 엄마에게는 이제 신을 신발조차 남아 있지 않았던 것이다. 호셀리토는 어떻게 엄마를 위로해 줄 수 있을지 생각했다. 그러곤 다시 마당으로 나가, 엄마 대신 끓고 있던 수프를 저었다.

오두막 집으로……

이삿짐은 별로 많지 않았다. 고작 침대 하나와 의자 두 개, 식탁, 선반 하나, 그리고 상자 몇 개가 전부였다.

칼데라 가족은 아버지가 반나절 동안 사용하기로 하고 빌려 온 바퀴가 두 개뿐인 짐수레에 이삿짐을 모두 실었다. 호셀리토는 아버지의 손가락이 담긴 유리병을 들고 갔다.

"세상에! 결국 이렇게 이사를 가게 되는구먼! 명심하게. 언제고 생각이 바뀌어서 나와 일하고 싶거든 아무 때나 찾아오게. 그동안 우리 가게에서는 벌써 일곱 명이나 일하고 있다네."

루피노 씨가 아버지에게 작별 인사를 하며 말했다.

하지만 루피노 씨 부인은 끝내 모습을 나타내지 않았다. 루피노 씨 부인에게는 칼데라 가족 따위는 이미 안중에도 없었다.

"도끼는 며칠 더 쓰다 돌려 드려도 될까요? 울타리를 하나 만들려고 하거든요."

아버지가 물었다.

그러자 루피노 씨가 대답했다.

"그럴 필요 없네. 그 도끼는 그냥 자네가 가져도 돼. 내 이별 선물로 자네에게 줄 테니."

아버지와 호세 할아버지가 수레를 끌었고, 아이들은 수레 옆에 서서 아버지를 따라갔다. 그리고 엄마는 그런 가족들 뒤를 풀 죽은 듯 슬픈 얼굴로 따라갔다. 엄마는 한 번 더 뒤돌아보았다. 하지만 발걸음과 수레바퀴 때문에 생긴 먼지 구름만 뿌옇게 일어나 있을 뿐, 집은 보이지 않았다.

칼데라 가족은 새 오두막집에 이사 온 뒤에야 자신들이 무엇을 잃게 되었는지 실감할 수 있었다. 아버지는 직접 구하거나 얻을 수 있는 재료들을 사용해 되도록이면 가장 좋은 오두막집을 지으려 했다. 하지만 오두막집은 예전에 살던 집 크기의 절반도 채 안 됐고, 바닥도 시멘트 바닥이 아닌 진흙 바닥이었다. 더욱이 오두막집에는 방이 하나뿐이었고, 아버지는 그 방에다 호세 할아버지가 쓰던 침대를 들여놓았다. 가뜩이나 좁은 방은 침대가 방 대부분을 차지하자 더욱 비좁아 보였다.

호세 할아버지가 소리쳤다.

"침대는 없애 버리게! 그냥 팔아 버리자고! 다른 식구들은 모두 다

차디찬 진흙 바닥에 웅크리고 누워 자는데, 어찌 나만 혼자 왕처럼 침대를 쓸 수 있겠는가?”

그러면서 호세 할아버지는 침대를 문 쪽으로 밀쳐 냈다.

그러자 엄마가 다시 안쪽으로 침대를 밀어 넣으며 말했다.

“그러지 말고 그냥 쓰세요. 관절염 때문에 고생하시잖아요. 맨바닥에서 주무시다 얼마 안 가 통증 때문에 온몸을 잔뜩 웅크리고 계시면 그 모습을 저희가 어떻게 보겠어요?”

결국 호세 할아버지는 침대를 계속해서 쓰게 되었다. 하지만 어린 두 여자아이를 데리고 침대에서 같이 자겠다는 고집만큼은 끝끝내 꺾지 않았다. 그리고 호세 할아버지의 침대에서 함께 잘 수 있는 행운을 누리지 못한 다른 가족들은 축축한 진흙 바닥에 적응해야 했다.

칼데라 가족은 화장실이 없는 생활에도 이내 적응해 갔다. 어린아이들은 오두막집 주변을 빙 둘러 흐르는 도랑에다 소변을 봤고, 어른들은 마을 사람들이 그러하듯 강 쪽으로 좀 더 들어가 나지막하게 펼쳐진 장소에서 볼일을 봤다. 그러면 강물은 그 모든 것을 휩쓸어 갔다. 그리고 강의 상류 쪽으로 조금 더 올라가면 동네 아주머니들이 빨래하는 곳이 있었고, 사람들은 그곳에서 먹을 물을 길어 왔다.

엄마가 물었다.

“그런데 손가락을 담아 놓은 유리병은 어떡할까요? 땅속에 묻어 둬야 할 텐데. 여기 선반 위에 올려 두면 얼마 지나지 않아서 잃어버릴지 몰라요.”

아버지는 아무 말 없이 생각에 잠겼다. 여기 오두막집에는 마당도 없고, 정원도 없었다. 그렇다고 해서 그 유리병을 아무 데나 대책 없이 파묻을 수는 없는 노릇이었다.

"유리병을 여기 오두막집 안에다 묻어 놓으면 어떨까? 여기는 진흙밖에 없고 파기도 좋으니까 말일세. 내 침대 밑이 좋을 것 같군. 거기라면 개건 못된 악령이건 어느 것도 함부로 오지 못하겠지."

호세 할아버지가 말했다.

그렇게 해서 아버지의 잘려 나간 손가락이 든 유리병은 호세 할아버지의 침대 밑에 묻히게 됐다.

오두막집에서 처음 맞이한 저녁 시간, 호셀리토가 다가와 속삭이듯 물었다.

"호세 할아버지, 숨겨 놓고 싶은 게 하나 있어요. 이건 아무도 모르는 비밀이고요, 다른 사람이 이걸 봐선 안 돼요. 제가 이걸 할아버지 침대 밑에 둬도 괜찮을까요?"

호세 할아버지가 대답했다.

"물론이지, 괜찮고말고. 그러면 안전할 거다. 내 침대 밑은 누구도 뒤져 볼 생각을 안 할 테니 말이다."

호셀리토는 신문지로 둘둘 만 공책을 호세 할아버지 침대 밑에 밀어 넣었다. 호세 할아버지는 그 안에 무엇이 들어 있는지 묻지 않았다. 그렇게 호세 할아버지는 호셀리토의 비밀을 지켜 주었다.

칼데라 가족은 이제 뒤뜰에 망고나무 그늘이 없다는 사실에도 점점 더 익숙해져 갔다. 한낮이 되어 뜨거운 태양이 크고 작은 돌로 쌓아 만든 벽 틈새로 이글거릴 때면, 칼데라 가족은 더위를 피해 오두막집 안으로 들어가는 것 말고는 다른 방법이 없었다. 오두막집 안은 그나마 시원하고 그늘도 있었다. 하지만 집 안은 너무 비좁아 거의 꼼짝도 할 수 없었고, 서로가 서로를 짜증 나게 할 뿐이었다.

칼데라 가족은 너 나 할 것 없이 예전 집으로 돌아가고 싶어 했다. 하지만 아무도 그 말을 입 밖으로 꺼내지는 않았다. 그런다고 해서 무슨 소용이 있겠는가? 아버지는 배 주인에게 돈 대신 굵직한 나무와 갈대로 뱃삯을 치렀다. 또 아이들이 강가로 떠내려 온 나뭇가지들을 구해 오지 못하는 날이면, 울타리를 세울 때 쓰려고 했던 나무들을 조금씩 조금씩 써 버렸다. 그리고 엄마가 음식을 요리할 때 쓰려고 남겨 두었던 나무 상자도 땔감으로 다 쪼개 써 버렸다. 게다가 그나마 모아 두었던 나뭇조각들을 대부분 도둑맞고 말았다. 이 동네에는 아직 전기가 들어오지 않아서 음식을 하려면 누구든 불을 지펴야 했기 때문이다. 칼데라 가족은 더 이상 소중한 목재가 없어지는 걸 막기 위해 남아 있던 장작을 호세 할아버지 침대 밑에 숨겨 두었다.

그런 상황에서도 아버지는 상자 하나를 남겨 두었다. 그 상자는 곧 태어날 아기를 위한 것이었다.

아버지를 제외한 칼데라 가족 모두는 풀이 죽은 채 예전 집을 그리워하며 주변을 서성거렸다. 칼데라 가족은 오두막집에서 사는 게 낯설게만 느껴지고, 그저 싫기만 했다. 게다가 알고 지내는 이웃이 한 명도 없었다. 가족들은 오두막집을 집으로 생각하기 싫어했다.

하지만 아버지만은 이 낯선 동네에 사는 것을 싫어하지 않았다. 누구나 자신을 잘 알고 있었고 또 제법 괜찮게 생각했던 동네 사람들이 자신을 점점 불쌍한 눈길로 바라보게 된 산타 리타에서 더 이상 살지 않아도 된다는 사실이 아버지의 마음을 편하게 했던 것이다. 아직 이름조차 없는 이 새로운 동네에서는 아무도 아버지에 대해 관심을 기울이지 않았다. 이곳에서라면 아버지는 자신의 불행을 심각하게 받아들이지 않을 수 있었다. 게다가 이젠 한동안 먹을 것을 걱정하지 않아도 되었다.

하지만 그렇게 마음 편안히 생각하는 것도 그리 오래가지는 못했다. 이사하고 일주일 뒤에 태어난 알폰소가 사흘 만에 죽고 만 것이다. 집을 판 돈도 알폰소에게는 아무 소용이 없었다. 그저 관을 마련하는 데 도움이 됐을 뿐이었다.

엄마는 강가로 내려가 얼굴을 씻었다. 그러고는 흐르는 눈물을 닦아 내며 말했다.

"차라리 잘된 건지도 몰라."

엄마가 양동이 가득 물을 길어서 돌아오며 말했다.

"알폰소는 지금 있는 곳에서 우리보다 더 행복할 거야. 너희들은 결코 누리지 못할 만큼 행복할 거라고."

엄마는 자기가 다시 울고 있다는 것을 아이들이 눈치채지 못하도록 얼른 뒤돌아섰다.

칼데라 가족은 알폰소를 새 동네의 강 위쪽 나무 한 그루 없는 민둥산에 묻지 않고, 산타 리타에 있는 공동묘지에 묻어 주었다.

엄마가 말했다.

"그곳은 원래 우리 가족이 있어야 할 곳이란다. 그러니 알폰소도 그곳에 있는 게 훨씬 마음 편할 거야."

그 후 몇 달 동안, 칼데라 가족은 별다른 어려움 없이 살았다. 아이들은 나름대로 충분히 배를 채울 수 있었다. 아이들의 볼은 통통해지고, 팔뚝도 제법 굵어졌다. 아버지는 값싼 물건들을 주로 파는 시장에서 셔츠를 하나 사고, 거의 새것처럼 보이는 바지도 하나 샀다. 바지는 아버지에게 딱 맞았다.

엄마가 말했다.

"신발도 한 켤레 사세요. 일자리를 구하려면 노숙자처럼 보여서는 안 된다고요."

아버지는 신발 말고도 엄마에게 줄 원피스도 하나 샀다. 물론 그 원피스는 루피노 씨 가게에서 사 온 헌옷이었다. 하지만 그 원피스는 부잣집 여자의 옷이었던 게 분명했다. 아주 값비싼 옷감으로 만들어진 원피스였다. 엄마는 아버지가 집에 돌아와 원피스를 내밀자 아버지의 볼에 키스를 퍼부었다. 원피스는 엄마가 입기에는 품이 너무 넓었다. 그새 엄마는 그만큼 말라 버린 것이다. 하지만 가족들은 그 옷이 엄마에게 잘 어울린다며 연신 감탄사를 내뱉었다. 호세 할아버지도 예외는 아니었다.

"그래요? 다들 예쁘다고 하니까 기분 좋네요."

엄마가 가볍게 미소 지으며 말했다. 하지만 엄마는 원피스가 자기에게 잘 어울리는지 확인할 길이 없었다. 집에는 이제 거울조차 없었기 때문이다.

아버지는 다시 일자리를 구하러 다니기 시작했다. 이번이 벌써 세 번째였다. 아버지는 이발소에 가서 덥수룩한 콧수염을 면도했다. 아이들이 집에 돌아온 아버지를 하마터면 알아보지 못할 정도였다. 새로 산 옷을 차려입은 아버지는 꽤나 멋있어 보였다. 갑자기 전혀 다른 사람이 된 것만 같았다. 그리고 아버지는 끝이 뾰족한 나뭇조각으로 손톱 밑에 낀 때도 깔끔히 닦아 냈다. 그날 아침, 아버지는 희망으로 가득 차 있었다.

아버지가 자신만만한 목소리로 소리쳤다.

"두고 보렴! 오늘은 꼭 행운이 따를 테니까!"

호셀리토는 그런 아버지를 따라 나갔고, 온 동네를 지나 큰길까지 아버지를 배웅했다. 아버지가 호셀리토에게 말했다.

"이번엔 틀림없이 좋은 소식을 갖고 오마."

호셀리토가 물었다.

"제가 아버지랑 같이 갈까요?"

그러자 아버지가 대답했다.

"그래, 그것도 좋은 생각이구나. 하지만 이 일은 아버지 혼자서 해내야 하는 일이란다. 그러니 너는 이제 그만 집으로 돌아가렴."

호셀리토는 그 자리에 멈춰 서서 대답했다.

"네, 잘하고 오세요."

호셀리토는 멀어져 가는 아버지의 뒷모습을 한참이나 바라보았다. 아버지도 몇 차례고 뒤돌아보면서 호셀리토가 보이지 않을 때까지 손을 흔들어 주었다.

새 옷도 사 입고 면도도 깔끔히 했지만, 아버지는 이번에도 일자리를 구하지 못했다. 아버지는 지칠 대로 지친 모습으로 집으로 돌아왔다. 새 셔츠는 땀에 젖어 등에 착 달라붙어 있었다. 아버지는 한낮의 엄청난 더위에도 이리저리 돌아다녔던 것이다.

엄마가 말했다.

"여보, 포기하지 마요. 내일 한 번 더 돌아보면 되잖아요. 어쩌면 당신이 뭔가 실수를 했을지도 몰라요. 사람들이 당신의 부탁을 거절하지 못하게끔, 필요하다면 그 사람들에게 우리가 얼마나 어려운 상황인지 설명도 해 주고요. 테레사가 물에 빠져 죽고, 알폰소가 굶어 죽은 건 우리가 너무나 가난했기 때문이라고 말이에요. 그런데도 그 사람들이 당신을 문 앞에서 쫓아내려고 하면, 문턱에 쪼그리고 앉아 하소연도 해 보고, 눈물이라도 좀 흘려 보이란 말이에요."

아버지가 버럭 소리쳤다.

"세상에! 내가 얼마나 불행한 사람인지 온 세상 사람들한테 떠벌리라고? 부자들의 동정심을 자극해서라도 일자리를 얻으란 거요? 나더러 구걸을 하라고? 난 절대 그렇게는 못해!"

엄마도 화난 목소리로 대답했다.

"나도 그러고 싶지는 않아요. 하지만 그것 말고 달리 어쩌겠어요."

아버지는 그저 땅바닥만 내려다볼 뿐, 더 이상 아무 말도 하지 않았다. 엄마가 먹을 게 가득 담긴 접시를 아버지 앞에 밀어 놓으며 말했다.

"먹고 힘내세요. 저랑 아이들 먹을 거는 따로 있으니까."

코스메는 문지방에 앉아 엄마와 아버지가 주고받는 말을 귀 기울여 듣고 있었다. 코스메는 엄마와 아버지의 생각이 왜 서로 다른지 이해할 수 없었다. 하지만 코스메는 엄마와 아버지를 돕고 싶었다. 자기도 칼데라 가족을 도울 수 있다는 걸 보여 주고 싶었다.

코스메가 물었다.

"그런데 왜 우리는 구걸하러 나가면 안 되는 거예요?"

어느 누구도 코스메의 말에 대답하지 않았다.

"호셀리토 형이랑 에르네스토, 카르멘 그리고 내가 구걸하러 나가면, 아마 이것저것 꽤 많은 걸 벌어 올 수 있을 텐데요!"

코스메는 신이 나서 떠벌였다.

그러자 아버지가 잔뜩 화가 나 소리쳤다.

"닥쳐! 구걸을 하고 싶으면 너나 그렇게 해! 우린 절대로 하지 않을 거니까!"

코스메가 또다시 물었다.

"왜 안 하는데요?"

그러자 이번에는 엄마가 대답했다.

"자존심이 있기 때문이란다."

다음 날, 그리고 그 다음 날도 아버지는 일자리를 구하지 못한 채 집으로 돌아왔다.

엄마가 말했다.

"여보, 우리 차라리 당신 고향으로 돌아가는 게 어때요? 당신 형제들은 양떼도 키우고 옥수수밭도 있잖아요. 그들이라면 우리를 굶어 죽게 내버려 두지는 않을 거예요."

그러자 아버지가 우울한 목소리로 대답했다.

"안 돼, 그건 싫어. 이제 우린 아무것도 가진 게 없잖소. 난 다른 사람들이 우리 가족을 먹여 살리는 것을 바라지 않아. 그들은 내 등 뒤에서 나를 비웃을 거요! 내가 도시로 내려가서 빈털터리로 돌아왔으니 말이요. '내 그럴 줄 알았어!' 하고 수군거릴 게 분명하다고!"

엄마가 울먹이며 말했다.

"그렇다고 제 고향으로 갈 수 있는 형편도 아니잖아요. 제 고향에는 이제 아는 사람도 없다고요. 부모님은 돌아가셨고, 친척들은 모두 대도시로 떠나 버렸어요. 이웃 사람들에게 우리 같은 대가족을 먹여 살리라고 부탁할 수도 없는 노릇이고요. 더구나 호세 아저씨까지 계시는데 말이에요."

그랬다. 칼데라 가족을 도울 수 있는 이는 아무도 없었다. 부모가 아이들에게 뭔가를 줄 수 없을 때, 대신 선물을 해 줄 친척도 한 명 없었다. 또 일자리를 찾는 데 도움이 될 만한 친척도 없기는 매한가지였다. 엄마가 일하러 다닐 수 있게끔 대신 아이들을 돌봐 줄 할아버지나 할머니도 없었다. 심지어 칼데라 가족에게는 가까이 지내는 이웃조차 없었다. 이웃은 때로 친척만큼이나 커다란 의지가 될 수도 있는 존재다. 하지만 칼데라 가족 모두가 자기네 집이라고 여기지 않는 이 동네에 사는 사람들은 그저 서로가 서로의 물건을 훔치려고만 했다.

"하지만 시골은 다르잖아요."

엄마가 슬픈 듯이 말했다.

"시골에서는 서로서로 돕는다고요. 어렸을 때부터 서로들 알고 지냈으니까요. 그곳에서는 모두가 친척이고 이웃인데……."

아버지가 한숨을 내쉬며 말했다.

"우리 마을에서도 산골 아래 계곡에 사는 사람들과 친분이 있었지. 하지만 고향을 떠났다가 가난해져서 돌아오는 사람들은 그 무리에 다시는 낄 수 없었소."

엄마가 말했다.

"그래요. 당신 말이 맞아요."

아버지는 사흘이 지나고 나흘째 되는 날 일자리 찾는 걸 포기했다. 아버지는 더 이상 면도를 하지 않았고, 셔츠와 바지는 옷걸이에 걸어 두었다. 그리고 다시 통이 크고 넓은 바지를 입고 맨발로 주변을 돌아다녔다.

그렇게 일 년이 지나자, 집을 팔고 받은 돈도 바닥나 버렸다. 칼데라 가족은 더욱더 가난해져 있었다. 더군다나 그해에는 비가 유난히 자주 내렸다. 날마다 한낮이 되면 굵은 장대비가 쏟아져 내렸다. 집 주위를 따라 고랑을 파 두긴 했지만, 오두막집은 더러운 물웅덩이 안에 있는 거나 다름없었다. 진흙 바닥은 비에 젖어 질퍽거렸다. 아버지와 사내아이들은 밤에 물속에 누워 잠을 자지 않기 위해 서둘러 바닥에 흙을 덮었다. 심지어 진흙 바닥에서 잠을 자지 않아도 되는 호세 할아버지조차도 눅눅한 습기 때문에 뼈마디가 욱신거려 견딜 수 없을 지경이었다. 물론 호셀리토의 소중한 공책도 물에 젖었고, 군데군데 곰팡이도 피었다.

비탈진 언덕 위에는 비 때문에 꽤나 깊은 고랑이 파여 있었고, 모래와 진흙이 빗물과 함께 강가로 흘러들어 갔다. 단단하게 짓지 않은 수많은 오두막집들이 무너져 내려앉았다. 강물은 점점 불어나 수위가 갈수록 높아졌고, 가장 안쪽에 있는 오두막집까지 이르렀다. 강물은 그중에 몇몇 집을 휩쓸고 지나갔다. 하지만 도시에서 발간되는 신문에는 이런 일에 대해서 기사 한 줄조차 실리지 않았다. 강가 마을에 사는 수많은 사람들이 비 때문에 집을 잃고 말았다는 사실을 어느 누가 신경이나 쓰겠는가? 여자들과 아이들이 굶어 죽어 가고 있다고 해서 그 누가 신경을 쓴단 말인가? 도시에 사는 대부분의 사람들은 새로 생긴 이 마을에 대해서는 전혀 알지도 못할 것이 틀림없었다. 도시는 자꾸만 커져 갔고, 사람들은 각자 자신만의 문제로 골머리를 앓고 있었다.

칼데라 가족은 그래도 운이 좋았다. 칼데라 가족의 오두막집은 쏟아지는 비를 잘 버텨 냈다. 오두막집 짓는 기술자인 아버지가 지은 집이었기 때문이다. 하지만 칼데라 가족에게는 더 이상 먹을거리가 없었다. 엄마는 아버지가 선물해 준 옷을 내다 팔았다. 아버지도 일자리를 구할 때 입었던 셔츠와 바지를 내다 팔았다. 그러곤 옷가지를 팔고 받은 돈으로 쌀을 샀다. 쌀은 그나마 값이 가장 쌌고, 오랫동안 허기를 잊게 해 주었기 때문이다. 칼데라 가족은 죽 한 접시로 하루를 버텨야 했다. 가끔씩 엄마는 냄비 물을 끓이지 못해, 짜증과 절망에 가득 차 울기도 했다. 땔감이 빗물에 축축이 젖어 불이 붙지 않아서였다. 그럴 때면 아이들은 엄마를 슬슬 피해 다녔다. 엄마는 가까이 다가오는 아이에게 다짜고짜 화풀이를 해 댔기 때문이다.

엄마는 더 이상 예전처럼 언제나 웃음 많고 기분 좋은 사람이 아니었다. 이제 엄마는 늘 배고픔과 싸워야 했다. 엄마의 통통했던 볼은 핼쑥하게 야위었고, 얼굴에는 주름이 잔뜩 생겼다. 밤이 되면 오랫동안 잠들지 못한 채 걱정으로 밤을 지새웠다. 그런 다음 날이면 엄마는 신경이 날카로워져서 아이들을 때리기까지 했다. 카르멘은 다정하고 상냥한 아이였다. 카르멘은 엄마에게 맞기라도 하면 구석에 가서 조용히 울었다. 하지만 루이자는 고집이 셌다. 어리긴 해도 화를 내며 대들었고, 엄마에게 욕을 하기도 했다. 아버지와 엄마도 서로 욕을 해 대며 싸웠다. 아버지는 사내아이들을 때리기도 했다. 모두가 신경이 날카로워져 있었다. 온 가족이 뭔가 제정신이 아닌 것만 같왔다. 오직 호세 할아버지만 여전히 여유를 갖고 지냈다. 더 이상 도울 수도 없고 돌아다니지도 못했지만, 오직 호세 할아버지만은 여전히 여유를 갖고 있었다. 할아버지는 대부분 침대에 누워 가족들을 지켜보았다. 그러곤 아이들 중 누군가가 울기라도 하면 그 아이를 자기 곁으로 불러 쓰다듬으며 위로해 주었다. 그것 외에는 아이들에게 달리 해 줄 것이 없었다.

엄마는 아침이면 사내아이들을 내보내 쓰레기통을 뒤지게 했고, 낮에는 시장으로 내보냈다. 아이들은 많은 것을 집으로 가져오지 못했다. 하지만 그나마 아무것도 없는 것보다는 나았다.

구걸

어느 날 아침, 코스메가 사라졌다. 에르네스토조차 코스메가 어디로 갔는지 알지 못했다. 에르네스토는 무척이나 당황했다. 코스메와 자기 사이에는 이제껏 아무런 비밀도 없었기 때문이다. 서로가 서로를 너무나도 잘 알고 있었다. 에르네스토는 잔뜩 풀이 죽어 주위를 어슬렁거렸고, 그런 행동이 다른 사람들의 시선을 끌었다. 코스메가 없는 에르네스토는 마치 반쪽이 된 것처럼 보였다.

그런 에르네스토를 보며 아버지가 말했다.

"그 아이는 다시 떠난 거다. 원하기만 하면, 그 아이는 언제든지 떠날 수 있다고. 아무도 그 아이를 붙잡을 수는 없지."

그러자 엄마가 말했다.

"하긴, 이상한 일도 아니죠. 어차피 혼자 있어도 굶는 건 마찬가지니까요. 쓰레기통이나 시장 바닥에서 구한 것들을 혼자 먹는다면, 우리랑 그것들을 함께 나눠 먹을 때보다는 그래도 배불리 먹을 수 있을 거예요. 그 아이도 바보는 아니니, 어떻게 하는 게 자기에게 가장 유리할지 생각했을 거예요."

그러자 호세 할아버지가 말하고 나섰다.

"아니야. 코스메가 배불리 잘 먹고 잘 살려고 우리한테 와서 산 건 아니었네. 그 아이 말을 들어서 잘 알잖나? 코스메는 우리와 가족이 되어 같이 살고 싶었던 게야. 그러니 그 아이는 분명 다시 돌아올 것이네."

에르네스토가 말했다.

"맞아요! 코스메는 틀림없이 돌아올 거예요!"

호세 할아버지의 말이 맞았다. 코스메는 저녁나절이 다 되어서야 다시 집으로 돌아왔다. 코스메가 환한 표정을 지으며 아버지에게 동전 한 움큼을 내밀었다.

아버지가 깜짝 놀라 물었다.

"너 이 돈 어디서 났니?"

코스메가 자랑스럽다는 듯 대답했다.

"구걸했어요. 아저씨네 가족은 구걸하고 싶어 하지 않잖아요. 그래서 제가 우리 가족 모두를 위해 구걸했어요."

아버지가 코스메의 머리를 쓰다듬으며 말했다.

"얘야, 너는 네가 잘했다고 생각하겠지. 하지만 이제 다시는 그런 짓 하지 말거라. 내 말 알겠지? 구걸하는 것은 훔치는 것이나 다름없어. 구걸을 하다 보면 자신을 망치게 된단다.”

코스메는 그 말을 이해하지 못했다.

그러자 아버지가 설명해 주었다.

“우리가 가난한 것은 우리 잘못이 아니란다. 그러니까 우리가 구걸까지 할 필요는 없는 거다.”

엄마가 말했다.

“그러지 말고 그냥 그 돈을 받아요. 벌써 한참 동안 당신한테 돈을 내밀고 있잖아요.”

아버지는 그 돈을 받아 쥐었고, 그 돈으로 다음 날 시장 뒤편 뒷골목에 가서 아직 입을 만한 바지 한 벌을 코스메에게 사 주었다. 코스메의 낡은 바지는 넝마나 다름없었기 때문이다.

하지만 코스메는 새 바지를 입게 된 걸 기뻐하지 않았다. 코스메가 속상한 얼굴로 말했다.

“나는 우리 가족 모두를 위해 구걸한 건데……..”

아버지가 땔감을 찾으러 강가로 나간 사이, 엄마가 사내아이들을 불러 놓고 말했다.

“있잖아, 얘들아. 내일 아침엘랑 너희 셋이 거리에 나가서 구걸을 해 보렴. 그거야말로 우리 가족이 입에 풀칠이라도 할 수 있는 유일한 길이야. 물론 그걸 아버지가 알게 해서는 절대 안 된다. 알았지? 혹시라도 알게 되면 아버지는 노발대발해서 너희를 때릴지도 몰라.

하지만 아버지의 자존심만으론 배를 채울 수가 없구나. 그러니 우리가 어떻게든 살아갈 방법을 찾아야 해. 엘 자르딘 동네에 가서 집집마다 돌아다녀 보렴. 거기라면 그나마 제일 쉽게 뭔가를 얻을 수 있을 거야. 그 동네는 엄마가 잘 알고 있거든. 그곳에서 예전에 일을 했었으니까. 거기 사는 사람들은 자기들을 찾아온 거지한테도 뭔가 줘서 보내야 한다고 생각하는 사람들이거든. 먼저 슬픈 표정부터 지어. 아버지가 직장도 없고, 벌써 형제 네 명이 죽었다고 말하고. 너희가 배고프다는 이야기도 잊지 말고 해야 한다. 그럼 많은 이들이 돈은 주지 않더라도 빵 한 조각이나 바나나 한 개 정도는 줄 거야. 운이 좋으면, 더는 신지 않는 신발이나 오래된 옷가지를 주는 사람도 만날지 몰라. 어쨌든 너희는 뭐가 됐든 무조건 받아 오면 된다. 우린 가진 게 없어서 뭐든지 다 필요하니까 말이다. 하지만 절대로 경찰한테 붙잡혀서는 안 된다.”

호셀리토가 물었다.

“그럼 아버지한테는 뭐라고 말하죠?”

“모두 쓰레기통에서 찾은 거라고 하면 돼.”

“그럼 돈을 얻게 되면요?”

“아버지한테 돈 이야기는 하지 말거라. 엄마가 그 돈으로 쌀을 살 거니까. 아버지가 쌀이 어디서 났냐고 물으면, 우연히 알리시아 부인을 만났는데 그분이 돈을 줬다고 말할게.”

그렇게 해서 세 아이는 엘 자르딘 동네로 갔다. 아이들은 저마다 종이봉투나 자루 아니면 상자를 들고 있었다. 쓰레기통을 뒤지느라 자주 왔던 곳이어서 아이들은 그 동네 지리를 훤히 알고 있었다. 남아메리카의 독립운동 지도자 볼리바르의 커다란 기념비 앞에서 세 아이는 헤어져 저마다 다른 방향으로 구걸하러 떠났다. 아이들은 열두 시쯤에 그곳에서 다시 만나기로 약속했다. 세 아이에게는 시계가 없었다. 하지만 이제껏 살면서 단 한 번도 시계를 가져 본 적이 없었고, 그래서 아이들은 해만 봐도 어느 정도 시간을 짐작할 수 있었다. 에르네스토와 호셀리토는 구걸을 처음 해 보는 탓에 잔뜩 긴장하고 있었다. 하지만 길모퉁이를 돌기 전, 호셀리토는 동생에게 고갯짓을 했다. 어쨌거나 에르네스토가 자기보다 두 살이나 더 어렸기 때문이다. 하지만 에르네스토는 동냥하는 게 아무렇지도 않은 양 행동했다.

호셀리토는 마음을 굳게 먹고, 으리으리해 보이는 집들 가운데 어느 한 집으로 통하는 계단을 걸어 올라갔다. 그 집 대문은 깜짝 놀랄 만큼 크고 넓었다. 그 문은 언뜻 보아도 거지들이 함부로 드나들지 못하고, 왕들이나 드나들 것만 같았다. 하지만 어쩌면 코스메와 에르네스토가 자기보다 더 용감할지도 모른다고 생각하며, 호셀리토는 그 집 초인종을 눌렀다. 이윽고 발소리가 들려왔다. 이제 도망치기엔 너무 늦었다. 호셀리토는 심장이 터질 것만 같았다. 흰 앞치마를 두르고 작은 두건을 쓴 하녀가 문을 살며시 열고 밖을 내다보았다. 호셀리토는 너무 긴장한 나머지 그 여자가 무슨 일이냐고 물을 때까지 기다리지 못했다.

호셀리토가 더듬거리며 말했다.

"제 여동생이 물에 빠져 죽었어요. 그리고 남동생 세 명도 죽었고요. 우리에겐 이제 먹을 게 아무것도 없어요……."

"그래, 알았어. 잠깐만 기다려."

하녀가 말을 하곤 문을 닫고 사라졌다. 호셀리토는 기다렸다. 잠시 후 문이 다시 열리더니, 하녀가 호셀리토의 손에 20센타보를 쥐여 주었다. 호셀리토는 고맙다고 인사하는 것조차 잊어버렸다. 하녀는 아무 말도 없이 문을 닫았다.

20센타보! 그 돈이면 바나나 하나를 살 수 있는 돈이었다. 바나나는 시장에서 제일 싼 과일이었다. 호셀리토는 재빨리 머리를 굴려 계산해 보았다. 만약에 오늘 50군데 집을 찾아가고, 가는 곳마다 20센타보씩 받게 된다면, 모두 합쳐 바나나 50개를 살 수 있는 돈이 생긴다. 정말 생각만 해도 엄청난 일이었다. 그렇게 많은 돈을 가지고 집에 돌아가면 식구들은 깜짝 놀라며 얼마나 좋아할까!

하지만 그런 행운은 찾아오지 않았다. 바로 다음에 찾아간 집에서 호셀리토는 구걸을 한다는 게 어떤 것인지 뼈저리게 경험했다. 이번에는 집주인 여자가 직접 문을 열어 주었다. 그 여자는 잠옷을 입고 있었고, 머리에 롤을 말고 있었다.

그 여자가 호셀리토를 보더니, 대뜸 짜증스럽다는 듯 쳐다보며 소리쳤다.

"우리 집 초인종은 왜 눌렀니? 너희 부모는 제대로 먹여 키우지도 못하면서 왜 너희 같은 애들을 낳았다니? 이 비렁뱅이 녀석아, 빨리 꺼져! 안 그러면 경찰을 부를 거야!"

"안 돼요, 경찰은 부르지 마세요!"

호셀리토는 겁에 질려 소리쳤다.

그게 단지 자기 같은 아이들을 쫓아내기 위한 말뿐이라는 것을 호셀리토는 아직 알지 못했다. 호셀리토는 헐레벌떡 달아나 가까이 있던 쓰레기통 뒤에 숨었다. 하지만 시간이 지나도 경찰은 오지 않았다. 호셀리토는 숨어 있던 곳에서 빠져나왔고, 다른 골목으로 들어가 구걸을 계속했다. 마음 같아서는 지금 당장이라도 집으로 돌아가고 싶었다. 하지만 코스메와 에르네스토를 생각하면 그럴 수도 없었다.

어느 집에선가는 호셀리토에게 수프 한 접시를 내주기도 했다. 그리고 또 어떤 집에서는 창문으로 과자 몇 개를 던져 주기도 했다. 언덕길을 내려오며 들른 세 집에서는 정원사가 나타나 호셀리토를 쫓아 버렸다. 호셀리토는 길 위에 털썩 주저앉아 수치심에 엉엉 울었다.

흰옷을 입은 어린아이 둘이 궁금해하며 대문 밖을 내다보자, 한 여자가 말했다.

"가까이 가지 마. 저 아이 몸에 이가 득실거리고, 어쩌면 끔찍한 병을 앓고 있을지도 몰라."

마치 병든 개를 바라보듯, 아이들은 호셀리토를 뚫어져라 쳐다보았다. 여자는 10센타보 동전 두 개를 호셀리토의 손에 떨어뜨렸다. 그러면서도 호셀리토의 몸에 손이 닿지 않도록 조심조심했다.

자동차에서 내리던 남자가 호셀리토를 보고는 끌끌 혀를 차며 말했다.

"도대체 너희 아버지는 뭐 하는 사람이냐? 일은 안 하고, 자기 아들을 구걸이나 하라고 내보내다니!"

순간, 호셀리토는 화가 나서 소리쳤다.

"우리 아버지는 아무것도 몰라요! 아버지가 구걸하라고 날 내보낸 게 아니라고요! 일자리를 구할 수만 있다면 아버지는 언제든지 일을 하실 거예요!"

그 남자가 소리쳤다.

"이 녀석이 버릇없이 어디다 대고 소릴 지르는 거야? 너 한번 나한테 혼 좀 나 볼래?"

잔뜩 화가 난 호셀리토도 지지 않고 대들었다.

"나는 정말 지금과는 다른 사람이 될 거예요! 두고 보세요. 전 꼭 대통령이 되고 말 거니까요! 그때가 되면 내가 아저씨를 어떻게 대할지 분명히 알게 될 거예요! 난 아저씨네 집을 빼앗고 아저씨가 가진 모든 것을 빼앗을 거예요. 그러고는 아저씨를 구걸하러 다니게 할 거예요! 아저씨는 우리 아버지를 찾아와 제발 일자리를 달라고 애원할 테고, 또 나한테는 한 푼만 도와 달라고 구걸하게 되겠죠! 내가 아저씨를 잊게 될 거라고는 기대하지 마세요! 아저씨 같은 사람들을 난 똑똑히 기억하고 있을 거예요! 우리 같은 사람들을 마치 쓰레기 대하듯 했던 사람들 모두를 말이에요! 지금 우리가 비참한 것처럼, 아저씨 같은 사람들도 언젠가는 한번쯤 반드시 그런 꼴을 당해 봐야 해요!"

그 말을 듣고 있던 남자는 잠시 할 말을 잃었다. 그러더니 고래고래 소리치기 시작했다.

"꼬맹이 녀석이 도무지 말도 안 되는 소리를 늘어놓고 있구나! 어림 반 푼어치도 없는 소리 그만 떠벌려! 네 눈에는 어른도 안 보이냐! 나한테 함부로 말하더니 이제는 위협까지 해? 정말 가소롭기 짝이 없군! 당장 내 눈앞에서 꺼지지 못하겠니! 아니면 개를 풀어 놓을 테다!"

호셀리토는 서둘러 달아나기 시작했다. 그러면서도 가슴속에서 증오심이 솟구치는 게 느껴졌다. 하지만 달리 어쩔 도리가 없었다. 호셀리토는 또다시 구걸을 하러 집집마다 찾아다녀야 했다.

부자들에게만 쫓겨난 게 아니었다. 나이 든 어느 여자 거지는 피곤에 지쳐 정원 담벼락에 앉아 쉬고 있던 호셀리토를 보자마자 소리쳤다.

"여기서 당장 꺼져! 이 골목은 내 구역이라고!"

심지어 문조차 열어 주지 않는 사람들도 많았다. 누군가의 얼굴이 문구멍 틈으로 밖을 훔쳐보다가 금세 사라졌다. 그러고는 아무 기척도 들리지 않았다. 호셀리토는 한참이 지나서야 다른 집으로 가야 한다는 사실을 깨달았다. 또 어느 집에서는 개가 컹컹 짖으며 달려들기도 했다. 살짝 벌어진 문틈으로 호셀리토에게 야단을 치는 누군가의 목소리도 들려왔다. 그리고 그 목소리의 주인은 돌아서는 호셀리토의 등 뒤에다 대고 낄낄대며 웃기까지 했다.

하지만 그런 외중에도 호셀리토는 10센타보나 바나나 하나, 작은 빵 하나를 선물 받기도 했다. 무척이나 친절한 어느 아주머니는 심지어 신던 샌들 한 켤레를 건네주기도 했다.

아주머니가 말했다.

"우리 애한테는 이 샌들이 너무 작아졌단다. 너 이거 가질래?"

샌들을 갖겠냐고? 호셀리토는 그 자리에서 당장 샌들을 신었네. 그러곤 고맙다고 인사를 하고 계속해서 다른 집을 찾아가 초인종을 눌렀다.

문을 열어 준 여자 요리사가 호셀리토에게 물었다.

"넌 왜 동냥질을 하러 다니니? 신발도 신고 있잖아. 그걸 보면 너희 집이 그렇게 가난한 것 같지 같은데?"

그 말을 듣자마자 호셀리토는 샌들을 벗어서 들고 있던 자루 속에다 집어넣었다.

약속한 점심때가 되어 기념비 앞에서 두 동생을 만난 호셀리토는 자신이 초라하게만 느껴졌다. 코스메는 벌써 와 있었고, 에르네스토는 조금 지나서 도착했다. 호셀리토를 보자 코스메는 만족스러운 웃음을 지어 보였다. 코스메에게는 사실 구걸한다는 게 그리 별다른 일이거나 어려운 일도 아니었다. 하지만 이제 겨우 여덟 살인 에르네스토에게는 무척이나 힘든 일인 게 분명했다. 에르네스토는 먼저 욕을 먹거나 문 앞에서 쫓겨나는 일들에 익숙해져야 했다. 하지만 에르네스토는 그 모든 일들을 전혀 내색조차 하지 않은 채, 저 멀리서부터 들고 있던 상자를 흔들어 보이며 소리쳤다.

"구걸하는 거, 별것도 아니던데!"

세 아이는 저마다 받아온 것들을 기념비 돌판 앞에 펼쳐 놓았다. 당연히 코스메가 가장 많이 꺼내 놓았다. 90센타보와 이런저런 먹을 것들을 가져왔고, 그중에는 식빵 반 봉지도 있었다. 코스메는 반짝거리는 털실로 만들어진 꼭두각시 인형 하나도 내보이며 말했다.

"어떤 아줌마가 나보고 불쌍하다면서 이걸 선물해 줬어. 내가 그 아줌마한테 슬픈 이야기를 해 주었거든."

그러자 에르네스토가 물었다.

"뭐라고 했는데?"

코스메가 히죽히죽 웃으며 말했다.

"나는 의붓아버지랑 살고 있는데, 혹시 내가 아무것도 갖고 오지 못하거나 아주 조금밖에 갖고 오지 못하면 나를 마구 때린다고 말했지."

그러자 호셀리토가 버럭 화를 내며 소리쳤다.

"너, 한 번만 더 우리 아버지에 대해서 그 따위로 거짓말을 하면 나한테 혼날 줄 알아! 우리 아버지가 아니라 나한테 말이야!"

코스메가 깜짝 놀라며 대꾸했다.

"하지만 난 형네 아버지를 생각하면서 말한 게 아니야. 어떻게든 가엾게 보여 뭐든 얻어 내려고 그냥 누군가를 꾸며 낸 거라고."

곁에 있던 에르네스토도 거들고 나섰다.

"형, 그게 뭐 어떻다고 그래? 난 우리 부모님은 두 분 다 돌아가셨고, 불쌍한 고아라고 꾸며 댔거든. 그런다고 해서 내가 다른 사람을 더 아프게 하는 것도 아니잖아? 중요한 건 그렇게 하면 더 많은 것을 얻어 낼 수 있다는 사실이라고!"

에르네스토는 정말이지 호셀리토보다 더 많은 것들을 얻어 왔다. 에르네스토가 가져온 것은 바나나 여섯 개, 작은 빵 세 개, 오렌지 네 개, 사탕 여덟 개, 팝콘 한 봉지, 빵 조각 몇 개, 작은 훈제 소시지 하나, 그리고 76센타보였다. 자기가 형보다도 더 많은 것을 구걸해 왔다는 사실을 알게 되자, 에르네스토는 아주 자신만만해했다. 호셀리토는 먹다 남은 자잘한 것을 제외하고는 68센타보를 가져온 것이 전부였다. 만약에 호셀리토가 자루 속에 쑤셔 넣었던 샌들을 꺼내 보이지 않았더라면, 아마도 두 동생 앞에서 톡톡히 창피를 당했을 게 분명했다.

구걸하는 방법을 훤히 꿰뚫고 있는 코스메가 말했다.

"나이가 많으면 많을수록 그만큼 뭔가를 얻어 내기가 더 어려워져. 그러니 다음번에는 카르멘과 루이자를 데리고 오는 게 더 나을지도 몰라."

에르네스토가 말했다.

"전부 합치면, 우리 오늘 엄청 많이 벌었다. 날마다 이렇게만 벌 수 있다면, 더는 굶지 않아도 될 거야."

호셀리토가 깜짝 놀라며 되물었다.

"뭐? 날마다라고? 너희한테는 이게 재밌어?"

코스메가 대답했다.

"그럼! 사람들이 우리를 쫓아내고 그러는 건 그냥 잊어버리면 돼."

에르네스토도 맞장구를 쳤다.

"맞아! 그런 일쯤은 그냥 잊어버리면 된다고!"

아이들은 집으로 달려갔다. 엄마가 기뻐한다면 그깟 고생쯤은 기꺼이 감수할 수 있었다.

엄마는 정말이지 무척이나 기뻐했다! 세 아이는 엄마에게 자루와 봉지 그리고 상자 속을 들여다보게 했고, 다른 사람이 눈치채지 못하게 몰래 돈도 건네주었다. 그러자 엄마는 세 아이를 차례차례 꼭 껴안으며, 이마에 뽀뽀를 해 주었다. 그러고 나서 한창 불을 피우고 있던 아버지에게 말했다.

"오늘은 세 아이가 운이 좋은 날인가 봐요. 아이들이 쓰레기통에서 정말이지 많은 것들을 구해 왔어요."

카르멘과 루이자가 득달같이 세 아이 주위로 달려들었다. 루이자는 바나나 하나를 움켜쥐었다. 카르멘은 꼭두각시 인형을 찾아내곤 무척이나 기뻐하며 소리를 질렀다. 카르멘은 인형을 품에 꼭 안고는 뽀뽀를 하면서 이리저리 만지고 감탄하며 냄새를 맡아 보기도 했다. 꼭두각시 인형에서는 부자들 냄새가 났다. 그러다가 루이자가 샌들을 발견하고는, 손에 들고 흔들어 댔다.

아버지가 호셀리토를 매서운 눈빛으로 바라보며 물었다.

“이것도 쓰레기통에서 찾아낸 거니?”

호셀리토는 순간 당황했고, 뭐라 대답해야 좋을지 몰라 멍하니 엄마만 바라보았다.

그러자 엄마가 아버지의 관심을 다른 데로 돌리려는 듯 아버지에게 물었다.

“당신도 빵 한 조각 드실래요?”

코스메도 얼른 끼어들면서 물었다.

“그리고 훈제 소시지도 있어요. 드실래요?”

아버지는 그것들을 전부 쓰레기통에서 주워 왔다는 이야기가 도무지 믿어지지 않는다는 눈치였다.

아버지가 말했다.

“너희, 봉지랑 자루에 담겨 있는 것들 모두 꺼내 보거라.”

세 아이는 저마다 가져온 것들을 탁자에 펼쳐 놓았다.

아버지가 못내 수상하다는 듯 물었다.

“쓰레기통 속에 훈제 소시지가 있었단 말이지? 그리고 저 멀쩡한 샌들 한 켤레도? 사탕들도? 팝콘 한 봉지도? 너희가 아무리 거짓말을 지어내도 난 속지 않는다!”

코스메는 겁이 나는지 벌벌 떨기 시작했다. 아버지가 잔뜩 화가 나, 자신을 집에서 쫓아낼까 봐 두려운 거였다. 하지만 아버지는 코스메가 아니라 호셀리토에게 화를 냈다. 아버지가 호셀리토의 두 어깨를 움켜쥐더니, 눈을 부릅뜬 채 다그쳤다.

“이 물건들 모두 어디서 났는지 솔직히 말해! 사실대로 말하라고! 날 속일 생각 하지 말고!”

너무나 두려워 호셀리토는 아무 말도 할 수가 없었다. 그러자 엄마가 나섰다.

“여보, 그러지 마요! 그걸 어디서 가져왔든 아이들은 다 우리 가족을 위해서 그런 거잖아요. 저 아이들이 땀을 뻘뻘 흘리고 있는 게 안 보여요? 한낮의 무더위에 저 아이들은 이곳저곳을 돌아다녔다고요. 그러니 이제는 편히 앉아서 뭐라도 먹게 해 줘요.”

하지만 아버지는 버럭 소리를 지르며, 호셀리토의 멱살을 잡고 이리저리 흔들어 댔다.

“너희, 구걸한 거 맞지? 그렇지?”

그러자 엄마가 소리쳤다.

“제발 그만 좀 해요! 호셀리토한테는 그 옷밖에 없다고요! 당신 정말 너무한 거 아녜요?”

하지만 아버지는 계속해서 호셀리토를 다그쳤다.

“대답하란 말이야!”

호셀리토가 흐느끼며 대답했다.

“네.”

아버지가 호셀리토를 놓아주며 말했다.

“다시 싸! 이것들을 전부 다시 자루에 담으란 말이야!”

루이자가 재빨리 바나나 두 개를 잡아 뜯어 입 안에 쑤셔 넣었다.

그렇게 하면 바나나 두 개만큼은 건질 수 있다고 생각했던 것이다.
카르멘은 꼭두각시 인형을 꼭 껴안았다. 하지만 아버지는 인형을 빼앗아 자루 속에 처넣었다.

엄마가 물었다.

"대체 어쩌려고요?"

아버지는 아무 대꾸도 하지 않았다. 호셀리토의 팔을 잡아 앞세운 채, 강 쪽으로 끌고 갔다.

강가에 다다르자 아버지가 호셀리토를 선착장 맨 끝까지 밀치며 말했다.

"이 자루를 통째로 물속에 던져 버리거라."

호셀리토는 아버지를 쳐다보았다. 아버지가 한 말을 호셀리토는 이해할 수가 없었다.

"이 안에 있는 걸 전부요?"

"그래. 그 안에 있는 것 전부 다."

"하지만 이걸 구하려고 우린 반나절이나 구걸하며 다녔다고요!"

"그러니까 더욱 그래야 하는 거야!"

호셀리토는 자루를 물에 던졌다. 자루는 빙글빙글 돌며 물속으로 천천히 가라앉았고, 물에서는 거품이 뽀글뽀글 솟아올랐다.

아버지와 호셀리토가 집으로 돌아왔다. 그리고 두 사람이 하는 것을 언덕 꼭대기에서 지켜보던 엄마는 잔뜩 화가 나 아버지에게 마구 소리쳤다.

174

"잘했군요. 그래 이제 아이들한테는 뭘 먹일 거예요? 그 자루 속에 담긴 것 대신에 뭘 줄 수 있냐고요?"

아버지도 마찬가지로 잔뜩 화난 목소리로 대답했다.

"내 아이들한테 구걸을 하게 하느니, 차라리 내가 직접 구걸을 하겠소."

엄마가 소리쳤다.

"그럼 얼른 구걸하러 가요! 가서 모욕도 당해 보고, 욕도 얻어먹어 보고, 쫓겨나도 보고 그래요. 그들이 당신 같은 어른에게 뭘 줄지도 한번 알아보고요! 아마 아무것도 가져오지 못할 거예요! 그러다 결국엔 경찰한테 잡혀가고 말 거라고요! 그렇게 자존심만 내세우다니! 당신 자존심 때문에 우리 가족은 모두 굶어죽을 판이라고요!"

아버지가 소리 질렀다.

"코스메는 더 이상 우리 집에 있으면 안 돼! 코스메가 우리 아이들한테 구걸해도 된다는 생각을 하게 만든 거라고. 그 아이가 우리 아이들을 망쳐 버렸어!"

코스메가 가련한 모습으로 울기 시작했다. 그러자 엄마는 더욱더 화가 났다. 분노로 부들부들 몸을 떨기까지 했다.

엄마가 소리쳤다.

"내가 아이들한테 구걸해 오라고 시켰어요! 코스메가 아니라 내가요! 우리 아이들이 굶어서 죽어 가는 걸 지켜보기 전에 차라리 내가 구걸하러 나갈 거예요! 코스메는 여기서 우리와 같이 살 거예요. 그 아이는 우리에게 아무런 나쁜 짓도 하지 않았다고요!"

그러자 아버지가 엄마의 따귀를 때렸다. 엄마는 깜짝 놀라 소리를 질렀다. 아버지가 엄마에게 손찌검을 한 적은 지금까지 단 한 번도 없었다. 아이들은 모두 깜짝 놀라 꼼짝도 하지 못했다. 카르멘이 벽에 기대어 서 있던 엄마에게 달라붙으며 엉엉 소리 내어 울었다.

그러자 호세 할아버지가 말했다.

"그렇게 서로 고래고래 소리 지르며 싸우다 보면, 이제 굶어 죽는다는 생각 따윈 더 이상 안 해도 되니 좋겠구먼."

그러자 아버지는 한마디 대꾸도 없이 집을 나가 버렸다. 아버지는 어디로 간다는 말조차 남기지 않았다.

호셀리토가 물었다.

"이제 어떡하면 좋아요?"

엄마가 흐느끼며 대답했다.

"어쩌면 아버지가 돌아오지 않을지도 몰라! 일자리를 구하지 못하는 건 절대 아버지 책임이 아니야. 그런데도 난 그런 아버지를 더욱 힘들게 했지. 너희 아버지는 마음이 무척이나 여린 분이란다. 하지만 그 많은 먹을 것들이 강물 속으로 가라앉는 걸 보면 누구든 화를 냈을 거야!"

호세 할아버지가 말했다.

"자네 말이 맞네. 그러니 걱정하지 말게나. 라몬은 틀림없이 다시 돌아올 거야. 그 사람한테 자네와 아이들 말고 누가 있겠는가?"

밤이 찾아오고 아이들이 모두 잠든 것 같자, 엄마가 울기 시작했다. 하지만 호셀리토는 잠들지 않고 있었다. 호셀리토는 엄마가 누워 있는 곳으로 손을 내밀었다. 그러다 그만 엄마의 얼굴을 만지게 되었다. 엄마의 얼굴은 눈물에 젖어 있었다.

엄마가 말했다.

"엄마 좀 그냥 내버려 두렴."

아버지는 다음 날 아침에야 집으로 돌아왔다. 아버지는 잠을 자지 않고 밤새도록 강가에 앉아 있었던 것이다. 그곳은 평소에도 아버지가 즐겨 찾던 곳이었다. 그곳에 앉아 흘러가는 강물을 바라보며 물소리를 들을 때면, 아버지는 마음이 편안해지는 걸 느꼈다.

이제 아이들은 다시는 구걸을 하러 가지 않았다. 호셀리토는 그게 기뻤다.

살길을 찾는 칼데라 가족

하지만 가족들은 먹을 것을 구해야 했다. 어린 동생들은 아침부터 저녁까지 배고파서 울어 댔고, 터무니없는 것들을 달라고 졸라 대며 엄마를 힘들게 했다. 어른들도 배고프기는 마찬가지였다. 단지 어른들은 말을 하지 않을 뿐이었다. 그래 봐야 아무 소용도 없다는 걸 잘 알고 있었다.

엄마는 이제 더는 아기를 갖지 않았다. 그래서 다시 한 번 일자리를 얻기 위해 애썼다. 이틀 동안 엄마는 집집마다 찾아다니며 일자리가 있는지 물어보았다. 그러는 동안 큰 아이들은 집에 남아 어린 동생들을 돌보았다. 셋째 날, 운 좋게도 엄마는 어떤 집에서 다림질과 세탁 일을 맡게 되었다. 일주일에 사흘은 그 집에 가서 일해야 했다. 돈도 꽤 많이 받았다. 무척이나 행복한 얼굴로 집에 돌아온 엄마는 아이들을 껴안고 얼굴에다 뽀뽀 세례를 퍼부었다.

하지만 아버지는 왠지 풀 죽어 있었다. 아버지는 차라리 자기가 일자리를 얻었으면 좋았을 거라고 생각했다.

엄마가 아버지를 달랬다.

"그 집에서 일하게 되면, 그 동네 정원사들에게 일자리가 있는지 알아보고, 혹시 일자리가 있다면 당신을 추천해 볼게요. 이제 곧 모든 게 다시 좋아질 거예요."

엄마는 일주일 동안 일하고 돈을 받아 왔다. 그러자 칼데라 가족들은 작지만 제대로 된 파티를 열었다. 엄마는 커피를 마셨고 아이들은 레모네이드를 마셨으며, 아버지와 호세 할아버지는 아니스로 만든 술을 마셨다. 그리고 가족 모두 커다란 고기 한 조각씩 받았다. 엄마는 금색으로 반짝이는 R 자 모양의 브로치를 옷에 달았고, 곱슬곱슬한 머리를 깔끔하게 빗어 넘겼다. 호세 할아버지는 기타를 연주했다.

하지만 그런 기쁨도 잠시뿐이었다. 함께 일하는 여자가 실수하는 바람에 엄마는 오른쪽 손에서 팔꿈치에 이르기까지 심하게 화상을 입고 말았다. 엄마의 오른팔은 온통 물집으로 뒤덮였다. 특히나 손가락 여기저기에는 속살이 드러나 있기도 했다.

엄마가 일하던 집 주인아주머니는 상처를 치료받을 수 있도록 엄마를 병원으로 보냈다. 엄마는 처방받은 연고 하나를 가지고 집으로 돌아왔다. 당연히 약값과 치료비는 주인아주머니가 부담했다. 엄마는 상처가 아물어 새살이 돋아날 때까지 오랫동안 빨래하는 일을 할 수 없었다. 상처가 아물기까지는 몇 주일이나 걸렸다. 상처 곳곳에서는 염증이 생겨 고름이 나왔다. 제대로 관리를 하지 않아 세균에 감염되었던 것이다.

하지만 엄마는 다시 일해도 된다는 의사의 허락이 떨어질 때까지 그저 앉아서 기다리고만 있을 수는 없었다.

엄마가 말했다.

"이제 다림질 정도는 충분히 할 수 있을 것 같아! 그러니 그 집에 가서 다시 다림질을 하겠다고 말해야겠어! 그러면 그 사람들도 내가 다시 일하고 싶어 한다는 걸 알겠지!"

하지만 엄마가 그 집에 찾아갔을 땐, 이미 새로 고용된 다른 사람이 다림질과 세탁 일을 하고 있었다.

"몇 주 동안을 무작정 기다릴 수만은 없었어요."

주인아주머니는 그렇게 말하며 엄마의 손에 약간의 돈과 국수 한 자루를 들려 주었다. 그러고는 엄마를 집으로 돌려보냈다. 엄마는 뒤통수를 한 대 얻어맞은 것만 같았다. 이제 막 상처가 아물기 시작하는 팔로는 어디에서도 일자리를 구할 수 없을 거라는 사실을 엄마는 잘 알고 있었다. 그래서 아이들은 다시 쓰레기통을 뒤져야 했고 시장 골목을 돌아다녀야 했다. 아이들은 너무나 배가 고팠고, 그래서 호셀리토는 에르네스토와 코스메가 길에서 주운 음식을 자기들끼리만 먹어 치우는 모습을 점점 더 자주 보게 되었다.

"너희끼리만 그걸 다 먹으면 어떻게 해!"

그런 모습을 볼 때마다 호셀리토는 두 동생을 나무랐다.

어떻게 하면 돈을 벌 수 있을지 호셀리토는 생각하고 또 생각했다. 이 도시에는 이미 돈을 버는 자기 또래의 아이들이 많이 있었다. 예를 들자면 구두닦이를 하는 아이들이 그랬다. 구두닦이를 해 보면 어떨까? 하지만 구두닦이가 되려면 손님들이 발을 올려놓을 수 있는 구두 상자가 필요했다. 그리고 당연히 구두약과 구둣솔도 필요했다. 하지만 무슨 돈으로 그것들을 산단 말인가? 설사 그럴 만한 돈이 있다 해도 많은 손님을 받을 수 있는 자리를 시내 어디에서 찾을 수 있단 말인가? 시내의 골목이란 골목마다 구두 닦는 아이들이 득실거리고 있었다. 호텔과 술집 그리고 레스토랑 앞에는 구두 닦는 아이들이 무리를 지어 앉아 있었다. 그 아이들은 새로운 구두닦이가 자기네 구역에서 일하는 것을 절대 허용하지 않았다. 그들은 모두 한 패거리였던 것이다.

차를 닦아서 돈을 벌 수도 있었다. 하지만 차를 닦으려면 최소한 양동이와 손걸레 그리고 솔이 필요했다. 걸레 정도는 호셀리토도 구할 수 있었다. 그리고 집에 있는 양동이 두 개 가운데 하나 정도는 가지고 나올 수도 있었다. 하지만 솔은 어떻게 구한단 말인가? 만약 동냥을 해도 된다면 솔을 살 돈을 구걸했을지도 모른다. 하지만 호셀리토는 감히 구걸할 엄두를 내지 못했다.

주차된 차를 지켜 주는 아이들도 많이 있었다. 그런 아이들은 백화점과 슈퍼마켓 앞에서 기다리고 있다가 주차장 안으로 들어서는 차가 있으면 그 앞으로 달려 나갔다. 서로 소리를 질러 대며 아이들이 몰려드는 바람에 사람들은 차에서 내리기조차 쉽지 않았다. 차를 타고 온 사람 중에 누군가가 자기 차는 지킬 필요가 없다며 아이들을 내쫓기라도 하면, 아이들은 그 사람이 백화점 안으로 사라지기가 무섭게 그가 타고 온 차의 페인트를 유리 조각이나 못으로 긁어 버렸다. 차를 지켜 주는 대가로 사람들은 그리 많은 돈을 주지는 않았다. 하지만 그렇게 해서 아이들은 하루가 지나는 동안 약간의 돈이나마 벌 수 있었다. 게다가 이 일은 아무런 도구나 연장 없이도 할 수 있는 일이었다. 기대에 가득 찬 호셀리토는 두 동생을 데리고 시장 옆에 있는 대형 주차장으로 갔다.

잔뜩 겁을 집어먹은 코스메에게 호셀리토가 말했다.

"일하는 건 우리 아버지도 반대하지 않으실 거야. 구걸하는 것도 아니잖아! 우리가 오늘 일해서 직접 번 돈을 가지고 집으로 돌아가는 모습을 상상해 봐!"

하지만 주차장에 들어서기가 무섭게 자신들과 마찬가지로 허름한 옷을 입고 있는 한 무리의 아이들이 호셀리토와 두 동생 주변을 에워 쌌다.

"야! 너희도 여기에 주차했어?"

아이들 중 하나가 빈정거리며 물었다.

"아니."

호셀리토는 아무렇지도 않게 대답했다.

그러자 다른 아이가 물었다.

"그런데 여기에는 뭐 하러 왔어?"

에르네스토가 대답했다.

"자동차를 지키려고. 그런데 그게 너희랑 무슨 상관인데?"

다른 아이가 말했다.

"여긴 너희 말고도 자동차 지킬 사람이 아주 많거든. 그러니 잔말 말고 얼른 꺼져! 안 그러면 혼내 줄 테니까!"

호셀리토에게는 단지 두 명의 동생이 있을 뿐이었다. 그러니 다른 아이들과 맞서 싸워 봤자 아무 소용이 없었다. 더군다나 그 아이들은 대부분 자기보다도 훨씬 더 나이가 많아 보였다. 결국 호셀리토가 돈을 벌 수 있는 일은 아무것도 없었다.

그리고 며칠 뒤, 아버지가 새로운 결심을 하게 만든 일이 벌어졌다.

새로 이사 간 동네 앞 큰길가에는 돈이 있을 때면 엄마가 종종 들르던 과일과 채소를 파는 가게가 있었다. 나무로 만들어진 그 작은 가게에는 차양이 달려 햇볕을 가려 주고 있었고, 진열대 위에는 상품들이 놓여 있었다. 크고 작은 상자 안에는 과일과 채소가 들어 있었고, 한낮의 더위 탓에 반쯤 녹은 사탕이 달라붙어 있던 커다란 유리병에는 오이가 담겨 있었다. 그리고 그 주변에는 모기들이 득실거리고 있었다. 바로 옆 가게에는 고기들이 갈고리에 걸려 매달려 있었다. 그리고 그 위에는 똥파리들이 달라붙어 있었다.

여기에서 살 수 있는 물건들은 값싸고 질이 떨어지는 것들뿐이었

다. 이 동네에 사는 사람들에게는 좋은 물건을 살 돈이 없었기 때문
이다.

　그날, 칼데라 가족의 어린 두 딸은 동네를 지나 가게가 있는 곳까
지 갔다. 두 아이는 그 가게를 잘 알고 있었다. 엄마가 두 아이를 종종
그 가게에 데리고 갔기 때문이다. 두 아이는 원래 그곳에 진열된 먹
을 것들을 그저 쳐다보려고만 했다. 한동안 두 아이는 제자리에 서서
달콤한 향기가 나는 과일들을 멍하니 바라보았다. 간절한 눈빛으로
바구니와 자루에 담겨 있던 멜론과 오렌지, 바나나들을 쳐다보았다.
하지만 배고픔은 더욱 심해졌고, 어린 카르멘은 배고픔을 도저히 참
을 수가 없었다. 카르멘이 몰래 바나나 두 개를 얼른 떼어 냈다. 하나
는 루이자에게 줄 것이었고, 다른 하나는 자기가 먹을 셈이었다. 카
르멘은 재빨리 동생 루이자의 팔을 붙잡고 그곳에서 도망치기 시작
했다. 카르멘은 루이자와 함께 어딘가에 숨어서 맛있는 바나나를 먹
어 치우려고 했다. 하지만 과일 가게 아줌마가 소리를 질러 대며 카
르멘과 루이자 뒤를 쫓아왔다. 결국 과일 가게 아줌마는 카르멘을 붙
잡아 반쯤 으깨진 바나나를 다시 빼앗았다. 그러고는 가게에 있던 자
기 딸에게 뭐라고 소리치더니, 카르멘과 루이자에게 어디에 사는지
말하라고 다그쳤다. 아줌마는 카르멘이 도망칠 수 없게끔 손을 꽉 붙
잡고 칼데라 가족의 집을 향해 걸어갔다. 루이자는 당황한 채 그 뒤
를 쫓아갔다. 카르멘은 너무나 두려워 소리 내어 엉엉 울었다. 하지
만 루이자는 울지 않았다. 그 대신 루이자의 두 눈은 증오심으로 불

타올랐다.

"이런 못된 것들! 감히 내 물건을 훔쳐? 오늘 내가 너희 버릇을 단단히 고쳐 주마!"

아줌마는 지나가는 사람들이 모두 들을 만큼 고래고래 소리를 질러 댔다.

"이 바나나 마녀야! 우리 언니를 놔줘!"

루이자가 소리쳤다.

"뭐라고? 이런 버르장머리 없는 것을 봤나!"

아줌마가 손을 뻗어 루이자도 붙잡으려고 했다. 하지만 루이자는 재빨리 도망갔다. 하지만 곤경에 빠진 카르멘 언니를 차마 혼자 내버려 둘 수는 없었다. 그래서 일정한 거리를 둔 채, 언니와 아줌마 뒤를 졸졸졸 쫓아갔다. 사실, 루이자도 무섭긴 마찬가지였다. 아줌마 때문이 아니라 아버지한테 혼날까 봐 두려웠다.

"거의 날마다 물건들을 도둑맞는다니까요! 점점 심해지네!"

무슨 일인지 궁금해하며 구경하던 사람들에게 아줌마가 한탄하듯 말했다.

집에 다다르자 아줌마가 크게 소리 질렀다.

"누가 이 도둑놈 부모예요? 얼른 나와 봐요!"

때마침 엄마는 물을 떠 오려고 강가에 나간 뒤라 집에 없었다. 하지만 아버지는 집에 있었다. 갑자기 밖이 소란스러워지자 아버지가 문을 열고 내다보았다.

아줌마가 고래고래 소리를 질러 댔다.

"이젠 어린 자식들한테 도둑질도 시키나 보죠? 하지만 나한테는 절대 안 통해요! 나한테는요! 도둑질을 할 생각이라면 나보다는 좀 더 어리숙한 사람을 찾아야 할 거예요! 앞으로 한 번만 더 걸리면 경찰을 부르겠어요! 계속 도둑질을 하려거든, 당신네가 살던 곳으로 돌아가요! 거기에서 당신들이 무슨 짓을 하건 난 상관 안 할 테니까!"

그러고는 커다란 앞치마 주머니에서 바나나 두 개를 꺼내 아버지의 얼굴에 대고 흔들며 소리쳤다.

"이게 당신 아이들이 훔친 바나나예요! 자, 이것 좀 봐요! 보다시피 바나나가 이렇게 으깨졌으니, 이젠 누구한테 팔지도 못한다고요!"

아줌마가 그 바나나를 아버지의 발 앞에 집어던졌다.

집 앞에는 구경꾼들이 몰려 있었다. 아버지는 얼굴이 새파랗게 질려 버린 채 두 손을 부르르 떨었다.

아버지가 아줌마에게 소리쳤다.

"당장 꺼져!"

그러자 아줌마가 욕을 해 대며 그곳을 떠났다.

"이놈이나 저놈이나 똑같군! 온 동네가 도둑놈 천지야!"

그 모든 상황을 곁에서 지켜보던 호세 할아버지는 카르멘과 루이자가 안쓰럽기만 했다. 할아버지는 아버지가 이제 두 아이를 혼내고 때릴 거라는 것을 잘 알고 있었다. 하지만 놀랍게도 아버지는 그렇게 하지 않았다. 그 대신 바나나를 집어 들어 두 아이에게 건네주었다.

“자, 먹으렴.”

아버지가 말했다.

그 말에 두 아이는 두려움과 걱정을 잊은 채, 아버지를 해맑은 얼굴로 바라보았다. 그러고는 두 뺨에 눈물 자국이 남아 있는 채로 저마다 바나나를 게걸스럽게 먹어 치웠다.

아버지는 어디에 간다는 말도 없이 사라져 버렸다. 엄마가 강에서 돌아오자 아이들은 그동안 있었던 일을 모두 들려주었다. 호세 할아버지도 옆에서 아이들이 하는 말을 거들어 주었다. 엄마는 아버지가 몹시 걱정되었다. 두 딸이 바나나를 훔친 게 아버지의 마음을 무척이나 아프게 했을 거라는 걸 엄마는 잘 알고 있었다. 그래서 엄마는 아버지를 찾아 온 동네를 헤매고 다녔다. 하지만 아버지의 모습은 어디에도 보이지 않았다. 뭔가 끔찍한 일이 일어날지도 모른다는 두려움 때문에 엄마는 공연히 카르멘을 혼내며 다그쳤다.

“네가 한 짓이 무슨 짓인 줄 알기나 해? 알기나 하냐고?”

카르멘은 어찌 된 영문인지 이해할 수가 없었다. 아버지가 조금도 화를 내지 않았기 때문이다. 게다가 오히려 루이자와 자기에게 바나나를 건네주면서 먹으라고 말했다.

물론 카르멘도 도둑질을 해서는 안 된다는 걸 잘 알고 있었다. 그런데 아버지가 그런 사실을 알고도 자기를 혼내지 않다니! 이게 무슨 일인지 도무지 이해할 수가 없었다.

“애들 아버지한테 무슨 일이라도 생긴 게 아닐까?”

엄마는 연신 한숨을 내쉬며 걱정했다. 그리고 사내아이들이 시장에서 돌아오자마자 아버지를 찾아 오라고 강가로 내보냈다. 아마도 아버지는 그곳 어딘가에 앉아 생각에 잠겨 있을 것이 분명했다. 아이들은 강 위쪽 소를 키우는 목장에서부터 강 아래쪽 항구에 이르기까지 샅샅이 찾아보았다. 하지만 아버지는 어디에도 보이지 않았다.

도둑이 된 아버지

아버지는 또다시 밤새도록 집에 들어오지 않았다. 하지만 다음 날 아침, 놀라운 일이 벌어졌다. 아버지는 커다란 봉지 하나를 손에 들고 돌아와 탁자 위에 올려놓았다. 그러고는 의자에 털썩 주저앉았다.

아버지가 피곤한 목소리로 말했다.

"이리들 와서 이것 좀 열어 보렴."

아이들은 호기심에 부풀어 봉지 주위로 달려들었다. 아이들 모두가 경쟁이라도 하듯 한꺼번에 손을 집어넣자 봉지가 뜯어졌다. 그러자 빵과 오렌지가 굴러 떨어졌고, 커다란 봉지 안에 굵은 소시지 하나, 달걀 한 줄, 설탕 한 봉지, 콩 한 봉지, 기름 한 병, 그리고 쌀 한 봉지가 들어 있는 게 보였다. 하지만 아이들의 눈을 가장 즐겁게 해 준 것은 막대사탕이었다. 그중에는 코스메를 위한 것도 물론 들어

"

있었다.

엄마가 아버지 옆 의자에 주저앉았다. 엄마는 갑자기 벙어리가 되기라도 한 듯, 아이들이 봉지를 놓고 수선을 떨어 대도 아무 말도 하지 않았다. 에르네스토가 소시지를 한 입 베어 물었다. 그제야 엄마는 큰 소리로 나무랐다.

"안 돼! 그건 우리 가족 모두가 먹어야 돼!"

아이들은 씹고 삼키고 짭짭거리며 게걸스럽게 먹어 댔다. 그런 아이들의 모습은 그 어느 때보다도 행복해 보였다.

호세 할아버지가 말했다.

"자네 혹시 일자리라도 구한 겐가?"

아버지가 묘한 웃음을 지으며 대답했다.

"네, 드디어 일자리를 찾았어요."

아버지의 대답이 떨어지자마자 호셀리토가 물었다.

"어떤 일인데요?"

아버지가 대답했다.

"호셀리토, 아버지는 심부름꾼으로 일하게 되었어. 하지만 근무 시간이 좀 불규칙한 편이지. 아마도 주로 밤에 일하게 될 거야."

엄마가 탁자에 놓인 봉지를 가리키며 물었다.

"그런데, 이건 뭐예요? 혹시, 월급을 미리 받기라도 했나요?"

아버지가 고개를 끄덕였다.

엄마가 다시 물었다.

“뭐 하는 회사인데요?”

아버지가 말했다.

“그냥 작은 회사지. 루피노 씨 가게 말이오.”

엄마는 그렇게 대답하는 아버지를 한동안 아무 말 없이 바라보았다. 그러더니 아버지에게 다가가 두 팔로 아버지의 어깨를 감싸 안으며 말했다.

“고마워요.”

아이들은 엄마가 뭐가 고맙다고 말하는 건지 이해할 수 없었다.

아버지가 다시 말했다.

“나에게는 다른 어떠한 선택의 여지도 없었소.”

엄마가 말했다.

“우리처럼 상황이 나빠지기만 한다면, 누구든 착하게만 살 수는 없다고 오래전부터 말했잖아요. 어쨌거나 여보, 부디 아무 일도 일어나지 않게 조심하세요. 만약 당신한테…….”

“쉿!”

아버지가 손가락 하나를 입에 가져다 대며 엄마에게 가만히 눈짓을 보냈다.

엄마와 호셀리토만이 아버지가 어떤 일을 구했는지 알 수 있었다. 에르네스토와 코스메는 심부름꾼이 됐다는 아버지의 말을 있는 그대로 받아들였다. 그리고 두 아이는 아버지가 다시 일을 하게 되었다는 사실에 그저 기쁘기만 했다.

이제는 모든 문제가 해결된 것만 같았다. 하지만 아이들은 엄마가 왜 그날 하루 종일 우울한 표정으로 집 안을 돌아다니며, 눈에 보이는 아이들마다 소리를 질러 대는지 도무지 이해할 수가 없었다.

카르멘이 물었다.

"엄마는 하나도 안 기뻐?"

엄마가 대답했다.

"무슨 소리! 아버지가 드디어 일자리를 찾았는데 당연히 기쁘지. 단지 엄마는 아버지가 이번 일을 오랫동안 계속해서 할 수 없게 될까 봐 그게 걱정돼서 그러는 거야."

아버지는 그날 오후 내내 강가에 앉아 있었다.

그리고 그날 밤, 호셀리토는 아버지와 엄마가 나지막하게 속삭이는 소리를 들었다.

아버지가 낮은 목소리로 말했다.

"아이들에게 이번 일에 대해 아무 말도 하지 맙시다."

엄마가 대답했다.

"호셀리토는 아마도 그 사실을 눈치채게 될 거예요."

아버지가 말했다.

"그럼 안 돼. 그렇게 된다면, 그 아이는 절대 나를 믿고 따르지 않게 될지도 몰라."

엄마가 한숨을 쉬며 말했다.

"어쨌거나 조심하세요. 당신은 이제껏 남의 물건을 훔치거나 도둑질한 적이 없잖아요. 내 생각에는 어려서부터 도둑질을 해 본 사람이 노련한 도둑이 되는 것 같아요. 당신은 약아빠지거나 대담하지도 못하잖아요. 도둑질을 하려면 먼저 강심장이 돼야 한다고요."

아버지가 말했다.

"그래, 당신 말이 맞아. 난 깜짝깜짝 잘 놀라고 쉽게 흥분하는 편이지. 그렇지만 루피노 씨에게는 그를 위해 일하는 사람들이 나 말고도 다섯이나 더 있어. 나는 처음 얼마간 그들과 함께 일하게 될 거요. 그러면 그들한테 도둑질에 꼭 필요한 몇 가지 요령들을 배우게 될 테고, 처음부터 나 혼자서 모든 것을 떠맡지 않아도 될 거요. 그러니 너무 걱정 마요."

그러자 엄마가 물었다.

"루피노 씨는 뭘 한대요? 루피노 씨가 직접 당신을 데리고 다니며 가르쳐 줘도 되잖아요?"

아버지가 되물었다.

"루피노 씨 말이오?"

그러고는 슬며시 웃으며 계속해서 말했다.

"그 사람은 더 이상 자기가 직접 도둑질할 필요가 없어. 이젠 다른 사람들이 자기를 위해 일하게 할 수 있게 되었지. 그 사람은 단지 훔친 물건만 내다 파는 거야. 그 방법이 훨씬 덜 위험하거든. 그러다 누가 루피노 씨 가게에서 도둑맞은 자기 물건을 발견하게 되더라도, 루피노 씨는 그게 훔친 물건인 줄 전혀 몰랐다고 우기면 그만인 거야.

그럼 아무도 그가 도둑들과 한 패거리라는 사실을 입증해 낼 수 없거든. 여보, 루피노 씨는 이제 부자가 되는 탄탄대로를 걷고 있소. 자기를 위해 다른 사람들이 일하도록 시킬 수 있다면, 그 사람이 부자가 되는 건 식은 죽 먹기지. 루피노 씨는 자기 가족들이 먹고사는 데 필요한 돈보다 훨씬 더 많은 걸 벌어. 그가 도둑질을 하지 않게 된 다음부터 아주 빨리 부자가 되어 가고 있어. 어쩌면 시작하자마자 몇 차례 성공적인 도둑질을 했을지도 몰라. 그래서 지금은 사람들이 자기를 루피노 사장님이라고 부르게 할 정도지.”

“나쁜 놈!”

엄마가 말했다.

그러자 아버지가 속삭였다.

“그렇게 말하지는 마요. 사실 그는 나 같은 사람을 굳이 고용할 필요가 없었소. 그를 위해 도둑질해 줄 사람은 나 말고도 많이 있거든. 그런데도 그는 날 고용했소. 단지 우리가 한때 이웃이었다는 이유 하나로 말이지. 심지어 그는 나한테 월급을 미리 당겨 주기도 했소. 다른 사람들이라면 결코 그렇게 하지 않았을 텐데.”

“그런데 참, 물건을 훔친 대가로 당신에게 얼마를 준대요?”

아버지가 대답했다.

“서로 반반씩 나누기로 했소. 나는 도둑질을 한 대가로 이득의 반을 갖고, 그는 내가 도둑질해 온 물건을 숨기고 팔아 주는 대가로 나머지 반을 갖는 것이지. 다른 사람들과 이야기해 봤는데, 그 정도면 시장 뒷골목의 다른 가게에다 훔친 물건을 갖다주고 받는 것보다 훨씬 좋은 조건이라고 하더군. 여보, 혹시 산타 리타에서 왔다던 뚱보 루이스를 기억하고 있소? 어젯밤에 그 사람과 함께 일을 나가, 그가 도둑질을 하는 동안 망을 봐 주었지.”

엄마가 탄식하며 말했다.

“세상에!”

아버지와 엄마 사이에는 한동안 침묵이 흘렀다. 무척이나 더운 밤이었고 주위는 칠흑같이 어두웠다. 강가에서 날아온 모기떼들이 움막 안을 윙윙거리며 날아다녔다. 움막 안에는 하수구 냄새와 땀 냄새가 진동했다. 호세 할아버지는 한쪽 구석 침대에서 요란하게 코를 골아 대고 있었다. 자신이 깨어 있다는 사실을 엄마 아버지가 눈치채기라도 할까 봐 호셀리토는 숨조차 제대로 쉬지 못했다.

갑자기 엄마가 울먹이며 말을 꺼냈다.

“아, 가련한 당신! 부디 붙잡히지만 마세요.”

“쉿!”

아버지가 속삭였다.

“그러다가 애들이라도 깨면 어쩌려고? 그건 그렇고 당신에게 한 가지 말할 것이 있소. 언제든 내가 크게 한 건 해낸다면, 우리 파티라도 한번 엽시다. 좋은 게 좋은 거니까. 우리는 이미 오랫동안 파티 같은 건 잊고 살아왔잖소. 그렇게 산다는 건 정말이지 산다고 말할 수도 없는 것이지!”

그러고 난 뒤, 엄마 아버지는 더 이상 아무 말도 하지 않았다. 하지만 호셀리토는 엄마 아버지가 깨어 있다는 사실을 분명히 느낄 수 있었다.

다음 날 아침, 옆집 아줌마가 물었다.

"너희 집에 무슨 일이라도 있는 거니? 어제 너희 집에서 소시지랑 여러 가지 근사한 물건들을 봤거든. 너희 아버지가 다시 일이라도 하시게 된 거야?"

호셀리토가 대답했다.

"네! 심부름꾼으로 일하시게 됐어요. 그래서 월급을 미리 받아 오셨죠."

옆집 아줌마가 한숨을 내쉬며 엄마에게 다가서더니 물었다.

"아이고, 잘됐네! 그나저나 어제 보니 먹을 것이 꽤 많던데, 혹시 나와 우리 아이들한테 줄 만한 게 남아 있지는 않나요? 우리는 이웃이잖아요. 이웃끼리 서로 돕고 살자구요."

엄마는 옆집 아줌마에게 소시지 한 조각을 떼어 주고 빵 세 개를 나눠 주었다. 엄마는 옆집 아줌마를 그다지 좋아하지 않았다. 그 아줌마는 만나는 사람마다 구걸을 했기 때문이다. 아줌마는 남편을 여의고 혼자 사는 과부였고, 돌봐야 할 아이가 네 명이나 있었다. 아줌마는 날이 밝으면 아이들을 데리고 함께 집을 나섰다. 그러고는 시내에 있는 성당 문 앞에서 구걸하곤 했다. 아줌마는 흑인이고, 바닷가 어촌 출신이었다. 아버지와 엄마가 결혼하기로 서로 약속했던 바닷가 마을, 옆집 아줌마는 바로 그곳에서 온 사람이었다.

다음 날 밤, 아버지는 집을 나섰다. 처음 얼마간 아버지는 기회 닿는 대로 루피노 씨를 위해 일하는 다른 도둑들과 함께 일하러 갔다. 아버지는 먼저 도둑질하는 법부터 배워야 했고, 경험을 쌓아야만 했다. 하지만 얼마 지나지 않아 아버지는 혼자 도둑질을 하러 가야 했다. 호셀리토는 아버지가 떨고 있다는 걸 느낄 수 있었다. 아버지가 하는 일이라곤 단지 담으로 둘러싸인 마당 안 빨랫줄에 널린 빨래를 훔쳐 내는 일이었을 뿐인데도 말이다. 어떤 집을 털어야 할지는 다른 도둑들이 이곳저곳을 돌아다니며 어느 집 사람들이 밤에 빨래를 널어놓는지를 눈여겨봐 두었다가 알려 주었다.

날이 어두워지면 아버지는 점점 더 불안해했다. 엄마는 그런 아버지에게 용기를 북돋아 주려고 애써 미소를 지었다. 하지만 엄마도 두려움을 감추기 위해 애를 써야만 했다. 두 손이 어찌나 떨리는지, 아버지는 심지어 셔츠 단추조차 제대로 채우지 못했다. 아버지가 일하러 나가려 하자 엄마가 말했다.

"당신을 위해 주기도문을 세 번 외울게요."

카르멘이 물었다.

"아버지가 겁난대? 뭐가?"

엄마가 대답했다.

"응, 해가 져서 깜깜해지는 게."

모든 것이 잘되었다. 그날 밤에도 아버지는 커다란 짐을 가지고 집에 돌아왔다. 그리고 다음 날 루피노 씨에게 그것을 가져갔다. 아버지는 기분이 한결 나아 보였다. 루피노 씨는 아버지를 칭찬하며 용기를 불어넣어 주었다. 그리고 아버지에게 손전등 하나를 건네주었고, 잠긴 문을 열 수 있는 도구들을 주었다. 심지어 루피노 씨는 아버지에게 권총을 팔려고도 했다. 하지만 아버지는 권총을 받는 것은 한사코 거절했다. 그날 밤, 아버지가 엄마에게 말했다.

"나와 내 가족이 먹을 것을 구한답시고 다른 사람을 죽일 수야 없지. 그리고 어차피 엄지손가락과 집게손가락만으로는 총을 쏠 수도 없거든."

엄마가 아버지에게 속삭이듯 말했다.

"하지만 당신이 권총을 받는 게 더 나았을지도 모르겠네요. 그렇다고 그것을 사용하라는 말은 결코 아니에요. 단지 당신이 권총을 가지고 있으면, 두려움을 좀 더 쉽게 떨쳐 버릴 수 있지 않을까 싶어서요."

"말도 안 되는 소리!"

아버지는 끝끝내 자신의 생각을 굽히지 않았다.

아버지가 가장 두려워하는 적은 개들이었다.

아버지가 엄마에게 이야기했다.

"웬만한 집에는 다 개가 한 마리쯤 있는데, 이놈들은 소리를 귀신같이 듣거든. 게다가 구슬리거나 먹이로 환심을 사는 것도 쉽지 않고. 개 한 마리를 상대하는 것보다는 차라리 경비원 두 명을 처리하는 게 더 쉬울 정도라니까! 심지어 개 한 마리가 지키고 있는 곳에서는 아무 일도 할 수가 없더군. 개가 짖으면 온 집안사람들이 다 깨고 말거든."

하지만 사람들은 모든 일에 적응하기 마련이다. 두려움도 마찬가지다. 아버지도 두려움에 적응하기 시작했다. 그런데도 집에 돌아올 때면 아버지가 얼마나 홀가분해하는지 가족들 모두 쉽게 알아챌 수 있었다. 움막들 사이의 진흙투성이 골목길에 아버지가 모습을 나타내면, 아이들은 아버지를 향해 달려갔다. 하지만 아이들은 더 이상 아버지가 하는 일에 대해서는 묻지 않았다. 하는 일을 물어볼 때마다 아버지는 화내고 짜증을 냈기 때문이다. 아이들은 아버지가 새로운 일에 대해 좀처럼 말하지 않는 것이 이상하기만 했다. 예전만 해도 아버지는 아이들에게 공장에서 있었던 일들을 시도 때도 없이 들려주곤 했기 때문이다.

긴장감으로 가득했던 밤을 보내고 집으로 돌아올 때면, 아버지는 움막 한구석에 몸을 눕히고 순식간에 곯아떨어졌다. 그러면 엄마는 아이들을 집 밖으로 내보내곤 했다. 그럴 때면 아이들 중 어느 누구도 움막 가까이에서 놀거나 떠들 수 없었다.

어느 날인가 한번 호셀리토는 곤히 잠을 자던 아버지가 벌떡 일어나서 소리치는 것을 들었다.

"안 돼요! 쏘지 마세요! 내게는 사랑하는 아내와 아이들이 있다고요!"

“쉿! 쉿!”

엄마는 속삭이며 그런 아버지를 진정시키려고 애썼다. 움막 한쪽 옆에 쪼그리고 앉아 있던 호셀리토는 한쪽 귀를 흙벽에 바싹 가져다 댔다. 그러자 엄마가 호세 할아버지에게 말하는 소리가 들려왔다.

“저이가 왜 자꾸만 끔찍한 꿈을 꾸는지 모르겠어요.”

호세 할아버지가 말했다.

“차라리 마음껏 소리 지르도록 내버려 두게! 가슴을 짓누르는 것들 때문에, 깨어 있는 동안에는 아마 숨조차 제대로 쉴 수 없을 게야. 가슴속 두려움과 불안함을 그렇게 감추려고만 하다가는 누구라도 병이 나고 말 거라고.”

그 순간, 호셀리토는 호세 할아버지도 그간의 사정을 알고 있다는 사실을 깨달았다.

루피노 씨를 위해 일하는 도둑들이 꽤 괜찮은 사람들이고 좋은 동료라는 사실은 그나마 아버지에게 큰 위안거리였다. 그들은 이런저런 위험에 대해 주의를 주는 등 도움말을 아끼지 않았고, 아버지에게 용기를 북돋아 주었다. 아버지는 도둑질에 대해서는 정말이지 아무것도 아는 게 없는 신참이었다. 하지만 그들 중에 아무도 그런 아버지를 놀리거나 비웃지 않았다. 그들이 베푸는 친절은 아버지에게 한결 의지가 되었다.

아버지의 동료들 중에는 뚱보 루이스가 있었다. 그는 이 도시에서 태어난 흑인이고 마음씨가 착했다. 결혼을 해서 아내가 있었고, 여덟 명의 아이들도 딸려 있었으며, 나이 든 부모님도 모셔야 했다. 그 많은 식구를 먹여 살린다는 것은 결코 쉬운 일이 아니었다. 그는 이미 두 차례나 경찰에게 붙잡힌 적이 있었고, 루피노 씨가 알고 지내던 경찰에게 뇌물을 갖다 바치고 그를 빼내 오기까지 몇 주 동안 감옥에서 보내야 했다. 그가 감옥에 갇혀 있던 동안 그의 아내와 아이들은 구걸을 하러 다녔다.

루이스는 자동차 털이범이었다. 그는 잠긴 자동차를 어떻게 여는지 잘 알고 있었다. 그래서 자동차 앞좌석 서랍과 뒷좌석에서 종종 값비싼 물건을 훔치곤 했다. 때로 안전하다는 확신이 들면, 심지어 자동차 라디오를 떼어 내기도 했다.

그리고 세르지오가 있었다. 루피노 씨 가게에서 일하던 도둑들 중에서도 가장 재능 있는 사람으로, 담 넘기의 고수였다. 그는 창틀이나 처마의 낙숫물 홈통, 벽의 돌출 부분 등에 매달려 집 위로 기어올랐다. 그러고는 위층 창문을 통해 집 안으로 잠입했다. 그가 훔친 물건들은 루이스가 훔치는 물건들보다 대부분 훨씬 더 값나가는 것들이었다. 그 대신 그가 하는 일은 그만큼 더 위험했다. 세르지오는 강남쪽 언덕에서 태어난 사람이었다. 그의 어머니는 인디오이고, 아버지는 백인이었다. 세르지오는 똑똑한 친구였다. 만일 학교에 다니고 제대로 된 직업을 가졌더라면, 그는 훨씬 더 대단한 일을 해낼 수 있었을 것이다.

호라시오도 있었다. 그의 아버지는 항상 부자인 것처럼 세련되게 차려입고 다녔고, 정말로 부자이기도 했다. 하지만 호라시오의 어머니는 남의 빨래를 해 주며 살아가야 했다. 아버지가 호라시오와 그의 어머니를 전혀 돌봐 주지 않았기 때문이다. 결국 호라시오의 어머니는 혼자서 어린 아들을 키우기 위해 무슨 일이든 찾아 나서야만 했다. 그래서 호라시오는 부자들에게 반감을 갖고 있었다. 그는 소매치기였다. 그리고 이제껏 단 한 번도 붙잡힌 적이 없었다. 그 사실을 호라시오는 언제나 자랑스러워했다. 그는 대부분 하루 종일 길거리를 쏘다녔다. 그리고 언제나 사람이 북적거리는 곳만을 찾아다녔다. 호라시오는 부유하고 우아해 보였고, 그래서 아무도 그가 도둑일 거라고는 생각하지 못했다.

그리고 네스토르와 안토니오도 있었다. 그들은 형제였고, 한때는 건설 현장에서 일하던 유능한 일꾼들이었다. 하지만 어느 날 일자리를 잃게 되었고, 우여곡절을 거쳐 마침내 루피노 씨 가게에 찾아오게 되었다. 두 형제는 좋은 기회가 찾아오기를 기다려 도둑질하는 편이었다. 두 사람은 낮 동안에는 주로 부자들이 사는 동네를 돌아다녔다. 그러면서 집에서 일하는 정원사나 하녀들과 이야기를 나누거나 지켜보았고, 필요한 정보를 캐내고 염탐했다. 그러다가 기회가 생기면 네스토르와 안토니오는 빨랫줄에 걸린 빨래, 자동차 거울, 문 입구의 매트, 어린이 장난감 자동차, 자전거 들 그리고 열린 창문을 통해 손에 닿는 것이라면 무엇이든 훔쳤다. 그들은 밤이 되면 주로 고급 주택에 침입했다. 그리고 그들이 고른 집에 사는 사람들은 대부분 멀리 여행을 떠났거나 아주 깊이 잠드는 버릇이 있는 사람들이었다.

대부분의 경우에 아버지는 그들과 한패가 되어 일하곤 했다. 아버지는 그들과 일하는 것을 매우 좋아했다. 그들은 나이가 비슷한 동년배였고, 아버지가 그랬듯 예전에는 성실하게 일하던 사람들이었기 때문이다. 그들은 아버지처럼 이제 곧 다시금 제대로 된 일자리를 찾을 수 있을 거라는 희망을 품고 있었다. 아버지와 마찬가지로 도둑질은 그들이 좋아서 하는 일이 결코 아니었다. 하지만 그들에게는 다른 어떠한 선택의 여지가 없었다. 대가족을 부양해야 했기 때문이다. 셋이서 함께 일하러 나갈 때면 그들은 훔친 물건을 똑같이 나눠 가졌다. 아버지는 주로 밖에서 망을 보았다. 그런데도 아버지는 다른 두 사람과 똑같은 몫을 챙길 수 있었다.

두 사람은 단지 한 가지 문제에 대해서만 아버지와 생각이 달랐다. 한번은 그들이 아버지에게 말했다.

"루피노 씨에게 자네가 훔친 물건을 모두 다 갖다 바칠 필요는 없어. 위험을 무릅쓰는 사람은 어차피 우리들이니까. 그러니까 내 말은 직접 목숨을 거는 우리들에게도 어느 정도의 이익은 떨어져야 한다는 거지. 아이들에게 가져다줄 장난감이나 자네 부인을 위한 옷가지, 아니면 자네가 직접 신을 신발, 뭐 그런 것쯤은 자네가 적당히 알아서 챙겨도 된단 말이야. 우리가 그런다고 해서 루피노 씨가 갑자기 망하는 것도 아니잖아? 어차피 그는 하루가 다르게 부자가 돼 가고 있지. 심지어 그는 이제 산타 리타에서 부자 동네로 이사하려고 준비하고 있어!”

그들이 웃으며 계속해서 말했다.

“지나치게 정직하게 사는 것도 반드시 좋은 것만은 아니야. 라몬, 자네도 그런 점은 고쳐야 할 거야. 자네 설마 루피노 씨가 조금도 우리를 속이지 않는다고 믿고 있는 건 아니겠지?”

과일 가게의 꿈

　이제 아버지는 매주 토요일마다 일주일 치 번 돈을 가지고 집에 왔다. 그 돈은 많을 때도 있고 적을 때도 있었지만, 종이 공장에서 일할 때 번 돈보다 많았던 적은 결코 없었다. 아버지는 훔친 물건들을 모두 루피노 씨 가게에 가져갔다. 루피노 씨 가게는 오전 다섯 시부터 오후 열한 시까지 문을 열었다. 루피노 씨와 그의 조수 한 명은 오전과 오후 동안 서로 교대로 근무했다. 아버지가 가져간 물건은 값이 매겨졌고, 그러면 아버지가 가져갈 몫도 결정되었다. 매주 토요일마다 아버지가 번 돈은 합산되어 지급되었다.

　칼데라 가족의 형편은 다시 좋아졌다. 이제는 더 이상 굶주릴 필요가 없었다. 4주가 지난 뒤, 칼데라 가족은 파티를 열었다. 아버지는 도둑질을 같이하는 동료 다섯 명을 파티에 초대했다. 멋진 파티였다.

심지어 일주일 내내 침대에서 꼼짝도 하지 못하던 호세 할아버지조차 집에서 나와 기타를 연주했다. 마신 술값을 모두 치르느라 외상을 그을 수밖에 없을 정도로 아버지의 동료들은 술을 많이 마셨다. 그리고 이웃집 아이들은 칼데라 가족의 집 주위에 몰려와 엄마가 직접 만든 옥수수 과자를 애타게 기다렸다. 후덥지근한 밤이 깊어 가도 여섯 명의 남자는 큰 소리로 노래를 부르고 떠들어 댔다. 호세 할아버지는 그들이 노래를 부르게끔 기타로 반주를 해 주었고, 코스메도 돼지 멱 따는 소리를 내며 같이 노래했다. 그리고 에르네스토는 지붕 꼭대기에 앉아 지휘하는 시늉을 했다. 이제 칼데라 가족은 다시금 예전의 모습으로 돌아가고 있었다. 파티를 열고 온 동네를 자신들의 노래로 떠들썩하게 할 여력이 있었다.

에르네스토는 집 앞을 지나치는 사람들 모두에게 아주 자랑스럽게 소리쳤다.

"이리 와서 함께 놀아요! 우리 아버지가 다시 돈을 벌기 시작했다고요!"

그러면 오가던 사람들은 멈춰 서서는 아버지가 맥주병 하나를 건네줄 때까지 집 안을 기웃거렸다. 호세 할아버지 옆에 쪼그리고 앉아 기타 치는 법을 배우려고 애쓰던 호셀리토는 그런 아버지를 보며 놀라워했다. 아버지는 잔뜩 흥이 나 있었다. 아버지는 손에 든 술병을 흔들어 대며 고래고래 소리쳤다.

"자, 와서 같이 놀아요! 살아 있을 때 우리 마음껏 놀아 보자고요!"

아버지는 엄마가 들고 있던 옥수수 과자를 한쪽에 내려놓고는 엄마가 그만하라고 할 때까지 빙글빙글 춤을 추었다.

엄마가 소리쳤다.

"이제, 그만요! 얼마나 일을 해야 할지 모르지만, 우린 지금까지 진 빚부터 갚아야 한다고요!"

아버지가 대답했다.

"괜찮아. 그래서 우리가 살아 있는 동안 기억하자고 이렇게 파티도 열어 즐기고 있는 거잖소!"

아버지의 동료들은 온갖 엉뚱한 짓을 다 했다. 호세 할아버지 침대를 한쪽으로 밀치고는 아버지의 세 손가락이 담긴 유리병을 꺼냈다. 그러고는 소매치기 호라시오가 라이터 불빛으로 비추는 동안 유리병 속에 있던 손가락들을 바라보았다. 이미 잔뜩 취해 있던 뚱보 루이스는 가운뎃손가락에서 뿌리가 나고 꽃이 핀 게 보인다고 주장하기도 했다. 그러고서 아저씨들은 호셀리토에게 유리병을 다시 파묻으라고 시키고는 강가로 달려 내려갔다. 거기서 옷을 벗고 수영을 하며 미친 사람들처럼 깔깔대고 웃었다. 그들은 물속으로 잠수하기도 하고, 어린아이들처럼 물장구를 치며 놀기도 했다. 에르네스토와 코스메도 신이 나서 함께 물장난을 했다. 하지만 호셀리토는 집에 남아 있었다. 호셀리토는 사람들이 그렇게 떠들어 대는 것이 무섭기만 했다.

엄마가 호세 할아버지에게 말했다.

"모두 미친 사람들 같아요. 다 큰 어른들이 말이에요!"

호세 할아버지가 엄마한테 말했다.

"그게 다 저 사람들이 두려움을 품고 살아가기 때문일 거야."

그 말을 마치고 호세 할아버지는 다시 침대로 기어들어 가면서 호셀리토의 아주 소중한 공책을 더듬어 찾은 뒤, 잠자고 있던 여자아이들 사이로 몸을 눕혔다. 강에서 다시 집으로 돌아온 사람들은 집 주위 땅바닥에서 잠을 잤다. 집 안에는 그들이 잘 자리가 없었기 때문이다. 아버지는 그들과 함께 밖에서 잤다.

마침내 호셀리토의 커다란 소원이 이루어졌다. 아버지가 호셀리토를 다시 학교에 보낸 것이다. 물론 아버지는 에르네스토와 카르멘 그리고 코스메도 학교에 보냈다. 이제 여섯 살이 된 카르멘은 학교에 다니게 된 걸 무척이나 좋아했다. 코스메는 아직 한 번도 학교에 다닌 적이 없었기에, 나이는 열 살이지만 카르멘과 함께 1학년으로 입학했다. 나이에 맞는 상급반으로 올라가기 전에 우선 읽고 쓰기부터 배워야만 했던 것이다. 그런데도 코스메는 신이 나서 좋아라 했다. 단지 에르네스토만 불만스러워했다. 에르네스토는 학교 가는 일이 끔찍이도 싫었고, 아버지가 그런 쓸데없는 일에 돈을 쓰는 게 도무지 이해되지 않았다.

아이들은 예전에 살던 동네인 산타 리타에 있는 학교에 다녀야만 했다. 새로 이사 온 동네에는 아직 학교가 없었기 때문이다. 칼데라 가족의 아이들은 동네 아이들에게 부러움을 샀다. 이 동네에서 아이들을 학교에 보낼 수 있는 집은 부자 축에 속했던 것이다.

학교로 가는 길은 멀었다. 우선 새로 이사 간 동네의 복잡한 골목을 지나 시내 방향으로 나 있는 큰길까지 걸어가는 데 15분가량이 걸렸다. 또, 오가는 수많은 자동차와 버스에서 나오는 매연과 모래 먼지, 소음을 뚫고 산타 리타에 있는 강가까지 걸어가는 데 거의 15분이 걸렸다. 학교 가는 길에 아이들은 예전에 살았던 집 앞을 매일 지나갔다. 옛집은 이제 밝은 흰색으로 칠해져 있었다. 모르는 아이들이 문밖에서 놀고 있었고, 낯선 여자가 창밖을 내다보았다. 마당에는 다시 새 울타리가 쳐져 있었다.

학교가 끝나면, 너무 더워서 개들마저 그늘진 곳에서 쉬는 오후에도 아이들은 뜨겁게 내리쬐는 햇볕을 받으며 집까지 뛰어갔다. 집에 도착할 때쯤이면 아이들 옷은 항상 땀으로 흠뻑 젖어 있었다. 그래도 아이들은 학교에 갈 수 있어서 마냥 행복했고, 하굣길의 무더위도 기꺼이 참을 수 있었다. 이제 아이들은 더 이상 부끄럽지 않았다. 아버지가 아이들에게 신발과 옷을 사 주었기 때문이다. 게다가 아이들은 이발소에 가서 덥수룩하게 자란 머리카락을 잘랐다. 그리고 칼데라 가족의 집에는 비누도 다시 마련되었다.

정말로 모든 것이 다시 좋아지고 있었다. 아버지는 일하는 데 꼭 필요한 손목시계를 어느 날부턴가 차고 다녔다. 루피노 씨에게서 싼값에 산 시계였다. 엄마도 루피노 씨 가게에서 불판이 두 개 있는 가스레인지를 샀다. 땔감을 구하러 다닐 필요가 없게 된 것이다. 그리고 이제 엄마는 수프 말고도 다른 음식을 만들 수 있게 되었다.

엄마가 한숨을 내쉬며 말했다.

“세상에, 돈이 조금 있다고 이렇게 편히 살 수 있다니…….”

하지만 아버지가 집에 돌아오지 않는 밤이면 엄마는 근심과 걱정으로 종종 잠을 이루지 못했다. 호셀리토는 엄마가 여러 번 한숨 쉬는 소리를 들었다.

호셀리토가 엄마에게 말했다.

“엄마, 주무세요.”

엄마가 대답했다.

“그래, 네가 뭘 알겠니?”

호셀리토가 비밀에 대해 알고 있다는 걸 엄마는 아직 몰랐다.

어느 날 밤, 호셀리토는 아버지가 엄마를 흔들어 깨우는 소리를 듣게 되었다.

엄마가 깜짝 놀라 벌떡 일어나며 외쳤다.

“아이고, 깜짝이야! 무슨 일 있어요?”

아버지가 속삭였다.

“과일 가게야. 그러니까 과일 가게라고. 그게 바로 살길이야.”

엄마가 짜증을 내며 투덜거렸다.

“맙소사! 이 한밤중에 난데없이 과일 가게라니, 그게 대체 무슨 소리예요?”

아버지는 완전히 잠에서 깬 채 일어나 있었다. 아버지는 이미 오랫동안 잠들지 않고 자리에 누운 채로 생각했던 것이다.

아버지가 말했다.

"과일이 가장 안전해. 과일이랑 채소. 그것들은 사람들이 항상 사가는 거지. 당신과 나랑 호셀리토라면 서로 번갈아 가며 팔 수 있을 거야. 지금 이 동네에는 과일을 살 수 있는 가게라고는 단 하나밖에 없어. 언젠가 카르멘이 바나나를 집어 왔던 집 말이야. 난 과일을 그늘에 진열할 수 있도록 우리 집 옆에 차양을 칠 거야."

엄마가 한숨을 푹 내쉬고는 말했다.

"그런 얘기라면 내일 아침에도 할 수 있는 거잖아요. 지금 당신은 푹 자 둬야 한다고요. 그러니 얼른 자요."

하지만 아버지는 생각에 푹 빠져 엄마의 말을 듣는 둥 마는 둥 했다.

"만약 내가 과일 가게 주인이 된다면 더 이상 도둑질할 필요도 없고, 일자리를 찾을 필요도 없겠지. 과일 장사는 손가락이 일곱 개라도 충분히 할 수 있어. 그럼 우리는 먹고살 수도 있을 테고."

이제 잠에서 완전히 깨 버린 엄마가 깜짝 놀라며 물었다.

"길거리에서 과일을 팔겠다고요? 맙소사, 그럼 모두 훔쳐가 버릴 거예요!"

"하긴 당신 말도 맞아. 문을 닫을 수 있는 가게가 있어야겠어. 낮에는 앞에다 과일을 상자랑 바구니에 담아 진열해 놓고, 저녁에는 안에다 과일을 치우고 문을 닫을 수 있는 가게가 말이야. 하지만 그 정도는 나한테 문제도 아니지. 어쨌거나 우리가 과일 가게를 내면, 애들

도 무척이나 좋아할 거요. 상하기 시작해서 팔지 못할 과일들은 먹어
도 될 테니까. 특히나 바나나는 쉽사리 익어 버리고 마니, 바나나라
면 이제 질리도록 먹을 수 있겠지. 과일 가게! 그래, 과일 가게야말로
우리가 살길이야. 뱃삯을 치를 수 있는 돈을 마련해야겠어. 과일 가
게를 지으려면 기둥과 나뭇가지 그리고 갈대가 필요하거든. 물론 과
일도 사야겠지."

엄마가 말했다.

"저울이랑 탁자랑 봉지도 잊지 마세요. 그리고 가게 허가증이랑
바나나를 둥치에서 떼어내거나 멜론을 자를 때 쓸 잘 드는 칼도 있어
야 해요."

생각에 잠겨 있던 아버지가 입을 열었다.

"이제 단 한 번만 제대로 도둑질을 하면 될 거요. 그러면 과일 가게
를 마련할 수 있다고."

엄마가 한숨을 내쉬었다.

"무조건 조심하세요. 당신이 하는 일이 얼마나 위험한 일인지 절
대로 잊어서는 안 된다고요. 그리고 이제는 눈 좀 붙여요. 과일 가게
에 대해서는 내일 생각해도 되잖아요."

아버지가 물었다.

"어때? 당신도 과일 가게를 갖고 싶지 않소?"

잠에 취한 채 엄마가 웃었다.

"그걸 말이라고 해요? 애들을 굶기지도 않고 당신이 항상 집에만

있을 수 있다면 난 더 이상 바랄 게 없어요."

한참 지나 아버지가 다시 말을 꺼냈다.

"과일 가게로 돈을 벌게 되면, 다시 산타 리타로 이사 갈 수 있을 거야. 물론 옛집에서 살기는 어렵겠지만, 산타 리타로 돌아가기만 해도 어디야! 거기야말로 우리가 살 곳이라고!"

하지만 엄마는 아무 대답도 하지 않았다. 엄마는 이미 오래전에 잠에 곯아떨어졌던 것이다. 엄마는 다시 임신을 해 잠이 부족했다.

다음 날 아침, 아버지는 과일 가게에 대해서만 말을 했다. 아버지는 쉴 새 없이 집 주위를 돌아다니며 재고 계산했고, 딱딱하게 굳어버린 점토에 선을 그었다. 아버지가 다시 한 번 말했다.

"좋은 기회가 찾아온다면, 반드시 그 기회를 붙잡아야 해. 그럼 우리한테는 과일 가게가 생길 거야."

엄마가 말했다.

"그렇게 조급해하지 마요. 대부분의 기회는 필요할 땐 정작 오지 않으니까요. 기다릴 줄도 알아야죠. 절대로 무리를 해서 위험에 빠지면 안 돼요. 당신이 붙잡혀 가면 과일 가게는 어떻게 열어요?"

호기심에 가득 찬 에르네스토가 물었다.

"아버지가 좋은 기회를 기다린다는 게 무슨 소리예요? 누굴 공격하기라도 해요?"

엄마가 깜짝 놀라 외쳤다.

"맙소사! 엉뚱한 소리도 다 하는구나. 너희 아버지가 누굴 납치라도 한다는 말이니?"

아버지가 집을 나서려고 하자, 엄마가 나지막한 목소리로 말했다.

"제발 경솔한 짓 하지 말고 조심해요."

아버지는 건성으로 대답했다.

"응, 알았다니까."

아버지는 엄마의 말을 한 귀로 듣고 한 귀로 흘려버렸다. 아버지의 머릿속은 과일 가게 생각으로 가득 차 있었다. 하루빨리 가게를 열고 싶었다.

엄마가 소리쳤다.

"당신 오늘은 그냥 집에 있는 게 낫겠어요. 왠지 잔뜩 들떠 있는 것만 같다고요. 좋은 기회는 억지로 만들 수 있는 게 아니에요. 내일이면 당신도 다시금 차분히 마음을 진정시킬 수 있을 거예요. 우린 이미 오랫동안 어려움을 이겨 내며 살아왔어요. 그러니 하루 이틀 늦어진다고 해서 큰일 날 것도 없어요."

하지만 엄마의 어떤 말도 아버지를 붙잡을 수는 없었다. 그렇게 아버지는 가 버렸다.

팔에 총을 맞다

　아버지는 하루 온종일 밖에 나가 있었고, 저녁나절이 되어서도 돌아오지 않았다. 엄마는 불안한 마음에 잠을 이룰 수 없었다. 엄마는 다시 크나큰 근심 걱정에 잠겼다. 아버지는 새벽녘이 되어서야 집에 돌아왔다. 아버지는 힘없이 비틀거리며 집으로 들어와서는 신음 소리를 내뱉었다.

　엄마가 얼른 뛰어나가 양초에 불을 붙였다. 아버지는 한쪽 팔을 꼭 감싸 쥐고 있었다. 아버지의 오른쪽 소매에는 피가 흥건히 묻어 있었다. 불빛 탓에 잠에서 깬 아이들은 그런 아버지의 모습을 보고 소스라치게 놀랐다. 침대에 누워 있던 호세 할아버지도 일어나 상처 입은 아버지의 팔을 살펴보았다.

　할아버지가 말했다.

"그나마 다행이군. 총알이 깨끗하게 관통했어."

그러자 아버지가 끙끙거리며 말했다.

"내가 집 안을 뒤지고 있을 때, 집주인이 깨어났어. 그러곤 경고 한마디 없이 내게 총을 쐈지! 하지만 결코 나를 붙잡을 수는 없었다고! 지금쯤 그 집주인은 잔뜩 화가 나 있을 거야. 내가 서랍 안에 있던 물건들을 몽땅 가져왔으니 말이야. 라파엘라! 셔츠 좀 벗겨 줘. 조심, 조심해서!"

총알이 뚫고 간 상처는 팔꿈치 위쪽에 나 있었다.

엄마가 걱정스런 눈빛으로 말했다.

"여보, 의사한테 가 봐야겠어요. 잘못하면 상처가 덧날 수도 있으니까요."

아버지가 소리치며 말했다.

"당신도 생각 좀 해 보라고! 의사가 총알을 못 알아보겠소? 총알을 보면 의사는 경찰을 부를 테고, 그러면 나는 완전히 끝난 목숨이나 마찬가지란 말이오!"

엄마가 말했다.

"그러면 루피노 씨한테라도 말해 봐요. 그 사람이라면 분명 비밀을 지켜 줄 의사 한 명 정도는 알고 있을 거예요."

하지만 아버지에게는 시내까지 갈 기력도 남아 있지 않았다. 충격과 통증으로 아버지는 무척이나 지쳐 있었다. 아버지는 침대 위로 쓰러져 식은땀을 흘리며 신음 소리만 내뱉을 뿐이었다.

그때 엄마가 호셀리토를 부르며 말했다.

"호셀리토, 네가 다녀오렴. 엄마는 아버지 곁에 있어야 하니 말이다."

그러자 아버지가 힘겹게 말했다.

"하지만 그 애는 아무것도 모르잖소."

"애야, 잠깐 나와 보렴."

엄마는 호셀리토를 집 밖으로 불러냈다. 그러고는 호셀리토를 데리고 강 쪽으로 나 있는 좁다란 길을 따라 더 이상 오두막집이 들어서 있지 않은 곳까지 걸어 내려갔다. 그곳은 다른 사람들의 눈치를 보지 않고도 말할 수 있을 만한 곳이었다.

엄마가 조심스럽게 말을 꺼냈다.

"호셀리토, 엄마가 네게 말해 줄 게 있단다. 아주 슬픈 일이지. 그러니 다른 사람들한테는 절대 말하면 안 된다. 알겠지?"

그러자 호셀리토가 대답했다.

"엄마, 난 다 알고 있어요. 아버지가 도둑이라는 걸요."

엄마는 할 말을 잊은 채 멍하니 서 있었다.

엄마가 잠시 머뭇거리다 되물었다.

"그 말을 누구한테 했니?"

호셀리토는 가만히 고개를 가로저었다.

그러자 엄마가 서둘러 말을 이었다.

"그래서 아버지를 나쁘게 생각하는 건 아니지, 그렇지? 아버지는 우리 가족을 위해서 그렇게 하신 거란다. 아버지는 우리 가족을 위해서라면 무슨 일이든 하려고 오랫동안 노력하셨단다. 너도 기억하지? 아버지가 구걸하러 가는 것도 허락하지 않으셨던 거 말이다. 하지만 다른 방법이 없었단다. 다른 사람이 그런 어려움에 처하게 되면 가족들을 버렸을지도 몰라. 너희들도 알잖니, 다른 사람들이 어떻게 살아가고 있는지. 하지만 아버지는 그런 분이 아니란다. 아버지는 우리 가족을 굶기고 너희들을 구걸하러 내보내는 대신, 자존심을 버리셨단다. 그러니 언제나 아버지를 존경해야 해."

하지만 엄마는 호셀리토에게 굳이 그런 말을 할 필요가 없었다.

엄마가 덧붙여 말했다.

"더군다나 넌 우리 집 장남이다. 그러니 이제 네가 우리 가족을 위해서 뭔가 해야 한단다."

그렇게 말하며 엄마는 호셀리토를 가만히 끌어안고는 머리를 쓰다듬어 주었다. 그러고 나서 두 사람은 다시 집으로 돌아갔다.

아버지는 호셀리토에게 루피노 씨 가게가 어디에 있는지 설명해 주었다.

엄마가 조심스레 말했다.

"루피노 씨를 만나도 듣는 사람이 아무도 없을 때 이야기해야 한다."

아버지가 말했다.

"루피노 씨가 어쩌면 너를 못 알아볼지도 몰라. 그때는 내 아들이라는 사실을 밝히려무나. 그러면 루피노 씨가 너를 가게 뒤에 있는 방으로 데리고 갈 거다."

호셀리토는 생선 시장까지 걸어가야 했다. 그 시간에는 버스가 다니지 않았기 때문이다. 호셀리토는 좁고 더러운 골목길을 지나 가게를 찾아갔다. 가게는 호셀리토가 생각한 것보다 훨씬 컸다.

먼지가 잔뜩 내려앉은 유리창 위에는 간판이 붙어 있었다.

'쓰던 물건 사고팝니다.'

도시에 살지만 새 물건을 사기에는 형편이 어려운 가난한 사람들이 루피노 씨 가게에서 물건을 사 가곤 했다. 하지만 가게 문은 아직 닫혀 있었다.

호셀리토는 문을 두드렸다. 하지만 문이 열리지 않자, 호셀리토는 가게 문 앞에 쪼그리고 앉아 문이 열리기만을 기다렸다.

해도 떠오르지 않은 이른 새벽이었다. 한 남자가 과일 포대 두 개가 실린 당나귀 수레를 끌고 가게 쪽을 향해 다가오고 있었다. 남자가 뭔가 몸짓을 하며 욕을 해 댔다. 술 취한 남자 둘도 가게 앞을 지나갔다. 인도며 차도 위에는 더러운 종이, 이미 말라붙은 당나귀 똥과 낡아 해진 천 조각, 담배꽁초며 유리 조각 등 하루 동안에 쌓인 쓰레기가 바람에 휩쓸려 무더기를 이룬 채 여기저기 널려 있었다. 동네 개들이 이리저리 돌아다니면서 킁킁거리며 쓰레기 냄새를 맡았다. 심지어는 호셀리토가 내쫓을 때까지 호셀리토의 냄새를 맡기도 했다. 강물 위에는 배 한 척이 뱃고동 소리를 내며 지나가고 있었다. 그곳에서는 강물 냄새와 생선 냄새도 났다. 큰길 위쪽 집 사이사이로 쥐 떼가 뛰어다녔다. 한 아주머니가 빗자루를 들고 청소하고 있었다. 바람에 더러운 종이가 날려 아주머니 얼굴에 찰싹 달라붙었다. 어디선가 열린 창문을 통해 요란한 라디오 소리가 새어 나왔다. 아침 해가 도시 하늘에 드리운 구름을 빨갛게 물들이기 시작하자, 모기떼들이 기승을 부렸다.

30분 정도 지나자 루피노 씨가 나와서 가게 문을 열었다. 루피노 씨는 호셀리토를 금방 알아보았다. 루피노 씨는 호셀리토를 가게 뒤에 있는 어두컴컴한 방 안으로 데리고 들어갔다. 그곳에서 호셀리토는 루피노 씨에게 지난밤 무슨 일이 있었는지 이야기해 주었고, 아버지가 가져온 물건들을 건네주었다. 아버지가 가져온 물건들은 손목시계 하나, 커프스단추 두 개, 만년필 꽂이 하나, 가죽으로 된 금색 지갑, 그리고 화려한 장식이 딸린 스페인 군도 모양의 편지 개봉용 칼이었다.

루피노 씨는 물건들을 한쪽으로 밀어 놓으며 화난 목소리로 말했다.

"이런! 그런 일이 있었다니."

루피노 씨는 꽤나 화난 듯이 보였다. 의사가 있는 주소를 적어 주며 루피노 씨가 말했다.

"아버지한테 가서 아무 때나 의사를 찾아가 보라고 하려무나. 물론 치료비는 아버지가 지불해야 한다."

그러고 나서 루피노 씨는 호셀리토를 가게 밖으로 밀어내며 말했다.

"얼른 나으시라고 전해 주렴. 물건값은 내가 나중에 네 아버지랑 계산하마."

그날 밤 주위가 어두컴컴해지자, 아버지는 의사를 찾아 나섰다. 아버지가 무척이나 힘겨워해서 엄마가 아버지를 부축하고 함께 갔다. 엄마는 아버지가 쓰러질까 봐 걱정이 앞섰다. 의사는 아버지의 팔에 난 상처를 깨끗이 소독하고, 붕대를 야무지게 감아 주었다. 아버지는 며칠 뒤 의사를 다시 찾아가야 했지만 그러지 않았다. 의사를 한 번 찾아가 치료를 받는 데만도 꽤나 많은 돈이 필요했기 때문이다. 그 의사는 비밀을 지켜 주는 대가로 많은 돈을 요구했던 것이다.

에르네스토가 호셀리토에게 물었다.

"형! 난 도무지 이해가 안 돼. 도대체 왜 사람들이 아버지한테 총을 쏜 거야? 아빤 그저 심부름꾼일 뿐인데 말이야!"

호셀리토가 당황한 목소리로 대답했다.

"부자들은 누군가가 밤에 자기네 집을 찾아오면 도둑이라고 생각하는 모양이야."

그러자 이번에는 코스메가 물었다.

"그럼 아버지는 왜 밤에만 루피노 아저씨네 가게에다 물건들을 배달해야 하는 건데?"

정말이지 대답하기 어려운 질문이지만 호셀리토는 적당히 둘러 댔다.

"부자들은 변덕쟁이야. 그 사람들은 뭔가 원하는 게 있으면 밤에라도 그걸 갖고 싶어 하거든."

그러자 이번에는 카르멘이 물었다.

"그런데 왜 아버지는 경찰한테 신고하지 않아? 아버지를 쏜 사람은 벌을 받아야 하는데."

호셀리토가 말했다.

"그 사람은 부자거든. 만약 그 사람이 우리 아버지가 훔치는 걸 봤다고 주장하기라도 하면 경찰은 부자의 말을 믿을 거야. 경찰이 부자의 말을 믿지 않으면, 부자는 경찰에게 돈을 주겠지. 그럼 경찰은 부자가 원하는 대로 해 줄 거야. 경찰은 부자처럼 돈을 많이 벌지 않거든. 그래서 경찰은 온갖 뇌물을 받는 걸 반가워하고, 뇌물을 준 부자들 편에 서곤 해. 혹시라도 우리 아버지가 총을 쏜 사람한테 고발을 당한다면, 누가 잘못했는지 가려내기도 전에 아버지는 감옥에 갇히게 될 거야. 거기서 재판이 열릴 때까지 아주 오랫동안 기다려야 할지도 몰라. 루피노 아저씨가 아버지를 돕지 않으면, 그들은 아버지를 까맣게 잊을지도 모르지. 그러니 아버지가 입 다물고 있는 게 제일 좋은 방법이야."

코스메가 소리쳤다.

"하지만 아버지는 책상 위에서 가져왔다며! 집에 돌아와서 아버지가 자기 입으로 그렇게 말했어!"

호셀리토가 말도 안 된다는 듯이 말했다.

"그게 무슨 소리야? 난 그런 소리 들은 적 없는데? 그리고 아버지가 돌아오실 때, 너희는 모두 잠자고 있었다고! 너희들 혹시 꿈이라도 꿨니?"

일주일이 지나고, 아직 상처가 다 아물지 않았는데도 아버지는 다시 도둑질을 하러 집을 나서려고 했다. 상처에서는 극심한 통증이 느껴졌다. 팔 전체가 아파서 아버지는 옴짝달싹할 수도 없었다. 하지만 아버지는 오랫동안 집에 있는 것을 못 견뎌 했다. 밤낮을 가리지 않고 아버지는 과일 가게 차리는 꿈만 꾸었다. 심지어 아버지는 벌써 과일 가게 앞에 써 붙일 문구까지도 생각해 놓았다.

'달콤한 멜론 사러 오세요.'

엄마는 아버지가 그렇게 서둘러 다시 일하러 나가는 것을 한사코 반대했다.

엄마가 말했다.

"당신이 일을 하려면 우선 몸을 잘 움직일 수 있어야 한다고요. 번개같이 뛰어야 하고, 잽싸게 기어올라야 해요. 그리고 잘 받아서 도망가야 한다고요. 안 그래도 한쪽 손이 성치 않은 마당에 이제 다른 한쪽 팔마저 다쳤잖아요. 그걸 잊어선 안 돼요!"

아버지는 자존심이 상한 것 같았다.

"무슨 소리! 과일 가게를 여는 데는 나머지 손이랑 팔로도 충분해!"

엄마가 버럭 성을 내며 소리 질렀다.

"하지만 아직 과일 가게를 연 것도 아니잖아요! 이제 제발 허황된 꿈은 그만 꾸고, 현실을 보라고요! 지금 몸 상태라면 금방 붙잡히고 말 거예요!"

아버지는 계속 고집을 부렸다.

"난 되도록이면 빨리 이 끔찍한 일을 그만두고 싶어. 내가 지난번에 집에 가져온 물건도 적지는 않지만, 그걸로는 충분하지가 않아. 번 돈의 일부를 치료비로 내야만 하니까. 한 건만 더 하면 돼. 그다음에 바로 손을 뗄 거야!"

엄마가 안타까운 목소리로 그런 아버지를 말리고 나섰다.

"너무 늦기 전에 차라리 지금 당장 그만둬요!"

아버지가 소리쳤다.

"그럴 순 없어. 난 그저 먹고살 일만 걱정하는 처지로 다시 돌아가고 싶지 않아! 그런 비참한 생활을 다시는 하기 싫어! 그리고 조금 있으면 우리 아기가 태어나지 않소! 그 아이가 알폰소처럼 죽게 내버려둘 수는 없소! 난 빨리 다른 사람이 부러워하는 과일 가게 주인이 될 거야. 절대로 무모한 짓은 하지 않겠다고 약속할 테니, 당신은 걱정 말고 나를 기다려요."

그 말을 남기고 아버지는 집을 나섰다. 저녁이 돼서야 아버지는 돌아왔고 그날 밤을 집에서 보냈다. 아버지는 팔이 아프다고 하소연하기도 했지만 대부분은 생각에 잠겨 넋이 나가 있었다. 다음 날 아버지는 다시금 집을 나섰다. 이번에는 밤늦게까지 돌아오지 않았다. 아버지가 집에 돌아오자 엄마가 울었다. 하지만 아버지는 전보다 기분이 좋아 보였다.

아버지가 엄마에게 속삭였다.

"안전하게 일하는 방법을 알아 왔으니 당신은 더 이상 걱정하지 마. 이번 일은 대단할 거야. 분명히 이번에는 한몫 단단히 건지게 되겠지. 그럼 이제 산타 리타에 제대로 된 과일 가게를 열 수 있을지도 몰라. 산타 리타에다 말이야! 여보 한번 상상해 봐!"

엄마가 한숨을 쉬고 입을 열었다.

"그렇게만 된다면 얼마나 좋을까요?"

아버지가 말했다.

"이삼 일만 기다리면 돼. 이번에는 당신 마음껏 기대해도 된다고!"

그 말을 남긴 채 아버지는 이틀 동안 거의 밖에만 나가 있었다. 그리고 밤이 되어서야 집으로 돌아왔다. 하지만 아버지는 잔뜩 긴장한 나머지 잠을 거의 이루지 못했다. 몇 시간이고 계획을 짰고, 엄마가 이미 잠들어 버려서 질문에 대답하지 않는 것도 거의 알아차리지 못했다. 그뿐 아니라 아버지는 아이들 앞에서도 더 이상 말조심을 하지 않았다.

저녁시간에 아버지가 모두에게 큰소리를 쳤다.

"내가 장담하건대 이번 일은 신문에 실릴지도 몰라. 아주 대문짝만하게 말이야! 그 누구도 감히 나처럼 눈 깜짝할 사이에 일을 크게 내진 못할걸!"

이상하게 여긴 카르멘이 물었다.

"아버지는 이제 심부름꾼이 아니에요?"

그러자 엄마가 재빨리 대답했다.

"너희 아버지는 여기저기에서 이사하는 집을 돕는단다."

에르네스토가 물었다.

"하지만 왜 신문에 실린다는 거예요? 그건 특별한 것도 아니잖아
요."

엄마가 말했다.

"아버지가 그냥 농담하시는 거야."

하지만 동생들의 얼굴을 보며 호셀리토는 동생들도 아버지가 심부
름꾼이라는 이야기를 더 이상 믿지 않고 있다는 걸 눈치챌 수 있었다.

다음 날 아침, 함께 학교에 가면서 코스메가 호셀리토에게 말했다.

"진짜 무슨 일인지 말해 봐."

호셀리토가 되물었다.

"대체 무슨 일이 있다는 건데? 우리 아버지는 심부름꾼이야. 너희
가 그걸 믿지 않으면 나도 어쩔 수 없지!"

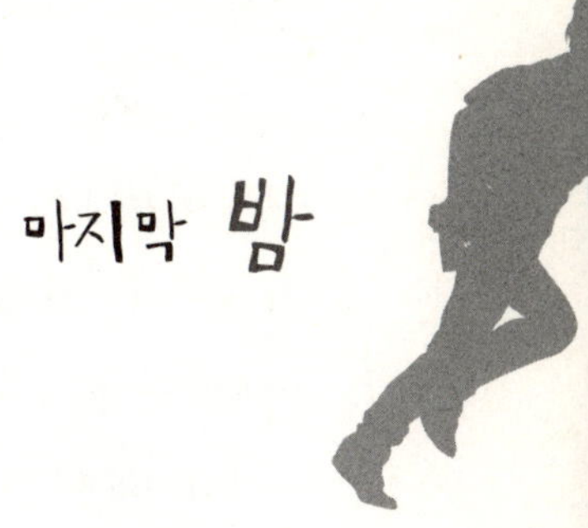

마지막 밤

어느 일요일 아침, 아버지가 호셀리토를 불러 말했다.

"호셀리토, 우리 강가로 산책 나가자꾸나."

이른 아침이었다. 다른 아이들은 모두 잠자고 있었다. 호세 할아버지는 이미 일어나 있었지만, 어린 두 딸아이들이 그의 무릎을 베고 누워 자고 있어서 몸을 움직일 수가 없었다. 루이자는 호세 할아버지의 발목을 끌어안고는 잠꼬대를 하고 있었다.

호세 할아버지는 아버지와 호셀리토가 산책 나가는 것을 보고는 가볍게 손짓을 해 보였다. 아버지와 호셀리토는 강 아래로 걸어가다 길에서 엄마와 마주쳤다. 엄마는 물이 가득 든 양동이를 양쪽 어깨에 짊어지고 있었다. 무거운 양동이를 드는 게 몹시 힘겨운지, 엄마의 등은 한껏 굽어 있었다. 그런데도 아버지는 엄마를 도와주려 하지

227

않았다. 그러기에는 아버지의 팔은 아무 쓸모가 없었고, 손은 더더욱 그랬다. 게다가 물을 긷는 일은 여자나 아이들이 하는 일이었다. 그래서 이 동네에 사는 남자들은 그 누구도 물 긷는 일 따위는 하려 하지 않았다. 그리고 호셀리토는 아버지를 따라 강가로 가야 했다. 결국 엄마는 혼자서 힘겹게 언덕길을 올라가야 했다.

아버지와 아들은 강가에 나란히 앉았다. 아버지는 아무 말도 하지 않은 채, 흘러가는 강물만 바라보았다. 호셀리토도 강 쪽을 바라보며 아버지가 말하기만을 기다렸다.

맑고 시원한 아침이었다. 강물은 고요히 흘러가고 있었다. 해는 이제 막 떠올라 강 건너편 망고나무 숲 위에 걸려 있었고, 햇빛은 강물 위에서 반짝이고 있었다. 나뭇가지, 풀덤불, 나뭇잎 들이 물 위를 떠가고 있었고, 죽은 염소 한 마리도 떠내려갔다. 그리고 뿌리째 뽑힌 나무 한 그루가 선착장 기둥에 가지를 스치며 떠내려가고 있었다.

저 멀리 강 아래쪽에는 커다란 배 한 척이 떠 있는 게 보였다. 그 배는 먼바다에서 이제 막 도시에 도착한 배였다. 하지만 부두에는 이미 많은 배들이 정박해서 닻을 내릴 자리가 충분하지 않았고, 그래서 그 배는 강물 한가운데에 닻을 내리고 있었던 것이다.

강 위쪽 얕은 물가에서는 아낙네들과 아이들이 빨래를 하거나 물 항아리에 물을 긷고 있었다. 그들은 고요한 강가의 아침을 깨우는 유일한 사람들이었다.

그때, 시내 쪽에서 종소리가 울려 퍼졌다. 그리고 종소리가 멈추자,

이번에는 산타 리타 쪽에서 종소리가 크게 울리기 시작했다. 호셀리토는 그 종들이 싸구려라는 걸 잘 알고 있었다. 종소리는 마치 양철을 두드리는 것처럼 들렸다. 하지만 그 종소리는 아주 친숙하기만 했다. 칼데라 가족이 다니는 성당에서 들려오는 종소리였던 것이다. 안타깝게도 그들이 새로 이사 온 동네에는 성당이나 신부님이 없었다.

호셀리토는 행복한 상상에 잠겼다.

'이제 우리 가족도 머지않아 다시 저 성당이 있는 곳 가까이에서 살게 될 거야. 우리 집이 과일 가게를 하나 차릴 수 있게 되면 말이야. 그렇게 되면 나는 공책에 한가득 글을 쓸 수 있게 될 거야. 다시 학교에도 다닐 수 있겠지. 또 대통령이 될 수도 있을 거고.'

그때 아버지가 말문을 열었다.

"호셀리토, 너도 어느새 열 살이 되었구나. 이제는 어른이나 마찬가지지. 네가 아버지를 도와준다면, 우리도 다시금 뭔가를 시작할 수 있을 게다. 그러기 위해 아버지는 오늘 밤 네 도움이 필요하단다."

칼데라가 대답했다.

"네, 아버지! 저는 아버지가 도둑질하는 걸 도와드릴 거예요."

"내 말은 그게 아니다. 너는 절대 도둑질을 해서는 안 돼! 그건 이 아버지가 해야 할 일이지. 우리 가족 중 누군가 한 사람이 도둑질을 해야 한다는 것만도 너무나 슬픈 일이란다. 그러니 너는 절대로 그런 일을 해서는 안 된다! 오늘 밤 네가 할 일은 단지 멀찌감치 떨어져서 나를 조금만 도와주면 된단다. 네가 조금도 위험한 상황에 빠지지 않을 만큼 멀리 떨어진 곳에서 말이다. 어쨌든 오늘 밤 일만 잘 풀리면, 나는 꽤나 근사한 것들을 챙길 수 있을 게다. 그러면 이제 내가 도둑질하러 나서는 것도 오늘이 마지막 밤이 되겠지.

나는 얼마 전 엘 자르딘 동네에서 정원사 한 사람을 알게 되었단다. 그런데 그 사람이 아주 급히 돈이 필요하게 되었다는구나. 그 사람에겐 재능이 아주 뛰어난 아들이 하나 있는데, 그 아들한테 의학 공부를 시키고 싶어 하는 거야. 하지만 그가 정원사 일을 해서 받는 돈으로는 비싼 수업료를 도저히 감당해 낼 수가 없지. 그래서 그 사람은 결국 내가 자기네 주인집에 들어가 도둑질하는 것을 돕겠다고 자청하고 나선 거야. 내가 훔친 물건의 반을 자기에게 나눠 준다는 조건 아래 말이다. 그렇게 해서 정원사 친구는 나한테 자기 주인이 무얼 가지고 있고 그것들을 어디에 숨겨 놓았는지 일일이 알려 주었단다. 그 친구 말대로라면, 그중에는 돈 말고도 아주 값비싼 보석들도 있단다."

호셀리토가 물었다.

"그런데 그 아저씨는 왜 자기가 직접 훔치지 않아요? 그걸 훔치는 데 왜 아버지의 도움이 필요하냐고요?"

아버지가 대답했다.

"나도 그 점에 대해 물어봤단다. 그러자 정원사가 대답하더구나. 자기한테는 그럴 만한 용기가 없다고 말이다. 겁이 난다는 거지. 잘못해서 붙잡히기라도 하면 일자리마저 잃어버리게 될지도 모르거든."

아버지의 말을 듣고 나자, 호셀리토는 이해가 되었다.

아버지가 계속해서 말했다.

"오늘 밤 일은 아주 확실하고 안전한 일이란다. 그 집 정원사가 나를 돕기로 했으니 말이다. 그리고 훔칠 물건의 반을 정원사에게 나눠 준다고 해도, 나머지 절반이면 우리 가족이 과일 가게를 차리는 데는 충분할 거야. 더욱이 정원사가 집 지키는 개에게 미리 수면제를 먹여 놓기로 약속했거든. 그러니 이번에는 개조차 걱정할 필요가 없는 셈이지."

호셀리토가 말했다.

"개가 너무 불쌍해요."

그러자 아버지가 말했다.

"잠자는 약을 먹는다고 해서 죽지는 않으니 너무 걱정하지 말거라. 내일 주인집 가족들이 돌아올 때쯤이면 개는 다시 기운을 되찾을 거야. 그 집 사람들은 어제 여행을 떠났단다. 그리고 내일 저녁에 돌아오지. 그래서 오늘 밤에는 정원사 혼자 집을 지키는 거야. 현관문은 물론 굳게 잠겨 있겠지. 여행을 떠나면서 집주인이 직접 문을 잠그고 열쇠를 가져갔거든. 늙은 정원사는 차고 뒤편에 있는 작은 방에서 살고 있단다. 그러니 그 사람도 전혀 의심받지 않을 거다."

호셀리토가 다시 물었다.

"그렇게 문이 잠겨 있으면 아버지는 어떻게 집 안으로 들어가요?"

아버지가 설명했다.

"일 층과 이 층 계단 사이에 나 있는 창문은 잠기지 않았단다. 정원
에 있는 벤치에 올라가 장미 넝쿨을 넘으면 집 안으로 쉽게 들어갈
수 있지. 나는 벌써 어저께 그런 것들을 길 쪽에서 일일이 살펴보았
단다."

호셀리토가 말했다.

"하지만, 아버지 팔은……."

아버지가 말했다.

"잠깐 동안만 이를 악물면 될 거야. 더구나 넘어 들어가야 할 창문
은 그리 높지도 않단다. 설사 잘못해서 떨어진다고 해도 목이 부러지
거나 하는 일은 없을 거다."

호셀리토가 갑자기 걱정 말라는 듯 소리쳤다.

"집주인이 집에 없고 정원사도 밤새도록 방 밖으로 나오지 않는다
면, 아버지한테는 절대 아무 일도 일어나지 않을 거예요!"

아버지가 말했다.

"그래, 네 말이 맞다. 하지만 창문이 길 쪽으로 나 있어서 언제 어
떤 일이 일어날지 아무도 모르는 법이다. 이웃이나 지나가는 사람이
우연히 내가 창문으로 들어가는 걸 볼 수도 있거든. 아니면 집주인이
예정보다 빨리 돌아올 수도 있고 말이다. 그러니 만일의 경우에 대비
하기 위해 네 도움이 필요한 거야. 너는 길에 남아 있으면서 망을 보
거라. 물론 그럴 일은 없겠지만, 갑자기 누군가가 나타나기라도 하면
즉시 나한테 신호를 보내 주렴. 그럼 나는 얼른 집 정원 쪽 창문으로

빠져나가 도망가마. 혹시 벽을 타고 오르다가 위험한 상황이 벌어지게 된다면, 얼른 뛰어내려 수풀 속에 숨어 있으면 아무 일도 없을 거고. 그런데 호셀리토, 너 레타말 새처럼 우는 소리를 낼 수 있지?"

레타말은 눈에 띄게 높은 소리를 내어 우는 밤새였다. 산타 리타에서는 밤마다 레타말이 우는 소리를 흔하게 들을 수 있었다. 호셀리토는 레타말 새 울음소리를 멋지게 흉내 냈고, 아버지는 만족해했다.

아버지가 말했다.

"이제 오늘 밤이 지나고 내일 아침이 되면, 우리는 왕처럼 집으로 돌아가게 될 거다. 그러면 네 엄마도 내일부터는 아버지 때문에 걱정할 필요도 없을 테고 말이다."

"하지만 엄마가 저를 가지 못하게 할지도 몰라요."

아버지가 말했다.

"걱정 말거라. 엄마한테도 이미 다 말해 놓았단다. 엄마가 처음에는 이번 일을 한사코 반대하고 나서더구나. 하지만 오늘 밤 계획은 우리 둘한테 전혀 위험하지 않은 일이라고 설득했지. 그랬더니 엄마도 결국에는 오늘 밤 훔칠 물건들에 관심을 보이더구나. 엄마도 정말 다시 예전처럼 아무 걱정 없는 밤을 보내고 싶은 거야."

그렇게 이야기를 나눈 다음, 아버지와 아들은 집으로 돌아갔다.

일요일이던 그날 낮, 호셀리토네 집에서는 한바탕 파티가 벌어졌다. 엄마, 아버지, 호셀리토, 그리고 오늘 밤 도둑질 계획을 이미 알고 있던 호세 할아버지가 지긋지긋한 도둑질도 이제 오늘이 마지막 이라는 사실을 축하했다. 그리고 다른 아이들은 이유도 알지 못한 채 덩달아 즐거워했다. 아버지는 기분이 아주 좋아 보였고, 엄마도 오랜만에 마냥 밝은 모습이었다.

칼데라 가족은 예전에 그랬던 것처럼 함께 산책하러 나갔다. 엄마도 이번에는 심지어 금빛으로 반짝이는 R 자 모양의 브로치를 옷에 달고 함께 따라나섰다. 가족들은 부둣가를 거닐며 외국에서 온 큰 배들과 백인 선원들을 구경했다. 아버지는 아이들 모두에게 아이스 크림을 하나씩 사 주었다. 그리고 아주 시원한 소나기가 한차례 쏟아진 뒤, 그들 모두는 이제 더 이상 걷기가 어려운 호세 할아버지와 함께 집 앞에 앉아 노래를 불렀다. 어린 여동생들도 먼 곳까지 들릴 만큼 큰 소리로 노래했다. 호세 할아버지는 기타를 연주하며 즐거워했다.

간간이 호셀리토가 호세 할아버지 대신 기타를 치기도 했다. 호셀리토는 호세 할아버지가 기타 연주하는 걸 어깨너머로 지켜보며, 이미 기타 연주하는 법을 익혀 두었다. 호셀리토의 기타 솜씨는 꽤 괜찮은 편이었고, 호세 할아버지는 그런 호셀리토를 지켜보며 만족스런 미소를 지었다.

호세 할아버지가 호셀리토에게 말했다.

"할아버지가 죽고 나면, 이 기타는 네 것이 될 게다. 하지만 땔감이 떨어졌다고 이 기타를 불쏘시개로 써서는 절대 안 된다. 단지 배고픔에 시달려 더 이상 어찌해야 좋을지 모를 때라면, 이 기타를 내다 팔거라. 이 기타는 할아버지가 평생을 색시 대하듯 아주 소중히 다루었던 친구니까 말이다. 이 기타는 아주 말을 잘 듣는 좋은 녀석이었어. 어떤 걸 요구해도 무엇이든 다 들어주었지.”

호셀리토가 대답했다.

“할아버지, 그런 걱정일랑 조금도 하지 마세요. 저는 이 기타를 절대 내다 팔지 않을 거예요. 더구나 우린 곧 과일 가게를 차리게 될 거 같아요. 그럼 더 이상 배고픔에 시달리지 않아도 될 거라고요.”

엄마는 아이들이 좋아하는 옥수수 빵을 구웠고, 커피도 끓여 내왔다. 엄마는 먹고 남을 정도로 넉넉히 음식을 만들었다. 하지만 그것이 무슨 상관인가? 가난에 시달리며 아끼고만 살아야 했던 날은 오늘로 마지막이었다. 아버지는 에르네스토에게 가게에 가서 맥주 네 병을 사 오라고 심부름을 시켰다. 두 병은 아버지가, 나머지 두 병은 호세 할아버지가 마실 것이었다.

호세 할아버지는 손을 내저으며 한사코 만류했다.

“난 됐네. 차라리 그 돈으로 과일 가게 차리는 데 보태게.”

하지만 아버지는 가족 모두가 자신의 행운을 빌어 주길 원했다. 그래서 결국 아버지와 호세 할아버지는 시원하고 맛 좋은 맥주를 함께 마셨다. 아이들도 옆에서 한 모금씩 얻어 마실 수 있었다.

아버지가 두 팔을 내뻗으며 자신 있게 말했다.

“내일이면 우리 가족이 원하는 걸 뭐든지 다 해 주마!”

어느새 아이들은 문 앞에서 잠들었고, 엄마는 그런 아이들을 안아 차례차례 집 안으로 데려갔다. 그때까지도 아버지와 호세 할아버지는 노래하고 술을 마셨다. 오직 호셀리토만 자지 않고 있었다. 오늘 밤에는 호셀리토도 어른 대접을 받고 있었다.

엄마가 아버지에게 애원하듯 말했다.

"제발 호셀리토는 데려가지 마요! 도둑질이 위험하지 않을 거라니, 누가 그 말을 믿겠어요?"

아버지가 되물었다.

"당신은 내가 호셀리토를 위험에 빠트릴 거라고 생각해? 천만의 말씀! 호셀리토는 길가에 남아 있을 거요. 그러면 결코 위험하지 않을 거고, 어떤 일이 벌어지더라도 아무런 의심도 받지 않을 거요. 오늘 밤 호셀리토는 우리 가족 모두를 다시 넉넉하게 살 수 있게 해 줄 물건들을 가져오는 자리에 나와 함께 있게 될 거요. 그리고 아마 죽는 날까지 오늘 밤을 잊지 못할 거요."

아버지의 말을 들은 엄마는 더 이상 아무 말도 하지 않았다.

호셀리토와 아버지는 집을 나섰다. 아버지는 자루를 둥글게 말아 팔에 꼈다. 길을 가던 도중에 아버지가 호셀리토에게 말했다.

"호셀리토, 지금부터 내가 하는 말 잘 들으렴. 아직 중요한 것 한 가지를 말 안 했구나. 만약 운이 나빠서 내가 경찰들에게 붙잡히게 되더라도, 넌 절대 나를 알은체해서는 안 된다. 밤이 되어도 여기저기를 돌아다니는 아이들이 많잖니? 너도 그런 아이들 중에 하나인 거야. 어떤 경우에도 경찰들 눈에 띄어서는 안 돼. 혹시라도 누가 너 보고 한밤중에 여기서 뭘 하고 있냐고 물어보면, 이렇게 말하렴. 쓰레기통을 뒤지는 중이라고 말이다."

호셀리토가 물었다.

"제가 아버지 아들이라고 말하면 왜 안 되는데요?"

"경찰들이 나를 체포할 때 네가 나에게 달려오면, 우리가 한패인 게 들통 나지 않겠니? 그렇게 되면 결국 우리 둘 다 붙잡히고 말 거야. 호셀리토, 내가 없을 땐 네가 엄마의 유일한 버팀목이란다. 에르네스토는 아직 어리고, 코스메는 내 친자식이 아니잖니. 그래서 난 코스메에게 네 엄마와 너희들을 책임지라고 말할 수 없었단다. 넌 내가 믿을 수 있는 유일한 아들이야. 그러니 약속하렴. 내가 붙잡히더라도 넌 절대 날 모른다고 말하겠다고 말이다."

호셀리토는 그러겠다고 약속했다.

아버지와 아들은 도둑질을 할 집이 있는 부자 동네까지 한 시간가량을 걸어갔다. 아직도 시간은 넉넉했다. 소나기가 쏟아진 뒤라 밤날씨는 제법 시원했다.

아버지는 조금도 두려워하지 않았다. 자기가 해야 할 일에 대해 나름대로 확신을 갖고 있는 것 같았다.

아버지가 다시 말했다.

"과일 가게를 열게 되면, 우리도 다시 올바르게 살 수 있을 거다. 일요일이면 소풍을 가고, 밤에는 두 발 뻗고 잠도 푹 자고, 가끔은 조촐하게 파티도 열자꾸나. 호셀리토, 너도 내가 파티 여는 걸 좋아한다는 거 잘 알지? 과일 가게를 갖게 되면 아마도 모든 게 바뀔 거란다.”

두 사람이 저택 앞에 도착했을 때, 시간은 어느새 새벽 한 시 반이 되어 있었다. 길에는 개미 새끼 한 마리 보이지 않았다. 저택은 길 한쪽 구석에 자리하고 있었다. 좁은 골목길과 미모사가 서 있는 가로수 길이 교차되는 곳이었다. 커다란 저택은 어둠에 둘러싸여 있었다. 이웃집에서도 불빛 하나 보이지 않았다. 어느 집 마당에선가 개가 짖기 시작하자, 다른 개들도 덩달아 짖어 댔다. 하지만 아버지는 개 짖는 소리에도 전혀 불안해하지 않았다. 이 동네에서는 밤이 되면 어디에서든 개 짖는 소리가 밤새도록 들렸기 때문이다.

아직 약속했던 두 시가 안 됐기 때문에 아버지와 호셀리토는 가로수 길에 있는 벤치에 앉아 기다렸다. 호셀리토는 아버지가 다친 팔에서 심한 통증을 느끼고 있다는 걸 눈치챘다. 아버지는 나지막이 신음 소리를 내며 윗입술에 맺힌 구슬땀을 훔쳐 냈다. 그리고 아픈 팔을 벤치 등받이에 걸쳐 놓았다가 이내 다시 늘어뜨렸다.

아버지가 갑자기 이야깃거리를 바꿔 물었다.

“너는 내일이 되면 무슨 소원을 빌 거니?”

호셀리토가 대답했다.

“저는 대통령이 되고 싶어요.”

아버지가 진지한 목소리로 대답했다.

"그래? 그렇다면 어디 한번 지켜보마. 그리고 너한테 약속하마. 어떻게든 네가 필요한 만큼 학교에 다닐 수 있게 해 주겠다고 말이다. 네가 더 많이 배우면 배울수록 그만큼 더 빨리 대통령이 될 수 있을 거다."

호셀리토는 행복해하며 대답했다.

"아버지, 고마워요."

드디어 새벽 두 시가 되었다. 아버지는 고양이가 우는 것처럼 야옹 하고 울음소리를 냈다. 그러자 정원 너머 저택에서 다른 고양이가 야옹 하고 대답하는 소리가 들려왔다.

아버지가 호셀리토에게 속삭였다.

"저게 바로 약속한 신호란다. 주위도 조용하니 이제 바로 시작해야겠다."

아버지는 허리춤에다 들고 있던 자루를 찔러 넣었다. 이윽고 손이 자유로워지자 아버지는 풀밭을 지나 저택으로 살금살금 다가갔다. 이제 호셀리토는 더 이상 아버지의 모습을 볼 수 없었다. 그저 간간이 부스럭거리는 소리만 들려왔다. 아버지는 어느새 장미 넝쿨을 타고 집 담벼락을 기어오르고 있었다. 그 순간, 손전등이 반짝하며 켜졌다가 꺼졌다. 호셀리토는 너무 놀라 심장이 목까지 튀어나올 것만 같았다. 호셀리토는 주위를 둘러보았다. 사방은 여전히 조용했고 어두웠다. 먼 곳에서 자동차 지나다니는 소리가 들려왔다. 비행기 한 대가 하늘 위를 윙윙거리며 날아가는 소리도 들렸다. 멀리 떨어진 강에서는 증기선이 고동 소리를 울리고 있었다. 호셀리토는 다시 저택 쪽을 바라보았다.

갑자기 자동차 한 대가 가까이 다가오는 소리가 들려왔다. 그리고 어둠 속에서 경찰 순찰차 한 대가 가로수 길 쪽으로 방향을 트는 게 보였다. 물론 순찰차는 매일 밤 부자들이 사는 구역을 순찰했고, 이런 일은 결코 새삼스러운 일이 아니었다. 바로 조금 전만 해도 순찰차 한 대가 이곳을 지나쳐 갔었다. 그런데 순찰차가 방향을 바꾸는 사이, 헤드라이트에서 뻗어 나온 원뿔 모양의 빛이 우연히 아버지가 이제 막 창문으로 기어 올라가고 있던 저택의 담장 위를 비추고 말았다. 그 순간, 순찰차가 끼익 소리를 내며 멈춰 섰다. 그 소리에 이웃집 개들이 흥분해서 마구 짖어 대기 시작했다.

덤불 뒤에 숨어 있던 호셀리토는 깜짝 놀라 레타말 새의 울음소리를 냈다. 하지만 이미 그 소리마저 아버지를 전혀 도울 수 없는 상황이 펼쳐지고 있었다. 경찰들이 차에서 급히 뛰어나왔다. 경찰들은 작은 손전등과 자루 하나를 발견했다. 그리고 아버지가 깜짝 놀라 담장 아래로 서둘러 기어 내려오는 것을 지켜보았다. 하지만 경찰들은 아버지를 향해 소리치지도 않았고, 아버지가 담장을 다 내려올 때까지 기다려 주지도 않았다. 경찰들은 경고 한 번 없이 아버지를 향해 총을 쐈다. 총알은 아버지의 머리와 등에 명중했다. 그때 아버지는 분명 뭐라고 소리쳤다. 하지만 호셀리토는 총소리 때문에 그 말을 알아들을 수 없었다. 그런 다음, 아버지는 땅바닥으로 떨어지고 말았다. 아버지는 얼굴을 길바닥에 처박은 채, 꼼짝도 않고 누워 있었다.

호셀리토는 아버지에게 달려갈 수 없었다. 어떤 일이 벌어지더라도 절대 모습을 드러내지 않겠다고 아버지에게 약속했기 때문이다. 또, 자기가 아버지를 알고 있다는 사실을 밝혀서도 안 되었다. 잔디밭 위에 놓인 작은 손전등 불빛이 경찰들 사이 한가운데에 누워 있는 아버지를 비추었다. 그런데도 호셀리토는 소리 내어 울 수조차 없었다. 엎어져 있는 아버지의 얼굴을 보기 위해 아버지의 몸을 발로 뒤집던 경찰 얼굴에 주먹질을 날릴 수도 없었다.

경찰이 말했다.

"이미 죽었군."

아버지 옆에는 자루 하나가 놓여 있었다. 경찰은 그 자루를 집어 들고는 풀어 보았다. 자루 안은 텅 비어 있었다.

이웃집에서 불빛들이 하나둘 켜졌고, 잠옷을 걸치고 슬리퍼를 신은 사람들이 하나둘 몰려나왔다. 그제서야 호셀리토는 용기를 내어 바지 주머니에 손을 집어넣고는 경찰들이 있는 곳 가까이 다가갔다. 호셀리토는 너무 놀라 토할 것 같았지만, 그곳을 우연히 지나가던 사람인 것처럼 행동해야 했다. 그렇지 않으면 자신도 위험한 상황에 빠질 수 있기 때문이었다.

호셀리토의 아버지가 숨어 들어가려 했던 저택 정원에서도 셔츠와 바지를 입은 나이 든 남자가 나오더니, 아버지에게 다가갔다. 그는 아무 말도 하지 않았다. 그저 호기심 삼아 총에 맞아 죽은 남자 주위로 몰려든 다른 구경꾼들처럼 그곳에 서서, 죽은 채 누워 있는 아버지를 뚫어지게 바라보았다.

구경꾼들 가운데 한 사람이 말했다.

"아주 잘했어요! 이런 벌레 같은 놈들은 다 없애버려야 해요!"

그 말을 듣는 순간, 바지 주머니 속 호셀리토의 주먹이 부들부들 떨리기 시작했다. 그의 두 뺨 위로는 눈물이 흘렀다. 호셀리토는 아버지의 머리 뒤에 난 총알 구멍을 보았다. 그 구멍에서는 검은 피가 흘러나오고 있었다. 머리카락과 셔츠는 온통 피범벅이 되어 있었다. 하지만 정말 끔찍한 것은 아버지의 두 눈이 여전히 부릅떠져 있다는 사실이었다.

경찰들이 아버지의 시체를 들어 올려 차 뒤편에 밀어 넣으려 하자, 호셀리토는 몇 걸음 물러섰다. 경찰들은 아버지의 시체를 옮기면서도 아무런 격식이나 예의도 갖추지 않았다. 그들은 종종 시체를 처분해야 했는데, 대부분 가난한 사람들의 시체였다.

"손가락이요!"

호셀리토가 중얼거리며 말했다.

"뭐라고? 무슨 손가락?"

경찰이 귀찮다는 표정을 지으며 물었다.

호셀리토는 용기를 내어 대답했다.

"아저씨들은 저 남자 손에 손가락 세 개가 없다는 걸 보지 못하셨

242

어요? 저 남자와 함께 손가락들도 묻어 줘야 한다고요! 그래야 저 남자가 편히 눈감을 수 있거든요!"

경찰이 물었다.

"너, 혹시 저 남자를 아니?"

"아니요, 몰라요."

깜짝 놀란 호셀리토가 기어들어 가는 목소리로 대답했다.

"그렇다면 저 남자가 편히 눈을 감든지 말든지 너랑은 아무 상관 없겠구나! 우리는 그저 저 시체를 정해진 묘지 한쪽 구석에 묻어 주기만 하면 된다고! 그걸로 충분하단 말이지! 그건 그렇다 치고, 야 이놈아! 이 늦은 시간에 대체 여기서 뭘 하고 있는 거냐? 어서 집으로 돌아가거라! 너 같은 어린애들은 이 시간엔 집에서 잠을 자고 있어야 한다고!"

그때, 고급스런 털 슬리퍼를 신은 나이 든 부인이 말했다.

"그렇게 해 줄 필요도 없어요. 어차피 저 남자는 편히 눈감을 수 없을 테니까! 저 남자는 도둑이었으니까 지옥에나 가게 될 거예요!"

이윽고 경찰들은 호셀리토의 아버지를 싣고 떠났다.

차 소리가 점점 더 멀어졌다. 구경꾼들도 하나둘씩 흩어져, 다시 그들의 집으로 들어갔다. 정원사도 뚜벅뚜벅 소리를 내며 정원 안 자기 방으로 기어들어 갔다.

환하던 창문들에서 하나둘씩 불이 꺼졌다. 개들도 다시 조용해졌다.

이제 그 자리에는 호셀리토만 덩그러니 남아 있었다. 호셀리토는 아무 생각도 할 수 없었고, 어떠한 결정도 내릴 수 없었다. 머릿속이 텅 빈 것만 같았다. 호셀리토는 지금 자기가 나쁜 꿈을 꾸고 있는 거라고 생각하고 싶었다. 지금 당장이라도 아버지가 속이 가득 찬 자루를 들고서 자기를 향해 달려올 거라고 믿고 싶었다. 호셀리토는 길가 가로수 밑에 쪼그리고 앉았다. 그리고 저택을 뚫어지게 쳐다보았다. 저택은 얼마 전처럼 다시 캄캄한 어둠 속에 묻혀 있었다. 길에서는 미모사 냄새가 어찌나 심하게 나는지, 호셀리토는 토할 것만 같았다. 밤 날씨는 비교적 따뜻했지만, 호셀리토는 너무 추워 몸이 얼어붙는 고통을 느꼈다. 따다닥 소리를 내며 이가 떨릴 만큼 그렇게 추웠다.

아버지에게는 비명 한 번 내지를 시간조차 없었다. 아버지는 그토록 꿈꿔 왔던 과일 가게를 차리지 못했다. 아직 태어나지 않은 막내아들도 결국 보지 못했다. 그리고 호셀리토도 대통령이 될 수 없을 것이다. 학교에 다닌다는 꿈도 이제는 완전히 물거품이 되고 말았다. 이제 호셀리토는 엄마를 도와 가족들을 돌봐야 했다.

어느새 아침이 밝아 오자 호셀리토는 자리에서 일어나 집을 향해 무거운 발걸음을 옮겼다.

부엌 의자에 앉아 있던 루이자는 어느새 식탁 위 접시 옆에 머리를 대고 잠들어 있었다. 호셀리토가 루이자를 흔들어 깨우며 말했다.

"루이자, 어서 일어나! 우린 아직도 여섯 골목을 더 돌아다녀야 한단 말이야."

루이자가 잠에서 깨어나 눈을 비볐다. 루이자는 기분 좋은 꿈을 꾼 것 같았다. 더구나 우리 집 시원한 부엌에서 곤히 잠들었다 깨어나는 것은 쉬운 일이 아니었다.

하지만 나도 이제 막 잠에서 깨어난 것 같은 느낌이 들었다. 나는 주변을 둘러보았다. 나는 혼자 살기에는 너무 크고 너무 비싼 집에서 살고 있었다. 집 안에는 커다란 가구들과 비싼 양탄자, 그리고 이런저런 그림들이 걸려 있었다. 길게 늘어선 책장마다 책들이 가득 꽂혀 있었고, 냉장고에는 많은 음식이 가득 차 있었다. 문득 나는 자신이 부끄럽게 느껴졌다.

"어서 가자!"

호셀리토가 다그치며 루이자를 일으켜 세웠다. 아이들을 붙잡으며 나는 서둘러 소리쳤다.

"잠깐만!"

나는 아이들에게 3킬로그램짜리 쌀 한 자루와 훈제 소시지 하나, 그리고 지폐 한 장을 선물로 주었다. 그리고 아이들 입에 막대 사탕도 하나씩 물려 주었다.

아이들은 환한 얼굴로 내가 준 것들을 챙겨 떠났다. 그처럼 값진 것들을 한꺼번에 받아 보기는 아주 오랜만인 듯했다.

나는 점점 멀어져 가는 아이들의 뒷모습을 물끄러미 지켜보았다. 갑자기 아이들이 불쌍하다는 생각이 들었다. 아이들의 모습이 골목을 돌아 사라지려 하기 직전, 나는 아이들을 뒤쫓아 갔다. 아이들은 깜짝 놀라 뒤돌아봤다.

"너희들 소원이 뭐니?"

나는 숨을 헐떡이며 아이들에게 물었다. 나는 아이들이 아마도 초콜릿이나 장난감 아니면 신발 같은 것을 갖고 싶어 할 거라고 생각했다. 그런 소원이라면 기꺼이 들어주고 싶었다.

루이자는 생각하고 말고 할 것도 없이 거침없이 대답했다.

"제 소원은요, 식빵을 갖는 거예요! 저 혼자서만 먹어도 되는 아주 커다란 빵 말이에요!"

"그러면 호셀리토는?"

호셀리토가 잠시 생각하고 나더니 슬픈 목소리로 대답했다.

"제가 바라는 것은 언제고 저 혼자 힘으로 이루고 말 거예요."

"호셀리토! 그러지 말고 말해 봐, 네 소원이 뭔지 말이야. 어려워하지 않아도 돼. 네가 말하는 소원이 아주 비싼 소원이라고 해도 아무 문제 없어. 나는 부자거든."

그 순간, 호셀리토가 고개를 살래살래 저으면서 증오심에 가득 찬 눈빛으로 나를 쳐다보며 말했다.

"제 소원은요, 어서 빨리 몇 살 더 먹는 거예요."

"왜 그러고 싶은데?"

"왜냐고요? 우리 아버지처럼 도둑이 되고 싶거든요. 하지만 아버지보다 훨씬 더 훌륭한 도둑이 될 거예요. 아무도 두려워하지 않고, 원하는 건 무엇이든 마음대로 훔칠 수 있는 도둑 말이에요!"

그 말에 나는 할 말을 잃은 채 멍하니 서 있었다. 호셀리토가 루이자의 손을 꼭 잡았다. 그러고는 다음 골목을 향해 걸어가기 시작했다.